書を学ぶ人のための

唐詩入門

村山吉廣

二玄社

はじめに

学生時代にお世話になった大野実之助先生は『唐詩の鑑賞』（正・続）を刊行された。先師目加田誠先生も『唐詩選訳注』を残しておられる。大野先生は詩解に当っては、「詩境を大事にせよ」と説かれ、目加田先生は、「文学は楽しむためにあるので、理窟をこねるためにあるのではない」とよく語っておられた。両先生の滋味あるお話を拝聴しながら、私もいつか自分流の唐詩鑑賞の本を世に送りたいと願っていた。このたび、二玄社の御好意により、前著『詩経の鑑賞』につづいて本書を執筆させて頂いたことは何よりの幸いであった。

「書を学ぶ人のための」というタイトルをつけているため、特別に「唐詩条幅の読方」という章も設けている。言うまでもなく「詩書一体」については日中両国とも長い歴史がある。中国では北魏の鄭道昭《ていどうしょう》、唐の虞世南《ぐせいなん》、宋の蘇軾《そしょく》、黄庭堅《こうていけん》、明の文徴明《ぶんちょうめい》、董其昌《とうきしょう》、わが国では明治の日下部鳴鶴《くさかべめいかく》、巌谷一六《いわやいちろく》、長《ちょう》三洲《さんしゅう》、副島蒼海《そえじまそうかい》など枚挙にいとまがない。秋草道人會津八一《あいづやいち》が韋蘇州《いそしゅう》（韋応物《おうぶつ》）の詩に傾倒していたことはよく知られている。昭和のはじめ、書壇社を創立して斯界一方の雄となった吉田苞竹《よしだほうちく》は、郷里鶴岡で藩黌《はんこう》致道館《ちどうかん》の流れを汲む黒崎研堂《くろさきけんどう》の愛弟子であった。大家となった後も、毎週鎌倉から田辺松坡《たなべしょうは》を招いて漢詩講義を受けている。雑誌にも「漢詩欄」を設け、松坡に審査担当を依頼している。

「唐詩の名訳」の章も設けたが、漢詩の韻文訳には平安前期の『句題和歌』以来の歴史がある。本書ではこれを主として近代文学の中に限って紹介した。取り上げた四人の人々は、訳にそれぞれの特色があり、バラエティーの面白さを知って頂けるかと思う。

唐詩は中国歴代の詩のなかで、最も普及度が高く、わが国でも古くから広く親しまれたものであるが、著名な作品のかげに隠れて見逃されている詩人の詩も少なくない。この書では各時代の詩人の詩をできるだけ多く収めるように努めた。しかし、なかでも李白《りはく》・杜甫《とほ》・白居易《はくきょい》の三詩人は作品を編年体にし、詩と生涯とのつながりがよくわかるようにしてある。限られた紙幅のなかで他の詩人の伝記や逸話もできるだけ紹介しようと努めた。書を学ぶ人々だけではなく、広く世の漢詩愛好家の方々の座右の書になればと願っている。

目次

第一章　唐詩概説

詩は唐代になって史上もっとも盛んとなった。「唐詩」は中国の詩の代名詞にさえなっている。この唐詩は一般に四期に分けられる。すなわち、「初唐」「盛唐」「中唐」「晩唐」である。これを「四唐《しとう》」という。この分類は明代に定着したものであり、異論もある。しかし、詩風の移り変りのあらましを把握するのに便利であり、よく世に知られている。「初唐」の次に「中唐」でなく、「盛唐」がくることに注意。「初盛《しょせい》中晩《ちゅうばん》」と覚える。年代区分は人によってまちまちであるが、一般的に次のようである。

初唐　高祖の武徳元年（六一八）から、睿《えい》宗の太極元年（七一二）まで、九十五年間。
盛唐　玄宗の開元元年（七一三）から、代宗の永泰元年（七六五）まで、約五十年間。
中唐　代宗の大暦元年（七六六）から、敬宗の宝暦二年（八二六）まで、約六十年間。
晩唐　文宗の太和元年（八二七）から、哀帝の天祐二年（九〇五）まで、約八十年間。

なお、唐の皇統は次のような順序となる。

①高祖（李淵）─②太宗（李世民）─③高宗─④中宗─⑤睿宗─⑥玄宗─⑦粛《しゅく》宗─⑧代宗─⑨徳宗─⑩順宗─⑪憲宗─⑫穆《ぼく》宗─⑬敬宗─⑭文宗─⑮武宗─⑯宣宗─⑰懿《い》宗─⑱僖《き》宗─⑲昭宗─⑳哀帝（昭宣帝）

わが国では、ほぼ飛鳥時代から平安朝の醍醐天皇のころまで。この間、文化交流を兼ねて遣唐使が派遣され、唐の律令制度も導入、唐の国都長安に模し、平城・平安の二京も造営された。唐詩も多く読まれ、とくに中唐の白楽天の詩文は平安貴族の歓迎を受け広く愛誦された。

次に時代を追って各期の詩人と詩風について簡単に記しておく。

初唐

太宗李世民は英邁な君主で、その年号に因み「貞観《じょうがん》の治《ち》」とたたえられる安定した時代をつくり上げた。盛世にふさわしくこの時代には名臣が多く、文臣では魏徴《ぎちょう》・杜如晦《とじょかい》・房玄齢《ぼうげんれい》、武臣では李世勣《りせいせき》・李《り》靖《せい》らがいて、太宗を助けた。

著名な詩人には、王績《おうせき》・王勃《おうぼつ》・上官儀《じょうかんぎ》・駱賓王《らくひんのう》・劉希夷《りゅうきい》・盧照鄰《ろしょうりん》・楊炯《ようけい》・陳子昂《ちんすごう》・蘇味道《そみどう》・杜審《としん》言《げん》・宋之問《そうしもん》・李嶠《りきょう》・蘇頲《そてい》・盧僎《ろせん》・張若虚《ちょうじゃくきょ》・張説《ちょうえつ》・沈佺期《しんせんき》・張九齢《ちょうきゅうれい》らがいる。

このうち、王勃・楊炯・盧照鄰・駱賓王は「初唐の四傑」とよばれる。ふつうこれを「王楊盧駱」という。一般に「王勃は高華、楊炯は雄厚、照鄰は清藻、賓王は坦夷」と評されている。

これは彼らが圧倒的な影響のあった前代の南朝風の貴族的で観念的な詩風から離れ、新時代の新しい抒情を求めようとしていたからである。なお、沈佺期と宋之問はともに宮廷詩人であり、好んで律詩を作り、近体詩としての律詩の形式を定めたとされ、その詩風に「沈宋体《しんそうたい》」の名が附せられることとなった。

これに対し、王績、陳子昂らは官をやめて野に下り、隠士として独自の詩風を拓いていった。初唐末の張説や張九齢は当時の政治権力者たちに追われたりしながら、むしろ盛唐詩に近い躍動的な作風に進んでいった。

なお、初唐詩人として名の高いのは張若虚と劉希夷である。張若虚は揚州（江蘇省）の人で七言古詩「春江花月夜」で知られる。劉希夷は汝州（河南省）の人で、やはり七言古詩「代悲白頭翁」（白頭を悲しむ翁に代わる）で名高い。

盛唐

盛唐は玄宗の治世である開元（七一三〜七四一。二十九年間）・天宝（七四二〜七五六。十五年間）から、その後を継いだ粛宗の至徳・乾元・上元・宝応年間（通算八年）に至るころまでを指す。はじめ玄宗もまた姚崇《ようすう》・宋璟《そうえい》らの名宰相を重んじて政治に励み、即位して間もなく「開元の治」とよばれる盛世を実現した。対外的にも北方民族に威権を示し平和維持に成功し、律令政治は法的に整備されその繁栄は天宝時代まで及んだ。

詩人の輩出も初唐にくらべて盛んであったが、主な人々には王翰《おうかん》・王之渙《おうしかん》・王昌齢《おうしょうれい》・賀知章《がちしょう》・高適《こうせき》・崔顥《さいこう》・孟浩然《もうこうねん》・王維《おうい》・李華《りか》・李白《りはく》・杜甫《とほ》・岑参《しんじん》・劉長卿《りゅうちょうけい》らがいる。

この時代の詩人たちは、ようやく南朝貴族文学の旧風を脱して自由に高らかに自分の感情を詠い上げることを求めるようになった。詩形も応制詩（天子の命に応じて作詩して献上するもの＝律詩）の形式に拘束されることなく、古詩や絶句や楽府体の詩を作るようになった。科挙への応募も知識人たちのほとんどが辿る道であったが、挫折して不遇をかこつ人々や、任官しても政治的圧迫で意を得ない詩人たちも少なくなかったので、世の不条理に対し、悲憤慷慨する詩も多く生み出された。

このうち王維は早くから詩人として名を成し、後年は長安郊外の輞川《もうせん》に別荘を営み、焚香黙坐《ふんこうもくざ》の生活に入り自然観照のすぐれた詩を残した。仏教への傾倒から世に「詩仏」とよばれた。

高適と岑参とは、ともに辺境の刺史を歴任し、その風物に感情を托し、いわゆる「辺塞詩」に決定的な役割を果した。

杜甫と李白は盛唐を象徴する大詩人であるばかりでなく、中国の詩史の頂上に位置する存在である。二人はともに志を得ないで世を終ったが、人生に真剣に立ち向かう詩を作り人々の心を打つこととなった。杜甫はその政治に対する批判精神の高さから「詩聖」とよばれ、李白はその酒を愛する超越的な生き方から「詩仙」という名を与えられている。

中唐

天宝十四年（七五五）十一月、范陽の節度使安禄山が兵を挙げて天子に反旗をひるがえし南進を開始した。かねて政争の相手であった楊国忠を撃つというのがその名目であった。はじめ洛陽を陥れ、ついでその翌年至徳元年（七五六）六月ついに長安に進入した。玄宗は蜀に逃れ、皇太子李亨が霊武（陝西省）で即位した。これが粛宗である。しかし、即位の翌年に賊軍を破って長安に戻ったものの、安禄山残党の討伐もままならず、宮廷内での主導権把握にも奔命に疲れ、五年後には上皇になっていた玄宗と同じ月に亡くなってしまう。大唐帝国の没落のはじまりで、ここから唐詩の区分でも中唐に入る。

粛宗没後四年から始まった大暦年間（七六六～七七九）は十四年つづき、安禄山の乱後の世相がようやく安定化を見せた時代であった。詩壇でも相次いで世を去った李白・杜甫ら盛唐の詩人につづく新しい人々が世に出ることになった。とくに知られているのは「大暦の十才子」と言われる次の人たちである。

韓翃《かんこう》・盧綸《ろりん》・銭起《せんき》・李端《りたん》・吉中孚《きつちゅうふ》・司空曙《しくうしょ》・苗発《びょうはつ》・崔峒《さいどう》・耿湋《こうい》・夏侯審《かこうしん》

この人々はいずれも五言詩を得意とし、また互いに唱和して「大暦体」という新風を起している。彼らの詩は盛唐詩人のような精神の昂《たか》ぶりよりも、淡々とした詩句のなかにその精神を沈潜させる手法に転じていた。

その他十才子以外に進出してきたのが、元結《げんけつ》・張継《ちょうけい》・韋応物《いおうぶつ》・柳宗元《りゅうそうげん》・韓愈《かんゆ》・白居易《はくきょい》・元稹《げんしん》・劉禹《りゅうう》錫《しゃく》らである。

このうち韋応物は蘇州の刺史となり仁政を施し、韋蘇州の名で知られる。高潔寡欲で自然詩にすぐれた作品を残し、陶淵明《とうえんめい》の流れを汲むとされた。柳宗元は革新派の官僚として将来を期待されていたが政変で失脚、はじめ永州に、ついで柳州に追放され、四十七歳でこの僻遠の地で病没した。透徹した感情の作が多く、自然詩人としては、王維・孟浩然・韋応物と併せて「王孟韋柳」の称があり、文章家としては韓愈と共に古文の大家として「韓柳」とよばれる。

白居易は中唐を代表する詩人として韓愈と併せて「韓白」と称され、平易通俗の詩を志し、元稹と併称されて「元白」として名高い。劉禹錫は政争にまきこまれて左遷に次ぐ左遷の悲運に遭ったのは柳宗元と同じであるが、地方の男女の情事や風俗などを詠じて「竹枝詞《ちくしし》」を創始することとなった。

韓愈は該博な知識をもとに句法・修辞・押韻にも独自の境地を開き豪放な古詩を得意とした。門下の孟《もう》郊《こう》と賈島《かとう》は苦吟したことで知られ「郊寒島痩《こうかんとうそう》」の句が生まれている。

晩唐

第十三代の皇帝敬宗は宦官に弑せられた。弟の文宗はその後を承けて即位した。当時宦官が力を振い、政界はいわゆる「牛・李の党争」で紊乱を極めていた。こうしたなかで唐王朝の栄華は、もはやよみがえるきざしを見出すことのできない様相を呈していた。第十八代の僖宗の時代には黄河平地一帯に飢饉が続いて各地に農民一揆が発生し、その首領となった黄巣《こうそう》はついに洛陽・長安を陥すに至った。かくして唐は一気に滅亡に向かってゆくこととなる。

この時期の詩人には韋荘《いそう》・于武陵《うぶりょう》・温庭筠《おんていいん》・韓偓《かんあく》・許渾《きょこん》・高駢《こうべん》・司空図《しくうと》・曹松《そうしょう》・杜牧《とぼく》・皮日休《ひじつきゅう》・陸《りく》亀蒙《きもう》・羅隠《らいん》・李商隠《りしょういん》らがいる。

温庭筠は天才肌の詩人で技巧に満ちた詩の作者であり、故事の多い象徴的な詩を残し、李商隠と共に「温李」の称がある。韓偓は慷慨の士である一方、艶情の詩を作って『香奩集《こうれんしゅう》』を世に伝え、その詩体は「香奩体」の名を得ている。許渾も詩に巧みで世に知られた作が多い。晩年は潤州の丁卯橋のほとりに隠棲した。皮日休と陸亀蒙は並称されて、「皮陸」とよばれる。両者はともに唐の滅亡期に際会し、皮日休は黄巣に殺され、陸亀蒙は早く身を退いて「天随子」と号した。両者の唱和したものは『松陵集』として伝わっている。

李商隠は官僚としては政争に左右されて不遇であり郷里に帰って亡くなった。詩は沈鬱であり、独特の作風で難解なものが少なくない。しかし、その華麗な詩語の駆使は次代の宋初の詩人楊億《ようおく》らの「西崑体《せいこんたい》」の祖となった。司空図は僖宗・昭宗に仕え、のち後梁の太祖朱全忠が国を奪い、哀帝を弑したのを聞いて食を絶って世を去った。詩の品格を論じて『二十四詩品』を著している。

杜牧は李商隠と並んで「李杜」の称があるが、盛唐の杜甫に対しては「小杜」とよばれる。「阿房宮賦」

でも名高いが、「江南春」「山行」「烏江亭《うこう》」「赤壁」などよく知られた作品が多数ある。若いころから「風流才子」であり、李商隠とともに宋初の詩人たちに歓迎された。

唐は安禄山の乱後、各地に節度使が割拠して帝室を危うくし、やがて実質的には分割統治の様相を呈し、ついに宣武（河南省）の節度使であった朱全忠が唐室を亡ぼして後梁《こうりょう》王朝を樹立した。以後、中原にはこれを含めて後唐・後晋・後漢《こうかん》・後周の五代の王朝が興亡し、各地には他に十国が自立をくり返した。いわゆる五代十国の時代である。この混乱の後に宋が成立し唐の文化を継承することとなる。

コラム1　唐詩の選集

一般に読まれているものには『唐詩選』『三体詩』『唐詩三百首』がある。

『唐詩選』は明の李攀龍《りはんりょう》の撰となっているが、当時の書店が李氏の『古今詩刪《ここんしさん》』という本から唐の部を抜き出し、李氏の文集から「選唐詩序」を取って、その巻頭に附載したものに過ぎないとされている。五言古詩／七言古詩／五言律詩／五言排律／七言律詩／五言絶句／七言絶句の各詩体にわたり全七巻。全一二八家、四六五首を収めている。採詩は全時代にわたるが必ずしも公平でなく、明代格調派の重んずる盛唐詩に偏っていて、中晩唐の詩は少ない。例えば李白の詩は三三首、杜甫の詩は五一首であるのに対し、韓愈の詩は一首、白居易の詩も、杜牧の詩も欠く。

わが国では李攀龍一派を高く評価した荻生徂徠《おぎゅうそらい》門下から服部南郭《はっとりなんかく》が出て、この『唐詩選』に訓点を施して出版して以来、読書界の歓迎を受け家塾の教科書として広く流布し、明治以後も学校教材の定番となり、唐詩と言えば『唐詩選』であるかのような固定観念が出来上がっている。

『三体詩』は「さんていし」ともよばれ、宋末の周弼《しゅうひつ》の撰。七言絶句・七言律詩・五言律詩の三体を対象として近体詩のみ一六七家の四九四首を収める。中晩唐の詩を重んずる宋末の詩論に基づき、初唐の詩は一首も採らず、盛唐も、李白・杜甫の詩はない。最も多いのは晩唐の杜牧の詩。わが国では室町時代に五山の禅僧たちに愛読され、その影響は徳川初期にまで及んでいる。

『唐詩三百首』は清の乾隆年間に蘅塘退士《こうとうたいし》の撰したもので、唐詩から三一〇首を選び、概数で三百首と言っている。詩人の数は七五人。詩は各体ともあり、時代に偏りなく著名な詩を採っている。初学者の教科書として、中国各地の家塾などで読まれ、いまも中国では初学者の暗誦用や学習用の第一にこれが用いられる。日本で普及度の高い『唐詩選』はむしろ一般には知られていない。

以上三書はいずれも通俗書であるが、唐詩の選集には他に宋の洪邁《こうまい》の『万首唐人絶句』、明の高棅《こうへい》の『唐詩品彙《とうしひんい》』、清の王士禎《おうしてい》の『唐詩三昧集』など多数がある。なお、唐詩を網羅することを目的としたものには『全唐詩』九百巻がある。作者は二、二〇〇余人、詩数は四八、九〇〇余首が、康熙四十六年（一七〇七）の勅撰本である。大冊であるが、現在では洋装本が出版され、作者索引もあって利用に便利である。

第二章　唐詩名詩鑑賞

（1）初唐の詩人たちの作品

ここでは、魏徴《ぎちょう》、王勃《おうぼつ》、駱賓王《らくひんのう》、劉希夷《りゅうきい》、張九齢《ちょうきゅうれい》の作品を取上げる。

魏《ぎ》徴《ちょう》（五八〇〜六四三）

魏州曲城（山東省）の人。字《あざな》は玄成。幼くして孤児となり貧しかったので道士となった。しかし、大志を抱いて学問に励み、ひそかに政略・軍略を修めていた。隋末の天下の大乱では、まず群雄の一人李密《りみつ》に従ったが、李密が唐に降ると、唐の高祖の太子李建成《りけんせい》に見出されてその側近となった。李建成はやがて兄弟の李世民《りせいみん》と対立する。魏徴は李建成にすすめて李世民を除かせようとしたが、李世民は機先を制して兄を玄武門《げんぶもん》で襲撃して殺した。これが唐初に兄弟で天子の座を争ったいわゆる「玄武門の変」である。李世民（のちの太宗）は魏徴を引き据えて、「汝は何の故にわれら兄弟の離間を策したのか」と詰問するが、魏徴は「皇太子がわが策を早く用いていれば、今日の禍はなかりしものを」とうそぶいて恥ずるところがなかった。

ふところの深い太宗はむしろこの返答を喜び、彼を許した上で、やがて諫議大夫《かんぎたいふ》に抜擢した。以後、太宗の信任厚く、つねに臥内《がだい》に呼び入れて政治の得失を問うほどであった。

直言して憚らず、『旧唐書《くとうじょ》』の賛《さん》にも「智者言《ちしゃげん》を尽《つく》すは、国家の利、太宗之を用いて、子孫長世す」と称《たた》えられている。唐王朝草創期の名臣の一人である。

太宗がある時、「創業と守成（出来上ったものを守り育ててゆく）とは、いずれが難《かた》きか」と聞いた時、魏徴が「創業は易《やす》く、守成は難し」と答えたのが名言として知られる。

述懐　　魏徴

中原還逐鹿
投筆事戎軒
縦横計不就
慷慨志猶存
仗策謁天子
驅馬出關門
請纓繫南粤
憑軾下東藩
鬱紆陟高岫
出沒望平原

述懐《じゅっかい》　　魏《ぎ》徴《ちょう》

中原《ちゅうげん》還《ま》た鹿《しか》を逐《お》い
筆《ふで》を投《とう》じて戎軒《じゅうけん》を事《こと》とす
縦横《じゅうおう》の計《けい》は就《な》らざれども
慷慨《こうがい》の志《こころざし》は猶《な》お存《そん》す
策《さく》に仗《よ》って天子《てんし》に謁《えっ》し
馬《うま》を駆《か》りて関門《かんもん》を出《い》ず
纓《えい》を請《こ》うて南粤《なんえつ》を繫《つな》ぎ
軾《しょく》に憑《よ》って東藩《とうはん》を下《くだ》す
鬱紆《うつう》として高岫《こうしゅう》に陟《のぼ》り
出没《しゅつぼつ》して平原《へいげん》を望《のぞ》む

古木鳴寒鳥
空山啼夜猿
既傷千里目
還驚九折魂
豈不憚艱險
深懷國士恩
季布無二諾
侯嬴重一言
人生感意氣
功名誰復論

古木《こぼく》に寒鳥《かんちょう》鳴《な》き
空山《くうざん》に夜猿《やえん》啼《な》く
既《すで》に千里《せんり》の目《め》を傷《いた》ましめ
還《ま》た九折《きゅうせつ》の魂《こん》を驚《おどろ》かす
豈《あ》に艱険《かんけん》を憚《はばか》らざらんや
深《ふか》く国士《こくし》の恩《おん》を懐《おも》う
季布《きふ》に二諾《にだく》無《な》く
侯嬴《こうえい》は一言《いちげん》を重《おも》んず
人生《じんせい》　意気《いき》に感《かん》ず
功名《こうめい》　誰《たれ》か復《ま》た論《ろん》ぜん

〔詩形〕五言古詩　〔押韻〕平声元韻（軒・存・門・藩・原・猿・魂・恩・言・論）

〔語釈〕

○中原　古くから中国文化の中心であった黄河流域。転じて天下の意。○逐鹿　熟語として「チクロク」とも言う。「鹿《ろく》」が「禄」に通ずることから、帝王の座や天下を争うこと。「中原之鹿」「中原得鹿」（中原に鹿《しか》を得《う》）の句があり、前者は「帝位」、後者は「天下を取ること」を指す。○投筆　学問を棄てること。○戎軒　兵車。転じて軍事。「軒」は本来「車」の意。○縦横計　「合縦連衡《がっしょうれんこう》」の計略。「合縦」は戦国時代に秦以外の六国が縦《たて》に同盟して西の秦に対抗したこと、「連衡」は六国が横一列にそれぞれ秦と連合して仕えたこと。前者は蘇秦《そしん》、後者は張儀《ちょうぎ》が主張して実現させた策。○慷慨　いきどおり歎く、はげしい気迫。○仗策　「策」は馬のむち。馬のむちを仗《つえ》つく。むちを手に持って進み出ること。○纓　もとは冠のひも。ここでは馬の「むながい」の長い組紐。○南粤　「南越」に同じ。前漢の武帝の時、終軍という将軍が武帝に長纓を請い、これで南越王を縛って帰ると言った故事がある。○憑軾　「憑」はもたれかかる。「軾《しょく》」は車の前にある横木。二字で車に乗ったまま、敵を説得して降伏させること。漢の酈食其《れきいき》が調略によって東藩を下したとされる故事に基づく。○鬱紆　山坂の屈折していること。○高岫　高峰。○九折　つづら折りの坂道。○国士恩　国士として待遇された恩寵。春秋時代、晋の予《よ》譲《じょう》の故事がある。○季布　楚の人。然諾《ぜんだく》（約束）を重んじたことで知られた。○侯嬴　戦国時代、魏の人。主人信陵君《しんりょうくん》のために策を立てたが、老齢のため軍に従えないので、死を以って送ると誓い、約束の時間にみずから首を刎《は》ねて死んだ。

〔口語訳〕

天下が乱れ群雄が帝位を奪い取ろうと争っている時、
私も筆を棄てて戦《いくさ》に従うこととなった。
戦国の昔、蘇秦や張儀が合縦連衡の策を唱え、弁舌の力で天下を動かしたように、私もそれを試みたが志は成らなかった。
しかし、やむにやまれぬ意気込みだけはまだ十分に抱いている。
そこで天子（唐の高祖）の前に馬のむちを手にして進み出で、
その命を受けて軍馬を走らせて函谷関を後にした。
漢の終軍が武帝に長いひもを請い、これで南越王を縛って戻ると誓い、酈食其が軍を用いずして天下を帰順させると豪語したように、私も大きな成果を挙げたいものである。
いくさに出てみれば、うねうねとつづく高い尾根道を登り、
はるかな平原をその間から見はるかす。
古木には淋しげな鳥が鳴き、
空山には夜の猿の声が悲しく聞えてくる。
高きに登っては千里かなたの故郷を眺めやり、
つづら折りのけわしい坂では肝を冷したりする。
しかし、このような行路の険難を恐れる気持ちは少しもない。
私はひとり深く自分を国士として大切に遇して下さった天子の恩を思うばかりである。
史上、季布は然諾を重んじ、
侯嬴は一言を命をもって守ったとして知られる。
私の気持ちもこれと同じである。人生意気に感じたならば、
何で功名に未練を持つような心があるだろうか。

〔鑑　賞〕

詩は、五言古詩。李攀龍《りはんりょう》の『唐詩選』は五言古詩から始まり、しかも大体作者の年代順に排列してあるので、この詩は巻頭に置かれている。『唐詩選』を読む人はまずこの詩から読み初めるので、古来よく知られている詩である。末二句の「人生感意気　功名誰復論」は名言としても知られる。「人生意気に感

ず」という言葉の出典である。男の意気地を吐露した魏徴の誠実で毅然とした性格も好ましい。しかし、彼をしてこれほどまでに傾倒させたのは、太宗が「名君」であったからである。名君なくして名臣なしの好例であろう。

詩は南朝風の「繊弱華麗」な風をすっかり払い落とし、悲壮感をただよわせて感情が激発し、十分に新興の唐詩の趣きを備えている。秀れた対句を多用しているのも特色であるが、まだこのころは「律詩」は成立していなかった。

なお、彼は勅を奉じて諸書から治政の要を摘録した『群書治要』や正史の『隋書』も編纂している。しかし、これだけの胆略と才智があり堂々たる人生を歩んだ人であったが、容貌は香《かんば》しからず風采のあがらぬ人だったと史書は伝えている。魏徴が六十四歳で世を去った時、太宗が「朕、一鑑を失う」と歎いたのは名高い。

王《おう》 勃《ぼつ》（六四七〜六七五）

「初唐の四傑」の一人。字は子安。絳《こう》州龍門（山西省）の人とも太原（同上）の人ともいう。早熟の天才で六歳で文章を綴った。高宗の子沛王の王府に出仕したが、当時、諸王の間で流行した闘鶏《とうけい》の遊びをあおる激文を書いたため、高宗の怒りにふれて失職し、四川地方を放浪した。のち、法を犯した奴隷をかくまい、事の洩れるのを恐れてこれを殺したことが発覚、死刑になるところを恩赦でまぬがれた。

父も連坐して交趾《こうち》（ヴェトナム）の令に左遷されたが、王勃はこの父に逢いに行くために海を渡る途中、海中に落ちて溺死した。波瀾の生涯で、時に二十八歳とも二十九歳とも言う。『旧唐書』の伝には、その平生について「才に傲《おご》り、同僚の嫉《にく》むところとなる」と記されている。ある時、異人があらわれて、彼の人相を占い「秀でて（花咲きて）実らず。ついに大貴《たいき》となることなし」と告げたという。

兄の王績《おうせき》も詩人。足の病を理由に早く官をやめ、黄河のほとりに家を構えて隠士となった。邸のまわりに多くの黍を植え、これで春秋ごとにキビ酒をかもした。雁を飼い薬草を蒔いて自活し、琴を弾じ詩を詠み文を作って気ままに暮らし、刺史（地方長官）が来ても口もきかなかった。

一日に五斗の酒を飲み、「五斗先生伝」『酒経』『酒譜』などを著した。坐右には『易』『老子』『荘子』の三書のほか、何も置かなかった。五言律詩「野望」は絶品である。

滕王閣　　王勃《おうぼつ》

滕王高閣臨江渚
佩玉鳴鸞罷歌舞
畫棟朝飛南浦雲
朱簾暮捲西山雨
閒雲潭影日悠悠
物換星移幾度秋
閣中帝子今何在
檻外長江空自流

滕王閣《とうおうかく》

滕王《とうおう》の高閣《こうかく》　江渚《こうしょ》に臨《のぞ》み
佩玉鳴鸞《はいぎょくめいらん》　歌舞《かぶ》罷《や》みぬ
画棟《がとう》朝《あした》に飛《と》ぶ南浦《なんぽ》の雲《くも》
朱簾《しゅれん》暮《ゆうべ》に捲《ま》く西山《せいざん》の雨《あめ》
閒雲潭影《かんうんたんえい》　日《ひ》に悠悠《ゆうゆう》
物換《ものかわ》り星移《ほしうつ》りて幾度《いくたび》の秋《あき》ぞ
閣中《かくちゅう》の帝子《ていし》　今何《いまいずく》にか在《あ》る
檻外《かんがい》の長江《ちょうこう》　空《むな》しく自《おのずか》ら流《なが》る

〔詩　形〕七言古詩　〔押　韻〕上声語韻〈渚・舞・雨〈麌韻通押〉〉、平声尤韻〈悠・秋・流〉

〔語　釈〕

○滕王　高祖の子、唐の太宗の末弟に当る李元嬰《りげんえい》。○江渚　なぎさ。○佩玉　官吏の大帯にかけた飾り玉。歩くにつれて音を立てる。○鳴鸞　馬のくつわにつけた鈴。車の走るのにつれて鳴る。○画棟　建物の彩色したむなぎ。○朱簾　朱色のすだれ。一本に「珠簾」ともある。○間雲　静かに流れる雲。「間」と「閑」は同意。○潭影　淵の色。○帝子　ここでは滕王・元嬰をいう。○檻外　建物の手すりの外。

〔口語訳〕

いま滕王の修建した高閣は江のなぎさに臨んでいる。

この地は以前佩玉や馬車の鈴を鳴らして、多くの高貴な官人たちが集まり歌舞によって遊宴を催したところであった。しかし、それも昔語りとなってしまった。

かつてはその高閣に朝には南浦の雲が飛びかい、

夕には朱簾を捲き上げて西山に降る雨を眺めたことであったろう。

新しい高閣に立って見てみると、空ゆく雲も青い淵も悠々として昔と変らぬが、

地上のすべてのものは変ってしまい、月日も移って何年過ぎたであろうか。

むかしこの高閣の主人であった帝の御子滕王はいまどこにおられるか。

欄干《おばしま》の外では大江が変ることなく空しく流れつづけている。

〔鑑　賞〕

詩は七言古詩。前半四句は上声語韻と麌韻で通押《つうおう》（渚・舞・雨）し、後半四句は平声尤韻（悠・秋・流）で押韻している。従って詩意も二分され、前半句は眼前の叙景、後半句は追懐の叙情となっている。三、四、五、六句はともに見事な対句で仕立てられているが、換韻し、かつ仄韻を用いているので、律詩にはならない。

滕王閣《とうおうかく》は古の豫章郡の西、贛江《かんこう》の岸にあった。いまの江西省南昌の西南である。かつて高祖の末子元嬰が滕王に封《ほう》ぜられたとき建てたので滕王閣と名付けた。その後、一度荒廃し、高宗のはじめに閻伯嶼《えんはくしょ》が洪州の刺史となって修復した。

上元二年（六七五）九月九日、重陽の佳節に閻は大勢の客を招いて、ここで盛大な宴を開き、人々に詩を賦させた。まずはじめ閻は自分の壻《むこ》の呉子章に命じてその序文を作らせておいた上で、人々に同じく序を求めた。しかし、人々はそのことを知っていてあえて提出するものがなかったが、たまたまこの地に来て末席につらなっていた王勃が、最も年少ながら紙筆を受けて悠然として起草した。閻は思惑もはずれその不遜を怒ったが、その文を見るに及んで、忽ち感歎し、壻に序を出させることを止めさせると共に、王勃にはさらに併せてこの詩を作らせ、ともに歓を尽したという。その序すなわち「滕王閣序」も名文であり、現に『古文真宝』後集に収められ、広く愛読されている。

王勃は面目を施し、閻から絹百匹を贈られ意気揚々として舟に乗り、この地を去ったが、海洋に出て暴風に遭い、海に溺れて亡くなった。この序と詩とが彼の絶筆である。

序では「勃三尺微命、一介書生」〈勃は三尺の微命〈微々たる生物〉、一介の書生〉と言いながら、古今の故事を縦横に用い、秀句をちりばめて、余人の追随を許さぬ堂々たる名文を綴っている。序にも詩にも一代の若き天才の英気がほとばしっており、嵐のごとく人生を駆け抜けた若者への愛惜を感ぜずにはいられない。

駱賓王《らくひんのう》（六四〇～六八四）
婺州《ぶしゅう》義烏《ぎう》（浙江省）の人。駱は姓。賓王は名であり、王族のことではない。七歳で詩を賦し文を作った。五言詩を得意とした。好んで博徒と遊んだといい、官に就いても間もなく職を棄てて去った。のち乱に加わって敗れ、誅せられた。高宗の末のころである。逃れて僧となり杭州の霊隠寺に身をかくすことができたともいう。「初唐の四傑」の一人。則天武后がその作品を重んじ、遺文を集めさせたとされる。

易水送別　　駱賓王《らくひんのう》

此地別燕丹
壮士髪衝冠
昔時人已没
今日水猶寒

易水送別《えきすいそうべつ》

此《こ》の地《ち》　燕丹《えんたん》に別《わか》る
壮士《そうし》　髪《はつ》　冠《かんむり》を衝《つ》く
昔時《せきじ》　人《ひと》已《すで》に没《ぼっ》し
今日《こんにち》　水《みず》猶《な》お寒《さむ》し

〔詩形〕 五言絶句　**〔押韻〕** 平声寒韻（丹・冠・寒）

〔語　釈〕

○燕丹　燕の太子丹。○壮士　荊軻《けいか》。

〔口語訳〕

この地、易水のほとりで、昔、荊軻が燕の太子丹と別れて（始皇帝刺殺のために）旅立った。

この時、荊軻の髪は怒りのために逆立ち冠を突き上げていた。

いまや昔の人々はもうすでにどこにもいないが、

易水の流れだけは依然として変りなく、流れつづけている。

〔鑑　賞〕

戦国末期、燕は中国の東北、いまの北京のあたりにあった大国。しかし、武力盛んな秦に苦しめられ、存亡の淵に追いつめられていた。この国の太子丹は一時、秦に人質となっていたが、数々の侮辱を受けて逃げ帰り、心に深く復仇を誓っていた。丹は秦の始皇帝暗殺を計画し、暗殺者として、衛出身の荊軻を選び、事を託した。荊軻は覚悟を定めて死地に向かうこととなった。易水のほとりで開かれた壮行の宴には筑《ちく》の名手高漸離《こうぜんり》もやって来た。高漸離が筑をかきならし、荊軻がこれに和して歌を詠い、感きわまって号泣した。その歌は、

風蕭蕭兮易水寒　　風《かぜ》は蕭 蕭《しょうしょう》として易水《えきすい》寒《さむ》し

壮士一去兮不復還　　壮士《そうし》一《ひと》たび去《さ》って復《ま》た還《かえ》らず

とあるものである。

秦に着いて始皇帝の前に進み出た荊軻は、秦の求めていた将軍樊於期《はんおき》の首を差し出したのち、いま一つ求められていた燕の地図を手渡すと見せかけて、その中に秘めていた匕首《あいくち》で始皇帝を一刺しにしようとしたが、不覚にも始皇帝に逃げられ、かえってその側近たちに惨殺されてしまった。

駱賓王の詩はもちろん、この物語に基づいて創作されている。

易水は河北省易県にある。私も中国へ行った時、保定市から北京に戻る途中、車でこの川を渡り、近くの荊軻の墓にも詣でた。蕪村の句に「易水に根深流るる寒さかな」がある。「根深」はネギのことである。

劉希夷《りゅうきい》（六五一～六七九）

汝州《じょしゅう》（河南省）の人、高宗の上元二年（六七五）の進士。字は廷芝《ていし》とも庭芝とも挺芝ともされる。流麗な詩で知られたが、その作品中の「年年歳歳花相似／歳歳年年人不同」の名句を舅《おじ》の宋之問《そうしもん》にゆずってくれと言われ、これを断ったため砂袋で圧殺されて世を去ったという伝説をのこす。

『旧唐書』には「よく従軍閨情の詩をつくり、詞調哀苦にして、時の重んずるところとなる。志行修まらず、姦人のために殺さる」と記され、『唐才子伝』には「舅の宋之問、奴《ど》（使用人）をして土嚢《どのう》を以って別舎に圧殺す。時に未だ三十に及ばず。人ことごとく之を憐れむ」とある。同書にはまた「希夷は姿容美しく、談笑を好み、よく琵琶を弾じ、酒を飲めば数斗に至るも酔はず」と伝えている。文集十巻、詩集四巻があったとされるが、伝わってはいない。

代悲白頭翁

洛陽城東桃李花
飛來飛去落誰家
洛陽女兒惜顏色
行逢落花長歎息
今年花落顏色改
明年花開復誰在
已見松柏摧爲薪
更聞桑田變成海
古人無復洛城東
今人還對落花風
年年歲歲花相似
歲歲年年人不同
寄言全盛紅顏子
應憐半死白頭翁
此翁白頭眞可憐
伊昔紅顏美少年

白頭《はくとう》を悲《かな》しむ翁《おきな》に代《かわ》る

劉希夷《りゅうきい》

洛陽城東《らくようじょうとう》　桃李《とうり》の花《はな》
飛《と》び来《きた》り飛《と》び去《さ》って誰《た》が家《いえ》にか落《お》つ
洛陽《らくよう》の女児《じょじ》　顔色《がんしょく》を惜《お》しみ
行《ゆ》くゆく落花《らくか》に逢《お》うて長歎息《ちょうたんそく》す
今年花落《こんねんはなお》ちて顔色改《がんしょくあらた》まり
明年花開《みょうねんはなひら》いて復《ま》た誰《たれ》か在《あ》る
已《すで》に見《み》る　松柏《しょうはく》の摧《くだ》かれて薪《たきぎ》と為《な》るを
更《さら》に聞《き》く　桑田《そうでん》の変《へん》じて海《うみ》と成《な》るを
古人《こじん》復《ま》た洛城《らくじょう》の東《ひがし》に無《な》く
今人《こんじん》還《ま》た対《たい》す落花《らくか》の風《かぜ》
年年歳歳《ねんねんさいさい》　花相似《はなあいに》たり
歳歳年年《さいさいねんねん》　人同《ひとおな》じからず
言《げん》を寄《よ》す　全盛《ぜんせい》の紅顔《こうがん》の子《し》
応《まさ》に憐《あわ》れむべし　半死《はんし》の白頭翁《はくとうおう》
此《こ》の翁白頭《おうはくとう》　真《まこと》に憐《あわ》れむ可《べ》し
伊《こ》れ昔《むかし》　紅顔《こうがん》の美少年《びしょうねん》

公子王孫芳樹下
清歌妙舞落花前
光祿池臺開錦繡
將軍樓閣畫神仙
一朝臥病無相識
三春行樂在誰邊
宛轉娥眉能幾時
須臾鶴髮亂如絲
但看古來歌舞地
惟有黃昏鳥雀悲

公子王孫《こうしおうそん》　芳樹《ほうじゅ》の下《もと》
清歌妙舞《せいかみょうぶ》せり　落花《らくか》の前《まえ》
光禄《こうろく》の池台《ちだい》　錦繍《きんしゅう》を開《ひら》き
将軍《しょうぐん》の楼閣《ろうかく》　神仙《しんせん》を画《えが》く
一朝《いっちょう》　病《やまい》に臥《ふ》しては相識《そうしき》無《な》く
三春《さんしゅん》の行楽《こうらく》　誰《た》が辺《ほと》りにか在《あ》る
宛転《えんてん》たる娥眉《がび》　能《よ》く幾時《いくとき》ぞ
須臾《しゅゆ》にして鶴髪《かくはつ》　乱《みだ》れて糸《いと》の如《ごと》し
但《た》だ看《み》る　古来歌舞《こらいかぶ》の地《ち》
惟《た》だ黄昏鳥雀《こうこんちょうじゃく》の悲《かな》しむ有《あ》るのみ

〔詩　形〕七言古詩〔押　韻〕平声麻韻（花・家）、入声職韻（色・息）、上声賄韻（改・在・海）、平声東韻（東・風・同・翁）、平声先韻（憐・年・前・仙・辺）、平声支韻（時・糸・悲）

〔語　釈〕
○洛陽　唐代も副都として栄えていた。○誰家　だれのもとに。誰の家ではない。「家」は助字。○松柏摧為薪　松も柏も墓に植えられる木。それが薪にされるというのは「世の転変」を指す。○桑田変成海　「田」は田畑。これは天地の変動、世の移りゆきのはげしさをいう。○還　また、やはり、「かえって」と訓じてもよい。○美少年　ここではやや遊び人風の若者を指している。○公子王孫　貴族や王家の子弟。特権階級に属する家の若者。○光

緑池台　豪華な池のほとりのうてな。漢代に光禄大夫であった王根が池のかたわらに豪勢な建物を造った故事がある。○将軍楼閣　大将軍だった後漢の梁冀《りょうき》の広大な邸をいう。○一朝　ひとたび。一旦。○宛転　まるく描いた。○娥眉　女性の美しい形の眉をさす。○須臾　たちまち。○鶴髪　老人の鶴のような白髪。

〔口語訳〕

洛陽の町の東に咲き誇る桃李の花よ。
吹く風に誘われ、だれのもとに飛び去ってゆくのか。
洛陽の乙女たちは花の色のうつろいゆくのを惜しみつつ、
落花に向かってためいきさえついている。
花が散れば人の顔色も衰えるように、
いまいるすべての人が来年もこのままでいられようか。
松柏が摧かれて薪となり、
桑田が変じて海となることさえあるのも世のさだめ。
以前いた人も今年はもう花の前には現れず、
花を見る人は入れ変って、いま私たちがこの花の前に立っている。
年々歳々、花は同じであっても、
歳々年々、見る人は同じではない。
いまを盛りと若さを誇る者たちよ、一寸耳を傾けなさい。

眼の前にいる半死の白頭翁はまさに哀れである。
この翁の白頭はだれが見てもまさに哀れむべきである。
しかし、この翁も昔は紅顔の美少年であったのだ。
美々しく着飾った貴公子たちと花の下で交わり、
落花の前で歌を唱い巧みに舞っていた人々の一人である。
後漢の大将軍の光禄の池台のような豪邸で宴にもつらなっていた。
権勢を誇る梁冀将軍の楼閣にはすばらしい神仙が描かれていたのだ。
しかし、一旦病に臥しては知る人もなくなり、
あの全盛期の春の遊びも遠く去ってしまった。
女性の美しい娥の形をした眉もいつまで形を留めることができるのか、
男子の黒髪もいつかは鶴の頭のように白く乱れたものとなってしまうのだ。
見よ、古来の歌舞の地がどこもわびしくさびれ果て、
たそがれに鳴く鳥の声を聞くばかりの地となっていることを。

〔鑑　賞〕

才子の作にふさわしく全編名句ぞろいであるが、ことに十一、十二句の「年年歳歳花相似／歳歳年年人不同」の対句は古来極めつけの名句として世に知られている。

わが国の『和漢朗詠集』にも巻下にこの二句が収められているので、平安朝以来、大宮人たちも愛唱す

るものとなっていた。部立は「無常」。但し作者は劉希夷でなく宋之問になっている。『古文真宝』前集所収のこの詩は、同じく宋之問となっており、詩題も「有所思」（思う所有り）である。

張九齢《ちょうきゅうれい》（六七八～七四〇）

字は子寿《しじゅ》。韶《しょう》州曲江（広東省）の人。玄宗の時に宰相となり名宰相とうたわれた。門閥貴族出身の李《り》林甫《りんぽ》と対立し讒言《ざんげん》によって宰相をやめさせられ荊州長史に左遷された。この時、にわかに郷里に帰って墓参をしたいと申し出て、まもなく病にかかって卒《しゅっ》した。歳六十三。

政界においても詩壇においても、当時の実力者だった張説《ちょうえつ》の影響を強く受けている。

照鏡見白髪　　張九齢《ちょうきゅうれい》

宿昔青雲志
蹉跎白髪年
誰知明鏡裏
形影自相憐

鏡《かがみ》に照《て》らして白髪《はくはつ》を見《み》る

宿昔《しゅくせき》　青雲《せいうん》の　志《こころざし》
蹉跎《さた》たり白髪《はくはつ》の年《とし》
誰《たれ》か知《し》る明鏡《めいきょう》の裏《うち》
形影《けいえい》　自《みずか》ら相憐《あいあわ》れまんとは

〔詩形〕五言絶句　**〔押韻〕**平声先韻（年・憐）

〔語釈〕

○宿昔　むかし。「宿」は以前からの意。○青雲志　功名を立てようとする志。青雲は高い理想や功名をさす。○蹉跎　つまづく。挫折する。○明鏡裏　「明鏡」は鏡。詩中では二字にして「明鏡」とすることが多い。「裏」は「裡」と同じで、内側。うらではない。○形影　わが形（肉体）と影（鏡に映った姿）。

〔口語訳〕

若いころから高い志を持っていたが、
事、志とちがって何もできず、挫折したまま白髪の年になってしまった。
誰がはじめから思っても見ただろうか。
鏡にうつる自分の顔を見て、われとわが身を哀れむことになろうとは。

〔鑑　賞〕

老の歎きは誰しも抱くものであるが、張九齢は最後は失脚して左遷されたとは言え、一代の名宰相として玄宗の信任をほしいままにした人であり、「蹉跎たり」という感慨を催すような人生行路ではなかった。老いたりとはいえ、まだまだ多くの抱負のある身を政敵李林甫に打ちくだかれ、荊州に流されたことの打撃が大きかったのであろうか。『旧唐書』の伝には「性すこぶる躁急、ややもすれば、すなわち忿詈（怒りののしる）す」とあるから、人一倍ストレスを感じやすい性格であったのであろうか。

会津八一の『印象』には次の短歌訳がある。

あまがける　こころ　は　いづく　しらかみ　の
みだるる　すがた　われ　と　あひ　みる

張九齢の政敵李林甫は唐の宗室の家に生れ、玄宗に接近して次々と反対者を追放し、ついに宰相の地位に就き権力を振うに至った。その性格は「口に蜜あり、腹に剣あり」と言われた人であった。

(2) 盛唐の詩人たちの作品

ここには王翰《おうかん》、王之渙《おうしかん》、王昌齢《おうしょうれい》、高適《こうせき》、孟浩然《もうこうねん》、王維《おうい》、李白《りはく》、杜甫《とほ》の作品を収めた。李白と杜甫の詩については、とくに編年風にして多く取り上げている。

王《おう》　翰《かん》（六八七〜七二六?）

字は子羽。幷州晋陽（山西省太原市）の人。睿宗《えいそう》の景雲元年（七一〇）に進士に合格し、宰相でもあり、文壇の重鎮でもあった張説《ちょうえつ》に認められ、駕部員外郎になったが、性格が豪快で酒を愛し妓女とたわむれ、王侯のごとく暮したので批判を受けた。議論もずけずけと言い、人に憚ることがなかった。このため張説の力が衰えると、次第に官職をおとされ、道州（湖南省道県）の司馬として亡くなった。いずれにしても才を恃んだ人であった。詩人の祖詠や杜華と親しかった。『新唐書』の伝には「人悪《にく》まざるはなし」と記されている。

「涼州詞」が特に名高く、『全唐詩』には十四首残っている。なお、『旧唐書』はこの詩の作者を王澣として載せてある。

涼州詞　　王翰《おうかん》

蒲萄美酒夜光杯
欲飲琵琶馬上催
醉臥沙場君莫笑
古來征戰幾人回

涼州詞《りょうしゅうし》

蒲萄《ぶどう》の美酒《びしゅ》　夜光《やこう》の杯《はい》
飲《の》まんと欲《ほっ》すれば琵琶《びわ》馬上《ばじょう》に催《もよお》す
酔《よ》うて沙場《さじょう》に臥《ふ》す君《きみ》笑《わら》うこと莫《な》かれ
古来征戦《こらいせいせん》　幾人《いくひと》か回《かえ》る

〔詩　形〕七言絶句　〔押　韻〕平声灰韻（杯・催・回）

〔語　釈〕
○蒲萄　ブドウは西域産の果物で、蒲萄酒は当時、珍重されたもの。○夜光杯　これも西域産で玉杯の一つ。○琵琶　西域わたりの楽器。この二文字は原音に対する宛字。○沙場　沙漠。西域は砂の平原である。しかしいわゆるゴビは小石まじりの砂場。○征戦　戦争、戦争に行くこと。

〔口語訳〕
蒲萄の美酒を夜光の杯に注ぎ、
これを飲もうとすると、折しも馬上で琵琶を弾く者がいる。

この琵琶の音を聞きながら、いつの間にか大酔して、ついには沙場に倒れ伏す醜態まで演じてしまった。しかし人々よ、この私の愚かさを笑って下さるな。古来私のように戦争に駆り出されて、還らぬ人となり、屍を北辺にさらすようになった者がどんなに多いことか。この者たちにおもいを寄せ、わが身の明日を考えると、こうせずにはいられぬ重苦しさがあるのだから。

〔鑑　賞〕

「唐代七絶」の第一の作とされる。兵士の心と姿とが如実に伝わってくる。豪俠の名をほしいままにした作者の面目もよく現されている。「葡萄美酒」「夜光杯」「琵琶」「沙場」など、当時のエキゾチシズムを触発する用語も効果を挙げている。ただ作者は西域には行っていない。これは征戦に赴いた兵士になり変って詠んだものである。

なお、この詩の題は『唐詩三百首』では「涼州曲」となっている。

王之渙《おうしかん》（六八八～七四二）

字は季陵。近代出土の墓誌には絳《こう》県（山西省新絳県）の人とある。少年の頃は長安郊外の五陵の地で仲間と群れて酒に耽ったり高歌放吟したりする日を送っていた。五陵には長安郊外の漢の高祖の長陵をはじめ五つの歴代皇帝の陵墓がある。長安の豪家の子弟が銀鞍白馬で青春を謳歌していたところである。

しかし、王之渙はやがてこうした游蕩生活と断絶し学問と詩作に関心を向けるようになり、ついに同時代の名士たちにも知られるまでに至った。
のち推されて官に就いたが、性に合わず、長い在野生活を送ることとなった。晩年、再び官に就き文安県（河北省）の尉となったが間もなく病んで官舎で亡くなった。詩人としては天才的で一詩が出来上がるごとに楽工が節をつけて世に出し、歌曲は人々にもてはやされたという。但し、現在、作品は六首しか伝わっていない。同時代の詩人では王昌齢と「忘形爾汝《ぼうけいじじょ》」（われを忘れ、おれ、お前の間柄となる）の交わりをしたという。他に高適とも親しかった。

ここでは『唐詩選』所収の「登鸛鵲楼」「涼州詞」（『唐詩三百首』では「出塞」と題す）の二首を挙げておく。

登鸛鵲楼　　王之渙《おうしかん》

白日依山盡
黄河入海流
欲窮千里目
更上一層樓

鸛鵲楼《かんじゃくろう》に登《のぼ》る

白日《はくじつ》　山《やま》に依《よ》りて尽《つ》き
黄河《こうが》　海《うみ》に入《い》りて流《なが》る
千里《せんり》の目《め》を窮《きわ》めんと欲《ほっ》し
更《さら》に上《のぼ》る一層《いっそう》の楼《ろう》

〔詩形〕五言絶句　〔押韻〕平声尤韻（流・楼）

〔語釈〕

○白日　太陽の輝くさまを「白」に見立てた。ここでは夕日。次句の黄河の「黄」との対比を狙った用字法。

〔口語訳〕

いま夕陽は西の山に沿って沈もうとしている。
この空の下、黄河は東へ東へと海に向かって流れてゆく。
この光景への感動を胸に、私は更に広大な眺めを見渡したいと、
鸛鵲楼をいま一層上へと登ってゆくのだ。

〔鑑　賞〕

中原を二つに割って流れる黄河を前に、この楼は建っている。私も一度このあたりと言われるところに立ち寄ったことがある。山西の黄土高原に位置を占める蒲城の北である。近くに永済県《えいせい》があり唐代伝奇小説『鶯鶯伝《おうおうでん》』の舞台となった名刹普救寺がある。

鸛鵲楼はもとはこの永済県城の西南、黄河の中の高阜《こうふ》（高い丘）に在ったが、河流によって没したので、城の角楼にその名をつけて史蹟を残したとされる。遠く中条山脈が眺められる好位置にあった。「鸛鵲」とは「冠雀」で「かささぎ」。この鳥が楼上に巣を造ったのでその名が生れたという。

作者の故郷にも近く、作者はしばしば訪れているのだろう。楼上の眺めがすばらしく、黄河を前にした大景はまさに「更上一層楼」の衝動を駆らせる魅力があったに違いない。

涼州詞

王之渙《おうしかん》

黄河遠上白雲間
一片孤城萬仞山
羌笛何須怨楊柳
春光不度玉門關

涼州詞《りょうしゅうし》
黄河《こうが》遠《とお》く上《のぼ》る白雲《はくうん》の間《かん》
一片《いっぺん》の孤城《こじょう》万仞《ばんじん》の山《やま》
羌笛《きょうてき》何《なん》ぞ須《もち》いん楊柳《ようりゅう》を怨《うら》むを
春光《しゅんこう》度《わた》らず玉門関《ぎょくもんかん》

〔詩形〕七言絶句　〔押韻〕平声刪韻（間・山・関）

〔語釈〕
○万仞　山の高いことをいう。一仞は八尺。○羌笛　羌は西方の蛮族（異民族）の呼称。西戎のこと。「五胡」の一つ。漢族による蔑称。この羌人の吹く笛をさす。七孔あり五音を備えていた。竹製。○須　用と同じ。○楊柳　やなぎ。ここでは別れの曲である「折楊柳」にかけている。○春光　春の光、春景色。○玉門関　甘粛省敦煌県の西。陽関の西北にあった。いまも遺跡をとどめている。古代に西域に通じる要道の関所であった。なお敦煌の古称は「沙州」、中国の里程で「長安を去ること三千六百里」といわれた。

〔口語訳〕
黄河は東流して止まないものであるが、いま西に向かってひたすら進んでゆくと、高く白雲の上に上るようにさえ見える。
沙漠に近くなり景色はますます荒涼とし、一片の孤城が万仞の山のかなたに立つのみである。

折しも羌笛の吹きならす「折楊柳」の曲が流れて来たが、こんな荒涼としたところで別れの歌である「折楊柳」の悲しいしらべを聴く要はない。

ここはまだ春の楊柳も生ずることがない玉門関なのだから。

〔鑑　賞〕

詩題「涼州詞」は楽府《がふ》詩のもの（楽府題）であり、その曲調は涼州から渡って来た。涼州はいまの甘粛省武威県。シルクロードのいわゆる「河西回廊」に位置する。古くは西涼国があった。「涼州曲」の渡来は唐の玄宗の頃という。

内容は辺境の凄然たる風物と征戦に駆り出されて苦しむ兵士の境遇を詠んだもの。いわゆる「辺塞詩《へんさいし》」である。但し、王之渙にはその経験はなく、これも辺塞を行く人になり変って詠んだもの。

『唐詩三百首』には「出塞」と題して収められ、結句の「春光」は「春風」となっている。どちらも平字で詩法上問題はない。「孤城」「羌笛」「玉門関」などの用字で辺塞の風景を点描し、明るい「春光」と荒涼たる風土との距離感を強めている。

唐代の逸事を集めた『集異記』によると、王之渙が同時代の詩人王昌齢、高適と共に旗亭（酒楼）に赴き、それぞれの詩を妓女に歌わせた時、妓女たちの中でとりわけの美女が、王之渙の詩を楽器に合せて歌い、王之渙を得意にさせたとされる。妓女たちは座中の詩人たちが何者であるかを知らなかった。王之渙のこの詩が当時いかにもてはやされていたかを物語る逸話である。

なお、この詩は、もともと楽府題であるから唐以後、同題の詩はいろいろな詩人によってくり返し作られている。時として詩題は「涼州歌」ともなっている。

王昌齢《おうしょうれい》（七〇〇?～七五五）

江寧（南京市）の人とも京兆《けいちょう》（陝西省）の人とも言う。太原（山西省）説もある。字は少伯。開元十五年（七二七）の進士。秘書省校書郎を授けられたが、のち次々と左遷されて龍標（湖南省）の尉となり、安禄山の乱後、郷里に帰ったところを濠州の刺史に殺された。処刑を前にして「親を養いたいから」と命乞いをしたが、「お前のような奴の親など知るものか」と一言の下に斥けられた。清らかな詩情の持ち主なのにどうしてこうなってしまったのか、新旧唐書ともその性格について「細行《さいこう》を護らず」と記している。常識をことさらに無視して生きた人のようである。「塞上曲《さいじょうきょく》」「塞下曲」などを残し、「辺塞詩」を得意とした。

芙蓉樓送辛漸　　王昌齢《おうしょうれい》

寒雨連江夜入呉
平明送客楚山孤
洛陽親友如相問
一片冰心在玉壺

芙蓉楼《ふようろう》にて辛漸《しんぜん》を送《おく》る
寒雨《かんう》江《こう》に連《つら》なりて夜《よる》呉《ご》に入《い》る
平明《へいめい》客《かく》を送《おく》れば楚山《そざん》孤《こ》なり
洛陽《らくよう》の親友《しんゆう》如《も》し相問《あいと》わば
一片《いっぺん》の冰心玉壺《ひょうしんぎょくこ》に在《あ》り

〔詩形〕七言絶句　〔押韻〕平声虞韻（呉・孤・壺）

〔語　釈〕

○芙蓉楼　いまの江蘇省鎮江《ちんこう》市の西北。長江近くにあった高楼。○辛漸　伝不詳。○寒雨　冬の雨。○連江　雨あしが江上にたちこめる。○呉　ここでは鎮江のあたりを指す。○平明　夜明け。○楚山　鎮江の北方に見える山々を指す。「楚」はこの場合、鎮江より西方の長江中流一帯を指す。○冰心　氷のように澄んだ心。自分の心をたとえている。○玉壺　白玉で作られた壺。

〔口語訳〕

寒雨の雨足は江上にたちこめつつ江水と共に呉の街を流れてゆく。
夜明けと共に私は友人辛漸の旅立ちを送る。北には楚山がさびしい姿を見せている。
辛漸よ、洛陽に着いて親友に私の消息を聞かれたら、
一片の氷のように澄み透った心を白玉の壺に大事に納めて過ごしていると伝えてくれ。

〔鑑　賞〕

送別の詩であるが、それに託して自分の心情を吐露しようとしている。作者は左遷されて、当時江寧の丞（南京の副長官）をしていた。副長官とはいえ左遷の身の上であるから名ばかりの副長官であり、不平に満ちている。第四句は古今の名句で美しくもきびしいが、そのとぎすまされたところに、彼を左遷した人々への反感も託されている。

高《こう》適《せき》（七〇七～七六五）

字は達夫《たつふ》。滄州渤海（河北省）の人。家貧しく生業を営まず、乞食のような暮しをしていた。天宝年間に至り、詩文の才で立身する人を見て、歳五十にしてはじめて詩作を試み、数年のうちに異才を以て世に知られるようになった。河西節度使の哥舒翰《かじょかん》に呼ばれて幕僚に取り立てられた。安禄山の乱に当り哥舒翰は長安防衛の要衝潼関《どうかん》の守りに就き、高適もこれを補佐したが、武運つたなく潼関は破られ哥舒翰も殺されてしまった。のち高適は成都の行在所に赴いて、哥舒翰のために弁明に努めた。玄宗は高適の忠誠を認めたが、つねに自説を枉げなかったため、次の粛宗の時代には、権臣たちに排斥されて不遇であった。地方官を歴任したが治績があり、その地の官吏や人民からは歓迎される存在であった。

政治上の見識を有し、「天下の安危を以て己の任としていた」と言い、史書には「唐代を通じ、詩人で時局に通じていたのは、ただ高適のみだ」とも記されている。よび方は「こうてき」ともいう。

別董大　　　高《こう》適《せき》

十里黄雲白日曛
北風吹雁雪紛紛
莫愁前路無知己
天下誰人不識君

董大《とうだい》に別《わか》る

十里《じゅうり》黄雲《こううん》　白日曛《はくじつくら》し
北風《ほくふう》　雁《かり》を吹《ふ》いて雪紛紛《ゆきふんぷん》
愁《うれ》うる莫《な》かれ　前路《ぜんろ》に知己《ちき》無《な》きを
天下《てんか》誰人《たれひと》か君《きみ》を識《し》らざらん

〔詩　形〕七言絶句　〔押　韻〕平声分韻（曛・紛・君）

〔語　釈〕
○董大　名は庭蘭《ていらん》のことかとされる。「大」は排行《はいこう》（一族中の同世代の者の出生順につけられた数字）の第一の意。琴の名手で人に容れられず放浪の楽人となっていたらしい。○曛　音は「クン」。入日のひかり。黄色がかった空の暗さ。○紛紛　入り乱れるさま。ここではしきりに雪の舞うこと。

〔口語訳〕
たそがれの雲も暗く空に重苦しくかぶさっている。
北風は空行く雁を追い立てるように吹き荒れ、雪もしきりに舞っている。
いま君は別れて一人旅立つが、行く手にひとりも知己がないなどと歎きたもうな。
天下に誰か君を知らぬ者があろうか。

〔鑑　賞〕
落魄の人を慰める悲痛な詩。彼自身も権臣に追われて四川省の地方官暮しを余儀されている身。時に西川節度使であったかとされる。一介の楽師に寄せる無限の同情に高適のすぐれた人間味があふれている。おそらくその琴の演奏を聞いて感動したのであろう。『論語』にも「四海皆な兄弟」とあるが、「君の芸術をわかってくれる人はどこにでもいるはずだ」と強く励ましている。若いころ彼も「求丐《きゅうかい》」（物乞い）の生活をし、世の辛酸を嘗めてきた人であった。
この詩に対する筆者の短歌訳を左に掲げる。

　北国の別れは暗く辛かりき琴の歌聞き酒を飲みしが

なお、この詩は連作で他に次の一首がある。

六翮飄飄私自憐
一離京洛十餘年
丈夫貧賤應未足
今日相逢無酒錢

六翮《りくかく》飄飄《ひょうひょう》として私《ひそ》かに自《みずか》ら憐《あわ》れむ
一《ひと》たび京洛《けいらく》を離《はな》れて十余年《じゅうよねん》
丈夫《じょうぶ》貧賤《ひんせん》応《まさ》に未《いま》だ足《た》らざるべし
今日《こんにち》相逢《あいお》うて酒銭《しゅせん》無《な》し

「六翮」は六枚の強い羽を持った鳥。有為の人材。「飄飄」は風に吹き上げられること。

除夜作

旅館寒燈獨不眠
客心何事轉凄然
故鄉今夜思千里

除夜《じょや》の作《さく》　　高《こう》適《せき》

旅館《りょかん》の寒燈《かんとう》　独《ひと》り眠《ねむ》らず
客心《かくしん》　何事《なにごと》ぞ　転《うた》た凄然《せいぜん》
故郷《こきょう》　今夜《こんや》　千里《せんり》を思《おも》う

霜鬢明朝又一年

霜鬢《そうびん》　明朝《みょうちょう》　又《ま》た一年《いちねん》

〔詩　形〕七言絶句　〔押　韻〕平声先韻（眠・然・年）

〔語　釈〕

○寒燈　さびしく寒々としたともしび。○客心　旅心。旅先でのわびしさ。○凄然　寒けがするほどさびしい。○霜鬢　霜が降ったような白いびんの毛。

〔口語訳〕

旅先の宿のわびしい燈火の下で除夜を迎えた。

旅路にある身のわびしさはとどまるところがない。

故郷では今夜千里も遠く離れた私の身をさまざまに思いめぐらしているであろう。

私も明日の朝はまたこのわびしさも加わって一年歳をとり鬢の毛がさらに白くなっていることであろう。

〔鑑　賞〕

除夜は「除夕《じょせき》」ともいい、おおみそかの夜。旧歳を除き去るので「除」という。作者が封丘《ほうきゅう》（河南省封丘県）の尉《い》という職を去り、遊歴していたころの作かとされる。全詩とも対句仕立てに近い形をとっている。畳みこむようにして除夜の感慨が詠いあげられている。筆者の短歌訳を掲げる。

年の瀬の旅のやどりに籠りいて老いのなやみはいやまさるのみ

塞上聞吹笛　高《こう》適《せき》

雪淨胡天牧馬還
月明羌笛戍樓閒
借問梅花何處落
風吹一夜滿關山

塞上《さいじょう》に吹笛《すいてき》を聞《き》く
雪《ゆき》浄《きよ》く　胡天《こてん》　馬《うま》を牧《ぼく》して還《かえ》る
月明《つきあき》らかに　羌笛《きょうてき》　戍楼《じゅろう》の間《かん》
借問《しゃもん》す　梅花《ばいか》　何《いず》れの処《ところ》より落《お》つ
風《かぜ》吹《ふ》いて一夜《いちや》　関山《かんざん》に満《み》つ

〔詩形〕七言絶句　〔押韻〕平声刪韻（還・間・山）

〔語釈〕

○胡天　胡地の空。胡地と同じ。胡は本来西方の異民族。○羌笛　えびすの吹く笛。楽器の一つ。七孔または五孔ありとされる。「羌」は西方異民族の一つ。○戍楼　とりでの物見やぐら。○借問　人にたずねる。試みに問う。現代語の「請問」（qǐng wèn）「試問」（shì wèn）と同じ。「シャクモン」でなく「シャモン」とよむ。○梅花「梅花落《ばいからく》」という笛の曲名。ここでは梅の花ではない。○関山　辺地の関所と山々。ここでは漢代の横吹曲辞《おうすいきょくじ》「関山月《かんざんげつ》」とかけている。この曲は別れを傷むもの。

〔口語訳〕

白雪が一面にひろがる冬の胡地に馬を駆って還ってくると、

月明の下、とりでの望楼から、羌笛の音が流れてくる。
その曲は耳を澄ませば「梅花落」の曲ではないか、梅の花の散ることもないこの地にこの曲の音が降り落ちてくるのは心にしみることだ。
笛の音はまたあの「関山月」の曲を想わせ、あたりの関山一帯に風と共に流れ渡るかのようだ。

〔鑑　賞〕

辺境のとりでの様子を描写し、いわゆる「辺塞詩《へんさいし》」の一つである。高適には他に「劉評事の朔方《さくほう》判官に充《あ》てらるるを送り、征馬嘶《せいばせい》を賦し得たり」などの詩があり、岑参《しんじん》と共に「辺塞詩」の名手の双璧。なお、『全唐詩』ではこの詩は「王七の玉門関に吹笛を聴くに和す」という題になっている。王七が笛を聞いて詩を作り、高適がこれに唱和したこととなる。王七は不詳。字句にも異同がある。

營州歌　　高適

營州少年愛原野
狐裘蒙茸獵城下
虜酒千鍾不醉人
胡兒十歳能騎馬

営州《えいしゅう》の歌《うた》　　高《こう》適《せき》

営州《えいしゅう》の少年《しょうねん》　原野《げんや》を愛《あい》し
狐裘《こきゅう》　蒙茸《もうじょう》　城下《じょうか》に猟《りょう》す
虜酒《りょしゅ》　千鍾《せんしょう》　人《ひと》を酔《よ》わしめず
胡児《こじ》　十歳《じっさい》　能《よ》く馬《うま》に騎《の》る

〔詩　形〕七言絶句　〔押　韻〕上声馬韻（野・下・馬）

〔語　釈〕

○狐裘　本来は狐の腋下の白い毛で作った皮衣。ここでは狐毛の皮衣。○蒙茸　草が乱れたり物の乱れたりするさま。『詩経』に「狐裘蒙戎《もうじゅう》」の句があり、狐の毛が乱れているさまを指す。○虜酒　胡酒と同じ。異民族の酒をいう。○千鍾　千杯と同じ。「鍾」には酒器・杯の意がある。

〔口語訳〕

営州の若者は草原を愛し、
狐の皮衣をふり乱して城外の大地をかけめぐり狩をして過す。
酒はいくら飲んでも酔わないし、
十歳でも巧みに馬を乗りこなして生きている。

〔鑑　賞〕

営州はいまの熱河省の朝陽県のあたり。太古には山戎という種族が住んでいた。いわゆる塞外の地。高適は若いころ任俠の徒として辺境を放浪した経験がある。この詩はいつごろの作かはっきりしない。辺境の異民族をさげすむことなく、そのはつらつとした強さにすなおに共鳴し好感を寄せている。私もモンゴルの草原で馬に乗ったが、十歳そこそこの子が軽々と馬に飛び乗り、騎乗を楽しんでいるのを目の当りに見ている。

この詩は『三体詩』「七言絶句・側体」に収められている。「野・下・馬」と仄字の上声三十五馬で押韻しているからである。なお、この詩をやがて胡人の安禄山や史思明が乱を起すであろうことを予言したものだとする解釈があるが曲解以外の何物でもない。

孟浩然《もうこうねん》（六八九～七四〇）

襄陽（湖北省）の人。鹿門山に隠れ四十歳で長安に出て、進士に合格せず、また故郷に戻った。張九《ちょうきゅう》齢《れい》や王維《おうい》と交わり、詩名があった。五言絶句の「春暁」の詩が名高い。

臨洞庭上張丞相　孟浩然《もうこうねん》

八月湖水平
涵虚混太清
氣蒸雲夢澤
波撼岳陽城
欲濟無舟楫
端居恥聖明
坐觀垂釣者
徒有羨魚情

洞庭《どうてい》に臨《のぞ》みて張丞相《ちょうじょうしょう》に上《たてまつ》る

八月《はちがつ》　湖水《こすい》平《たい》らかに
虚《きょ》を涵《ひた》して太清《たいせい》に混《こん》ず
気《き》は蒸《む》す雲夢《うんぼう》の沢《たく》
波《なみ》は撼《うご》かす岳陽城《がくようじょう》
済《わた》らんと欲《ほっ》するも舟楫《しゅうしゅう》無《な》し
端居《たんきょ》して聖明《せいめい》に恥《は》ず
坐《そぞ》ろに釣《ちょう》を垂《た》るる者《もの》を観《み》るに
徒《いたず》らに魚《うお》を羨《うらや》む情《じょう》有《あ》り

〔詩　形〕五言律詩　〔押　韻〕平声庚韻（平・清・城・明・情）

〔語　釈〕

○臨洞庭上張丞相　題は単に「臨洞庭」としたテキストもある。○張丞相　丞相張九齢《ちょうきゅうれい》を指すとも、張説《ちょうえつ》を指すともいう。在任の時期から前者なら作者晩年の作、後者なら四十歳前後の作とされる。○涵虚　「虚」は大空。大空をひたす。湖水が広がり水と空とが接して境目のない様子。○太清　大空。道教の用語。○気蒸　水蒸気が立ちこめる。○雲夢沢　洞庭湖北方付近の古名。大きな湿地帯がひろがっていたと伝えられる。○岳陽城　いまの湖南省岳陽の町。○欲済　湖水を渡ることであるが、仕官の望みを託した語とされる。○舟楫　舟とかじ。ここでは転じて仕官の手づる。○端居　閑居と同じ。何もしないで過すこと。○坐　「そぞろ」ならば「無意識に」。「坐《いなが》にして」ならば「何もせずに」。○釣　つり糸。○羨魚　仕官を望む気持ちをたとえるとされる。

〔口語釈〕

八月の洞庭湖の水は見渡すかぎり平らかで、
大空を水にひたして広がっている。
はるかな雲夢の沢《たく》あたりには水蒸気が立ちこめ、
湖水の波は岸辺の岳陽の町をゆり動かしているかのように思わせる。
さて私はいまこの湖水を前にして、ここを渡ろうとしても舟がない。
聖明な天子のお役に立ちたいと願いながら何もできずに恥じ入るばかりである。
ふと釣り糸を垂れている人を見て、

釣り人にあやかり魚を得たい（仕官したい）という気持ちが湧くばかりである。

〔鑑　賞〕

洞庭湖の風光を叙して、古来、杜甫の「登岳陽楼」と並ぶ傑作とされ、孟浩然の詩名を高めている作品。湖上の大景が絵画のように浮んでくる。しかし後半には「仕官を望む」という託意があるとされ、その「俗気」と前半の壮大な叙景との落差におどろくほかはない。しかし後半も巧みな描写によって詩として少しも破綻していないのはさすがである。

この詩は五言律詩。三・四句と五・六句はそれぞれ対句をなしている。最後の二句も対と見てよい。

王《おう》　維《い》（七〇一～七六一）

字は摩詰《まきつ》。その生年については定《さだ》かでないとされる。太原（山西省太原市）の人とされるが、父の代に蒲県に移ったので河東（山西省永済県）の人となった。玄宗の開元九年（七二一）の進士。弟の縉《しん》も俊才のほまれがあった。張九齢に抜擢されて出世し、天宝年間の末には給事中になっていた。しかし安禄山の乱が起ると、玄宗の蜀行に同行することができず、長安にいて賊の手に陥った。王維は薬を飲んで瘖《いん》病（唖者）といつわっていたが迫られて官に就かされてしまった。しかし安禄山が凝碧《ぎょうへき》宮で楽工（音楽家）に歌を演奏させて宴を開いた時、これを悲しんで「万戸傷心生野煙／百官何日更朝天／秋槐葉落空宮裏／凝碧池頭奏管絃」（万戸の傷心野煙に生じ／百官何《いず》れの日か更に天に朝せん／秋槐葉は落つ空宮の裏／凝碧池頭管絃を奏す）の詩を作った。乱が治まり粛宗が長安に帰った後、賊に仕えた罪を問われたが、弟縉の奔走とこの詩のために免れ、太子中允を授けられた。後、中書舎人、再び給事中となり、尚書右丞で亡くなった。

詩名も一代に高く、官歴も順当な生涯であった。最後の官名によって王右丞《おううじょう》とよばれる。ふだん弟の縉と共に仏を奉じて蔬食し、肉類を絶っていた。初唐の詩人宋之問の藍田県の別荘を手に入れ輞川荘《もうせんそう》を営んだ。妻を失ったのちは再び娶らず、三十年孤居し、焚香して禅誦する日々を送った。画にも巧みで、その妙趣は画人も及ばずと称された。いわゆる南宗画《なんしゅうが》（文人画）の祖となっている。

代宗は王維の詩を好み、弟の縉（代宗の宰相をしていた）に命じて兄の遺詩を献上させた。縉は兄の詩は天宝のころは千数百首あったが、乱後はその十分の一も残っていないと歎きつつ四百余篇を集めて提出した。

いま伝わるものは『王右丞集』六巻三八四首。他に友人裴迪《はいてき》と唱和した『輞川集』がある。

前代の陶淵明、謝霊運の流れを汲む自然詩人で、その風は孟浩然、韋応物、柳宗元に受けつがれたので、世に「王孟韋柳」の名がある。

田園樂　一　　　　　　　　王《おう》　維《い》

採菱渡頭風急
策杖村西日斜
杏樹壇邊漁父
桃花源裏人家

田園《でんえん》の楽《たの》しみ　一《いち》

菱《ひし》を採《と》れば渡頭《ととう》風《かぜ》急《きゅう》なり
杖《つえ》を策《つ》けば村西《そんせい》日《ひ》斜《なな》めなり
杏樹壇辺《きょうじゅだんぺん》の漁父《ぎょほ》
桃花源裏《とうかげんり》の人家《じんか》

〔詩　形〕六言絶句　〔押　韻〕平声麻韻（斜・家）

〔語　釈〕

○渡頭　渡し場、船着き場。○杏樹壇辺　孔子が杏壇というところで絃歌していると、舟を下りた漁父が静かに来てこれを聴いた。孔子はこの漁父が隠れた賢者であることを悟り教えを乞うた。これは『荘子《そうじ》』「漁父篇」にある故事。○桃花源　晋の陶淵明が「桃花源記」で伝える理想郷。

〔口語訳〕

菱を採っていると渡し場のあたりは風がはげしく吹いている。
杖をついて出れば村の西方には夕日が傾く。
漁父を見ると杏樹の下で孔子と語った漁父を想い、
田家があれば桃花源の里かと考えてみたりする。

〔鑑　賞〕

「田園楽《でんえんらく》」と題する七首連作の一つ。「六言、筆を走らせて成る」と自注がある。即興詩。「六言絶句」は、漢の谷永、魏の文帝らに作例あり、唐代でも張説《ちょうえつ》、劉長卿《りゅうちょうけい》らのものがある。七言詩の平仄式から各句とも五字目を取り去っている。田園の風物を叙し、その中での日常を賛美したもの。

六

桃紅復含宿雨
柳綠更帶春烟
花落家僮未掃
鶯啼山客猶眠

六《ろく》

桃紅《ももくれない》にして復《ま》た宿雨《しゅくう》を含《ふく》み
柳緑《やなぎみどり》にして更《さら》に春烟《しゅんえん》を帯《お》ぶ
花落《はなお》ちて家僮《かどう》未《いま》だ掃《はら》わず
鶯啼《うぐいすな》いて山客《さんかく》猶《な》お眠《ねむ》る

〔詩　形〕六言絶句　〔押　韻〕平声先韻（烟・眠）

〔語　釈〕
○宿雨　よいごしの雨。○春烟　春の霞。「烟」は「けむり」ではない。○家僮　召使いのわらべ。家事をつかさどる。

〔口語訳〕
紅い桃の花びらに夜来の雨が宿り、
柳は一段と美しい緑の色でかすみもかかって見える。
庭に一杯に花が散っても家僮は掃おうともせず、
鶯が啼いても主人はまだ眠りから覚めていない。

〔鑑　賞〕

「田園楽」でももっとも名高い詩。一幅の画をおもわせる。

送元二使安西　　王《おう》維《い》

渭城朝雨浥輕塵
客舎青青柳色新
勸君更盡一杯酒
西出陽關無故人

元二《げんじ》の安西《あんせい》に使《つか》いするを送《おく》る

渭城《いじょう》の朝雨《ちょうう》軽塵《けいじん》を浥《うるお》し
客舎《かくしゃ》　青青《せいせい》　柳色《りゅうしょく》新《あら》たなり
君《きみ》に勧《すす》む更《さら》に尽《つ》くせ一杯《いっぱい》の酒《さけ》
西《にし》のかた陽関《ようかん》を出《い》ずれば故人《こじん》無《な》からん

〔詩形〕七言絶句　〔押韻〕平声真韻（塵・新・人）

〔語釈〕

○渭城　秦の都であった咸陽の北にある町。渭水に面していた。川を隔てて長安と相対す。西へ旅立つ人が長安を出てここで別宴を開くのをつねとした。○朝雨　朝方の雨。暁雨ともいう。対語は「暮雨」。○浥　うるおす。湿らす。○軽塵　軽埃《けいあい》ともいう。立ちこめる軽いちり、ほこり。○客舎　「かくしゃ」「きゃくしゃ」どちらでもよい。『史記』「商君伝」に古い用例があり。はたご。「客館」ともいう。○青青　あおあおとしている。みどりのあざやかなこと。「青青として」と訓じてもよい。一本に「依依」とあり、風になびくさま。○勧君　現代語でも酒をすすめることを「勧酒」（quàn jiǔ）または敬酒（jìng jiǔ）という。○西出　西方へ向かうこと。「西のかた」と訓ずる。「東出」ならば「東のかた」というように方向を示す「ノカタ」という語を補ってよむ。○陽関　西域への関門。○故人　友人。昔なじみ。知りあい。

〔口語訳〕

渭城の街に朝のうち雨が降り塵も洗われて、
市内の柳の色はあざやかで、旅宿のまわりは青さが身にしみる。
いよいよ出立の時が来ているが、君よどうぞもう一杯飲みほしてくれ。
西のかた陽関を出たならば、もう知りあい一人とてない世界となるのだから。

〔鑑　賞〕

『三体詩』『唐詩三百首』に所収。よく知られた詩であるが、意外なことに『唐詩選』には入っていない。『唐詩三百首』では、題が「渭城曲」になっている。

友人の元二は、元氏で排行（四六頁既出）が二であるが、特定されていない。同時期の詩人元結《げんけつ》（号は次山）ではなかろうかとの説もある。「安西」はいまの新疆省のトルファン近くにあった町で、「安西都護府」があり、西方辺境の政治と軍事の中心地となっていた。

この詩は唐宋の間に盛行し、「送別歌」として好んで唱われたが、その歌い方には古くから「陽関三畳」の説があり、どの句をどのように三畳するのかについては諸説がある。

過香積寺　　香積寺《こうしゃくじ》に過《よ》ぎる　　王《おう》　維《い》

不知香積寺　　香積寺《こうしゃくじ》を知《し》らず

數里入雲峯
古木無人逕
深山何處鐘
泉聲咽危石
日色冷青松
薄暮空潭曲
安禪制毒龍

数里雲峰《すうりうんぽう》に入《い》る
古木人逕《こぼくじんけい》無《な》く
深山《しんざん》何《いず》れの処《ところ》の鐘《かね》ぞ
泉声《せんせい》危石《きせき》に咽《むせ》び
日色《にっしょく》青松《せいしょう》に冷《ひや》やかなり
薄暮《はくぼ》空潭《くうたん》の曲《きょく》
安禅《あんぜん》毒龍《どくりゅう》を制《せい》す

〔詩　形〕五言律詩　〔押　韻〕平声冬韻（峰・鐘・松・龍）

〔語　釈〕
○過　立寄る。訪ねる。この場合は「すぐ」でなく「よぎる」と訓する。○雲峰　雲のかかった高い峰。○人逕　人の通るこみち。○咽危石　「咽」は流水が石に当ってたてる音。むせぶように聞えるので。「危石」は高くそばった岩石。○空潭曲　さびしげな淵。「曲」はくま、ほとり。○安禅　坐禅により心を安らかにすること。○毒龍　仏語で人間の煩悩や欲望をさす。

〔口語訳〕
香積寺はこのあたりにあるとかねて聞いてはいたが、来て見るとどこにあるかさっぱりわからない。
数里ばかり雲のかかった峰の下道ををわけ入って見たが、

古木が生い茂るばかりで人の通うべき小路も出てこない。
しかし折よくどこからともなく寺の鐘の音が聞こえて来た。これ幸いとこれを頼りにたずねてゆくと果して香積寺に行き着くことができた。
寺域には流水がいかめしい岩に突き当ってむせぶように鳴り、
日の光は青い松に冷やかに映えていた。
この夕暮の人気のない淵のほとりには、
坐禅して煩悩を制しようとする僧たちの姿があった。

〔鑑　賞〕

禅の修行によって煩悩を制することを、毒龍を制することにたとえるのは、仏典『大灌頂神呪経』に出典がある。一方、『法苑珠林《ほうおんじゅりん》』には山中の池にいた毒龍を槃佗王が婆羅門《ばらもん》の呪《じゅ》を学んで人に変えたという話を載せている。王維は寺域に空潭のあることから毒龍を連想し、修行道場の壮厳さから僧たちが煩悩も制し毒龍も制していることであろうと詠んでいる。

香積寺は陝西省西安市長安区郭杜鎮に現存する。西安から南方、車で二時間位のところ。いまはすっかりあたりが開発されて「雲峰に入る」おもむきはない。たいして樹木もない広々とした野中にぽつんと大寺が残っている。私も西安からタクシーで行ったが地図で見ると近いようでもそうではなく、車は畑の間をいつまでもいつまでも走っていて、さて、どこへ連れて行かれるのかと不安になった位であった。ドライバーも時々車を止めて景色を見ながら方角を確かめていた。まさに、「香積寺を知らず」の句を地で行く体験だった。近くに終南山があるが、王維は長安市街からではなく網川の別荘の方角から来たのであろう。長安からは平坦な道だけで山は周辺にはない。

香積寺の寺名は『維摩経』に由来する。寺は唐の高宗の永隆二年（六八一）に、浄土念仏を説いた善導《ぜんどう》大師示寂《じじゃく》の後、慰霊のために塔を建てたことから始まる。寺域はその後、幾変遷を経たが、善導供養塔だけは往時の姿を保って残っている。塔身には「金剛経」の金文が刻んである。日本では善導を浄土教の祖師として景仰しているので、この寺も大切にされ、日本宗教界からの多くの寄進がなされているようだ。

文杏館　　　王維《おうい》

文杏裁爲梁
香茅結爲宇
不知棟裏雲
去作人間雨

文杏館《ぶんきょうかん》

文杏《ぶんきょう》裁《た》ちて梁《りょう》と為《な》し
香茅《こうぼう》結《むす》びて宇《う》と為《な》す
知《し》らず棟裏《とうり》の雲《くも》
去《さ》りて人間《じんかん》の雨《あめ》と作《な》るやを

〔詩形〕五言古詩　〔押韻〕上声麌韻（宇・雨）

〔語釈〕

○文杏館　輞川荘にある建物の名。漢の司馬相如の「長門賦《ちょうもんのふ》」に「文杏を飾りて以て梁となす」とあるに基づく。「文杏」は木の名。○香茅　香草の名。○宇　屋根。○棟裏雲　「雲、梁棟の間に生ず」は晋の郭璞《かくはく》「遊仙詩」に出典。

〔口語訳〕

文杏の樹を切って、司馬相如にならってそれを建物の梁《はり》とし、
香茅で屋根を葺《ふ》いた。
さてこの小屋の棟のあたりにかかる雲は、
やがて雨となって下りてくることであろうか。

〔鑑　賞〕

王維は公務の疲れを癒すために陝西省藍田《らんでん》県の南、輞谷《もうこく》に「輞川別業《もうせんべつぎょう》」を営んだ。「輞川」はここから北に向かって流れ、覇水に入る川の名。「別業」とは別荘の意。王維は側近の裴迪《はいてき》と唱和して「五言四句」の詩を二十首（二人で計四十首）作り『輞川集』を世に残した。詩は別荘内の各所で詠まれ、それぞれに詩題がある。名高いものは「鹿柴《ろくさい》」「竹里館《ちくりかん》」などである。これらを「輞川二十景」という。裴迪の唱和詩も並べられて伝わるが、ここでは省略する。

酬張少府　　　　王　維

晚年惟好靜
萬事不關心
自顧無長策

張少府《ちょうしょうふ》に酬《むく》ゆ　　　　王《おう》維《い》

晩年《ばんねん》は惟《た》だ静《せい》を好《この》み
万事《ばんじ》心《こころ》に関《かん》せず
自《みずか》ら顧《かえり》みて長策《ちょうさく》無《な》く

空知返舊林
松風吹解帯
山月照彈琴
君問窮通理
漁歌入浦深

空《むな》しく旧林《きゅうりん》に返《かえ》るを知《し》る
松風《しょうふう》は解帯《かいたい》を吹《ふ》き
山月《さんげつ》弾琴《だんきん》を照《て》らす
君《きみ》は窮通《きゅうつう》の理《り》を問《と》う
漁歌《ぎょか》浦《ほ》に入《い》ること深《ふか》し

〔詩　形〕五言律詩　〔押　韻〕平声侵韻（心・林・琴・深）

〔語　釈〕
○張少府　「少府」は官名。副長官または長官補佐。張氏については不詳。○長策　すぐれた政治上の献策。○旧林　もとの林。古巣。○解帯　帯をゆるめてゆったりとする。○窮通　貧窮と栄達、不遇と出世。○漁歌　『楚辞』「漁父辞」の漁夫の言葉。

〔口語訳〕
私はこのように晩年になってからはつとめて静かさを好むようにしている。
世の中の万事は気にかけないことにした。
自ら顧みて政治上で気の利いた献策ができるわけはなく、
鳥がもとの林に帰るように私も田園に身を退かせるべきだ。
そこに行き松風が吹けば帯をゆるめてゆったりとし、

山に月が昇れば輿に乗じて琴を弾ずる暮しがしたい。
君が私に人間の進退のことわりを問うならば、
私は黙って、あの水辺の奥に次第に遠ざかってゆく漁夫の歌を以て答えに代えたい。

〔鑑　賞〕

芸術家肌で文人との交友をつねとし、仏を信ずること篤かった王維は、隠遁の志を強く抱いていた。ことに晩年、安史の乱にまきこまれ身の潔白を証明するのに苦労したことも加わり、厭世的気分は一層あきらかとなった。この詩は晩年の作の一つとされる。

李《り》　白《はく》（七〇一～七六二）

盛唐の詩人。字は太白《たいはく》、号は青蓮居士《せいれんこじ》。『旧唐書』には「山東の人」とあるが、これは中年時代、山東に住んでいたのが誤り伝えられたのだとされる。『新唐書』では「先祖が罪によって西域に流され、後に巴西に逃げ帰って、そこで太白が生まれた」と伝える。巴西は四川省の綿陽県、いまの綿州あたりである。原籍は「隴西成紀の人」（甘粛省の秦州いまの天水）との説もある。母が太白（長庚星）が腹中に入るのを夢みて生れたので、「太白」と名付けたという。『旧唐書』によると「十歳で詩書に通じた」といい、長じて岷山《びんざん》に隠れたというからいずれにしても蜀の人であったろう。そこで蜀の古人で漢の武帝のころ、賦の名作家として名をとどろかせた司馬相如を慕い、自ら相如の再来を以って任じていたという。「縦横《しょうおう》の術、撃剣を好み、任侠をなし財を軽んじ、施すを重んじた」というから志気の盛んな飄然たる風格の持ち主だったようである。

開元十三年（七二五）、二十五歳ぐらいのころ、郷里を捨てて舟で長江に出て三峡を下り、いまの湖北・湖南・江蘇・浙江を巡りながら生活していた。豪遊して大金を散じたというから気宇もさることながら、金にも不自由しないところがあったのであろう。

蜀中時代の作品には道士と交流したり、成都に遊んだりした折の作もあるが、ことに名高いのは「峨眉山月歌」で、これは故郷を離れゆくときの一首である。

峨眉山月歌

峨眉山月半輪秋
影入平羌江水流
夜發清溪向三峡
思君不見下渝州

峨眉山月《がびさんげつ》の歌《うた》　李《り》白《はく》

峨眉山月《がびさんげつ》　半輪《はんりん》の秋《あき》
影《かげ》は平羌《へいきょう》の江水《こうすい》に入《い》りて流《なが》る
夜《よる》　清渓《せいけい》を発《はっ》して　三峡《さんきょう》に向《む》かう
君《きみ》を思《おも》えども見《み》えず　渝州《ゆしゅう》に下《くだ》る

〔詩形〕七言絶句　〔押韻〕平声尤韻（秋・流・州）

〔語釈〕
○峨眉山　四川省西部、李白の故郷の山。○半輪　半円。○平羌　江の名。峨眉山下を通り嘉定（四川省楽山県）で岷江《びんこう》に流れ入る青衣江。水はやがて長江に合流する。○清渓　岷江流域の犍為《けんい》県。はじめ資江県。天宝のはじめに清渓県とされていた。○三峡　長江上流の峡谷。ふつう瞿唐《くとう》峡・巫《ふ》峡・西陵《せいりょう》峡を指す。ここを下ると湖北省に入る。長江の難所であり、峡谷美で名高い。○君　「月」を指すとされている。○渝州　いまの重慶。清渓から出て三峡の手前に当る。

〔口語訳〕

峨眉山上に照る秋の半輪の月、
その美しい影は平羌江の水に映って流れてゆく。
今宵、清渓を出たわが乗る舟は下流の三峡に向かってすべり下りるように進んでゆく。
天上の月を舟中でいつまでも見ていたいと願ってはいたものの、岸辺に迫る三峡の険しい絶壁に阻まれていつしか見えなくなってしまった。私は淋しい気持ちを抱きながら渝州に下るのである。

〔鑑　賞〕

李白が郷里の蜀を出たのは開元十四年（七二六）、二十六歳のころであり、これはその時のものという。晩年、罪せられて夜郎《やろう》に向かう途中、恩赦に遭って巫山のあたりから引き返す折の作とする説もあるが、その折は巫峡より上流には行っていないので、その時の作とはしがたい。

三峡を出た李白は以後長江中流域の各地を流浪する生活に入る。但し、その間、万金を費したという。夜郎に流された時は、渝州あたりまで溯上して陸路に入る予定であったが、赦免によって引き返しているので、生涯二度と故郷には立ち戻らなかった。

この詩は早くも天才の片鱗を見せた李白の傑作の一つ。なだらかな歌曲調で史上多くの人々に愛唱されてきた。月の詩人でもあった李白の月に対する思慕愛好の情が如実に表出されている。

黄鶴樓送孟浩然之廣陵

故人西辭黄鶴樓
烟花三月下揚州
孤帆遠影碧空盡
唯見長江天際流

黄鶴楼《こうかくろう》にて孟浩然《もうこうねん》の広陵《こうりょう》に之《ゆ》くを送《おく》る　李《り》白《はく》

故人《こじん》西《にし》のかた黄鶴楼《こうかくろう》を辞《じ》し
烟花《えんか》三月《さんがつ》揚州《ようしゅう》に下《くだ》る
孤帆《こはん》の遠影《えんえい》碧空《へきくう》に尽《つ》き
唯《た》だ見《み》る長江《ちょうこう》の天際《てんさい》に流《なが》るるを

〔詩形〕七言絶句　〔押韻〕平声尤韻（楼・州・流）

〔語釈〕
○黄鶴楼　武昌府城の黄鶴山上にあり長江に臨む。崔顥《さいこう》の同題の詩で名高い。○孟浩然　王維、李白らと親交があった。李白より十二歳年長。李白の同じころの「贈孟浩然」の詩に「我は愛す孟夫子／風流天下に聞ゆ」の句がある。○広陵　いまの江蘇省揚州。○故人　旧友。○烟花　花霞。○碧空　『全唐詩』では「碧山」となっている。

〔口語訳〕
友人孟浩然はこの武昌の黄鶴楼で別れを告げ、
霞が立ちこめ桃花の咲く陽春三月に長江を下って揚州に向かった。

君を乗せた舟は流れに沿って走り、やがて帆が次第に小さくなり、ついにその遠影もいつしか碧空のなかにとけこんでしまった。
あとにはただ長江の流れが、天の際に流れてゆくのを見るばかりである。

〔鑑　賞〕

孟浩然への親愛の情が色濃く出ているが、それ以上に、黄鶴楼の黄と烟花のはなだ色と碧空のみどりと長江の白さが点綴されつつ、春の美しい大景が一幅の絵のように描き出されている。第三句の「碧空」は「碧山」よりもはるかによい。無限大の広さがひろがってゆくことになると言えよう。

開元十六年（七二八）、二十八歳ごろの作。

玉階怨　　李《り》白《はく》

玉階生白露
夜久侵羅襪
却下水晶簾
玲瓏望秋月

玉階怨《ぎょくかいえん》

玉階《ぎょくかい》　白露《はくろ》を生《しょう》じ
夜久《よるひさ》しくして羅襪《らべつ》を侵《おか》す
却《かえ》って水晶《すいしょう》の簾《れん》を下《くだ》せば
玲瓏《れいろう》として秋月《しゅうげつ》を望《のぞ》む

〔詩　形〕五言絶句　〔押　韻〕入声月韻（襪・月）

〔語　釈〕

○玉階　「階」はきざはし。「玉階」は「階」の詩語。ここでは宮廷の「階」。○羅襪　薄い絹で作った靴下、タビの類。○水晶簾　透きとおったすだれ。○玲瓏　玉のように明らかな。

〔口語訳〕

玉階には白露が下《お》りて、
夜も深くなると、寒さが羅襪にしみてくる。
君のおでましがなく、淋しく水晶の簾を下ろし、
玲瓏たる秋月を眺めて思いに耽っている。

〔鑑　賞〕

楽府題の一つで、李白の傾到している六朝斉の謝眺《しゃちょう》に同題の名作がある。内容的には「閨怨」「宮怨」の詩で女子（または宮女）の怨恨悲愁を詠んだもの。夫の不実や君主に顧みられないことへの悲しみが吐露されている。これは謝眺の作にも劣らぬ名作。

春夜洛城聞笛　　李《り》　白《はく》
誰家玉笛暗飛聲
散入春風滿洛城

春夜洛城《しゅんやらくじょう》に笛《ふえ》を聞《き》く
誰《た》が家《いえ》の玉笛《ぎょくてき》か暗《あん》に声《こえ》を飛《と》ばす
散《さん》じて春風《しゅんぷう》に入《い》りて洛城《らくじょう》に満《み》つ

此夜曲中聞折柳
何人不起故園情

此《こ》の夜《よ》　曲中《きょくちゅう》　折柳《せつりゅう》を聞《き》く
何人《なんびと》か起《おこ》さざらん故園《こえん》の情《じょう》

〔詩形〕七言絶句　〔押韻〕平声庚韻（声・城・情）

〔語釈〕
○洛城　洛陽。現在の河南省洛陽市。周の副都として栄え、後漢の都となり、唐の玄宗の時、長安と共に政庁が置かれ「東京」とよばれた。長安とはちがった雅びやかさがあり、牡丹の咲き誇る都市でもあった。○玉笛「笛」の詩語で「玉」の字を冠している。○暗　どこからともなく、あるいはひそかに。○折柳　曲名で「折楊柳《せつようりゅう》」に同じ。古来、別離の曲として知られる。旅立つ人を見送る時、楊柳の枝を折ってはなむけとすることからその名が起った。○故園情　家郷を想う気持ち。

〔口語訳〕
だれがこの闇夜に吹き流しているのだろうか。どこからともなく洛陽の夜の闇に妙なる笛の音が聞えてくる。その音は飛び散って春風に入りこみ、この洛城のすみずみにまで満ち満ちてゆく。いま吹いている曲はほかでもない「折楊柳」という別れのしらべではないか。今宵この城中でこの曲を耳にして誰が故郷を思わずにいられようか、まことに切ないことである。

〔鑑賞〕

開元二十三年（七三五）、三十五歳、たまたま洛陽に身を寄せていたころの作。花の都も所詮は他郷。春の夜の笛の音にいやます望郷の思いを詩に託したもの。しらべの美しさは李白ならではのもので、文字通り人口に膾炙《かいしゃ》した名詩。

長江を下って蜀を出た李白はこの頃、湖北省安陸に仮りの住居を構えたが、ここを中心に各地を巡遊していた。その後、ここから太原に向かったとされている。

清平調詞　一

雲想衣裳花想容
春風拂檻露華濃
若非羣玉山頭見
會向瑤臺月下逢

清平調《せいへいちょう》の詞《し》　一《いち》　　李《り》白《はく》

雲《くも》には衣裳《いしょう》を想《おも》い花《はな》には容《かたち》を想《おも》う
春風《しゅんぷう》檻《かん》を払《はら》って露華《ろか》濃《こまや》かなり
若《も》し群玉山頭《ぐんぎょくさんとう》に見《み》るに非《あら》ざれば
会《かなら》ず瑤台月下《ようだいげっか》に向《む》かって逢《あ》わん

〔詩形〕七言絶句　〔押韻〕平声冬韻（容・濃・逢）

〔語釈〕

○清平調詞　楽府《がふ》の新題で、『楽府詩集』には「近代曲辞」に収められている。「清平」の語意は不明。相和歌の「清調」と「平調」とを合したものというのも一説。○檻　欄干。手すり。○露華　露の美称。詩語。○群玉山　伝説で仙女西王母《せいおうぼ》のいる仙宮。○瑤台　「玉のうてな」で仙宮を指す。崑崙《こんろん》山にあるとされる。○会　「まさに」

「必ず」の意。白話系の用字。○向　これも白話系の用字で「於」と同じ。「向かって」ではないが、慣用で「向かって」と訓をつけておく。

〔口語訳〕

雲を見るとこの美しい女人の衣裳を想い起し、牡丹の花を見るとこの女人のかんばせが心に浮ぶ。折しも春風が欄干を吹き過ぎて、花々の露はあたりにこまやかに置かれている。何とすばらしい風情が伝わってくることだろうか。

このような美しい女人には仙界の群玉山でなければ、あるいはきっと瑤台の月下で会うはずだ。

〔鑑　賞〕

三首連作の第一首。十年あまり安陸を中心に流浪生活を続けていた李白は、剡中《せんちゅう》（会稽道嵊県）の道士呉筠《ごいん》の推薦で玄宗に召し出されることになった。長安に至った李白は、太子賓客《ひんきゃく》であった詩人の賀知章《がちしょう》にもその才を激賞され、玄宗に奉呈した意見書も嘉納されて、翰林供奉に任じられた。これは天子の側近にいて詔勅や詩文を起草する官であり、いわば宮廷詩人の一人となったことになる。

この詩は李白が玄宗に召されて即席で作った楊貴妃賛歌である。玄宗は楊貴妃を伴い、沈香亭に遊んだ。時は春、牡丹の花も咲いていた。音楽家で唱い手の花形でもあった李亀年《りきねん》もやはり側にいて、李白の作ったこの詩を歌唱する役を与えられていた。

三首とも『唐詩選』に収められている。

清平調詞　二　　李《り》白《はく》

一枝紅艶露凝香
雲雨巫山枉断腸
借問漢宮誰得似
可憐飛燕倚新粧

清平調《せいへいちょう》の詞《し》　二《に》
一枝紅艶《いっしこうえん》　露香《つゆこう》を凝《こ》らす
雲雨巫山《うんうふざん》　枉《むな》しく断腸《だんちょう》
借問《しゃもん》す漢宮《かんきゅう》　誰《たれ》か似《に》るを得《え》たる
可憐《かれん》の飛燕《ひえん》　新粧《しんしょう》に倚《よ》る

〔詩形〕七言絶句　〔押韻〕平声陽韻（香・腸・粧）

〔語釈〕
○紅艶　紅く艶《つや》やかなこと。牡丹の花を指す。一本には「穠艶《じょうえん》」。○雲雨巫山　伝説に周末に楚王が夢で巫山の神女と契り、別れに神女が楚王に向かい「妾は朝には雲となり、夕には雨となって毎日現れるだろう」と告げたという故事に基づく。○漢宮　漢の宮殿。○飛燕　前漢の成帝の寵を得て皇后にのぼった女性。姓は趙氏。体が軽く歌舞に巧みであった。『蒙求』の標題に「飛燕体軽」がある。○倚　頼む。自信を持つ。○新粧　化粧姿。

〔口語訳〕
牡丹の一枝は紅く艶やかに咲き誇り、その上に結ぶ露も香りを凝らしている。この方はそんな風情を持っておられる。

昔、楚王は巫山の神女と契り、夢に朝には雲となり暮には雨となってまた会おうという誓いをしたが、夢が覚めてみればそれは、むなしく消えて断腸の思いに耽ることとなった。
しかしお尋ねいたします。この方の美しさは仙女にも劣らぬと思いますが、そうでなければこの漢の宮廷の女性のなかでは一体どなたに当るでしょうか。
それは誰あろう可憐な趙飛燕様が新しく化粧を終えて、自信に満ちているさまにたとえられましょう。

〔鑑賞〕

楊貴妃の美しさを漢宮の趙飛燕にたとえていることは明らか。ただし、飛燕は生まれは賤しく、その妹と共に成帝に寵愛され許后を廃し、太后の反対を押しのけて皇后となり、のちには姉妹で寵を争い成帝も急死するという事件があった。

李白はただ「飛燕体軽」のすばらしさを貴妃にたとえたものであり、何等の他意はなかったはずであるが、間もなく、玄宗側近第一の高力士がこれを問題とし、李白失脚の因となったとされている。

清平調詞　三　　李白

名花傾國兩相歡
長得君王帶笑看
解釋春風無限恨
沈香亭北倚闌干

清平調《せいへいちょう》の詞《し》　三《さん》　　李《り》白《はく》

名花《めいか》　傾国《けいこく》　両《ふた》つながら相歓《あいよろこ》ぶ
長《なが》く君王《くんおう》の笑《わらい》を帯《お》びて看《み》るを得《え》たり
解釈《かいしゃく》す春風《しゅんぷう》無限《むげん》の恨《うらみ》
沈香亭北《ちんこうていほく》　闌干《かんらん》に倚《よ》る

〔詩　形〕七言絶句　〔押　韻〕平声寒韻（歓・看・干）

〔語　釈〕

○名花　ここでは牡丹。○傾国　絶世の美人。その美しさの故に国を傾け、城を傾けるとされたことから。ここでは楊貴妃を指す。○両相歓　「両」は「ふたつながら」と訓ずるならわしがある。ここでは牡丹も美人もともに歓び楽しんでいるとしている。○君王　ここでは玄宗。○解釈　ときほぐす。「解消する」の意で、いわゆる「解釈」ではない。○沈香亭　玄宗の宮殿で政庁でもあった長安の興慶宮の西北にあり、亭の下には牡丹園がひろがっていた。

〔口語訳〕

牡丹の花も楊貴妃様もともに喜びにあふれている。
玄宗皇帝もほほえんで花と貴妃の美しさとを共に愛でておられる。
春風が心の屈託をのこりなく解消してくれたので、
貴妃も玄宗と共にくつろいで沈香亭の手すりに寄りかかって景色を眺めておられる。

〔鑑　賞〕

玄宗と楊貴妃の宮廷生活を写真やビデオに撮ったように保存している貴重な作品。
しかし、この詩の第二首にあった趙飛燕のことから、李白は天宝三年（七四四）、四十四歳の時追放され、諸国放浪の旅に出て、再び宮廷に戻ることはなかった。李白の長安での生活は三年で終った。
酔って高力士に靴を脱がせて恨みを買ったのが清平調事件の発端だという話も伝わっている。杜甫の詩に「李白一斗詩百篇／長安市中上酒家眠／天子呼来不上船／自称臣是酒中仙」（李白《りはく》一斗《いっと》詩百篇《しひゃくへん》／長安市《ちょうあんし》中《ちゅう》酒家《しゅか》に上《のぼ》りて眠《ねむ》る／天子《てんし》呼《よ》び来《きた》れども船《ふね》に上《のぼ》らず／自《みずか》ら称《しょう》す臣《しん》は是《こ》れ酒中《しゅちゅう》の仙《せん》と）とあるように自由奔放に振舞っていたので、廷臣たちからも白眼視されていた。高力士に靴を脱がせた話は新旧唐書とも同じく伝えており、両書ともその性格を「旁若無人」と記している。

月下獨酌四首　其一

花間一壺酒
獨酌無相親
擧盃邀明月
對影成三人
月既不解飮
影徒隨我身
暫伴月將影
行樂須及春
我歌月徘徊
我舞影凌亂

月下《げっか》独《ひと》り酌《く》む四首《よんしゅ》　其《そ》の一《いち》　　李《り》白《はく》

花間《かかん》一壺《いっこ》の酒《さけ》
独酌《どくしゃく》　相親《あいした》しむ無《な》し
盃《さかずき》を挙《あ》げて明月《めいげつ》を邀《むか》え
影《かげ》に対《たい》して三人《さんにん》と成《な》る
月《つき》は既《すで》に飲《いん》を解《かい》せず
影《かげ》　徒《いたず》らに我身《わがみ》に随《したが》う
暫《しばら》く月《つき》と影《かげ》とを伴《ともな》い
行楽《こうらく》須《すべか》らく春《はる》に及《およ》ぶべし
我《われ》歌《うた》えば月《つき》は徘徊《はいかい》し
我《われ》舞《ま》えば影《かげ》は凌乱《りょうらん》す

醒時同交歡
醉後各分散
永結無情遊
相期邈雲漢

醒時《せいじ》　同《おな》じく交歡《こうかん》し
醉後《すいご》　各〻《おのおの》分散《ぶんさん》す
永《なが》く無情《むじょう》の遊《ゆう》を結《むす》び
相期《あいき》す雲漢《うんかん》邈《はる》かなるに

〔詩　形〕五言古詩　〔押　韻〕平声真韻（親・人・身・春）　去声翰韻（乱・散・漢）

〔語　釈〕
○凌乱　順序なく乱れている。ゆれている。○相期　再会を約束する。○雲漢　天の川。

〔口語訳〕
花の下で一壺の酒を、
独酌していて親しい相手はだれもいない。
盃を挙げているうちに明月が昇ってきた。
うれしいことに我と月とわが影とで三人となった。
月はいうまでもなく酒を飲まない。
わが影もただ私に従うだけだ。
しかし私はこの月と影とを伴として、

春の夕の行楽をしてみたい。
私が酔うて歌えば月もいざよい、
私が立って舞えば影もゆれる。
醒めている時は、共に交わりよろこび、
酔ったあとは、おのおの分れ去ってゆく。
私はこの無情の月と影と永くちぎりを結び、
はるかな天の川のかなたに再会を期することにする。

〔鑑 賞〕

影を友とし影と対語するのは陶淵明の「形影神《けいえいしん》」の詩に由来する。影を分身としていとおしむのである。李白のこの詩はそれに月をも加えている。場所を花間の月下に置き最良の友である酒がこれに加わり舞台装置のととのった詩となった。この詩は天宝三年（七四四）、長安を去る前の作品とされており、長安での名残りの酒であった。全四首。次に「其の二」を載せておく。なお、第一句「花間」は一本に「花下」、別の一本は「花前」。この詩は『古文真宝』前集所収。

其二
天若不愛酒
酒星不在天

其《そ》の二《に》
天若《てんも》し酒《さけ》を愛《あい》せざれば
酒星天《しゅせいてん》に在《あ》らず

地若不愛酒
地應無酒泉
天地既愛酒
愛酒不愧天
已聞清比聖
復道濁如賢
賢聖既已飲
何必求神仙
三盃通大道
一斗合自然
但得酒中趣
勿爲醒者傳

地《ち》若《も》し酒《さけ》を愛《あい》せざれば
地《ち》応《まさ》に酒泉《しゅせん》無《な》かるべし
天地《てんち》既《すで》に酒《さけ》を愛《あい》す
酒《さけ》を愛《あい》するは天《てん》に愧《は》じず
已《すで》に聞《き》く清《せい》を聖《せい》に比《ひ》し
復《ま》た道《い》う濁《だく》は賢《けん》の如《ごと》しと
賢聖《けんせい》既《すで》に已《すで》に飲《の》む
何《なん》ぞ必《かなら》ずしも神仙《しんせん》を求《もと》めん
三盃《さんばい》 大道《たいどう》に通《つう》じ
一斗《いっと》 自然《しぜん》に合《がっ》す
但《た》だ酒中《しゅちゅう》の 趣《おもむき》を得《え》んのみ
醒者《せいしゃ》の為《ため》に伝《つた》うる勿《なか》れ

〔詩 形〕五言古詩 〔押 韻〕平声先韻（天・泉・天・賢・仙・然・伝）

〔語 釈〕
○酒星 酒をつかさどる星、酒旗星を指す。軒轅の右角にある南三星のこと。○酒泉 甘粛省酒泉県東北にある泉。「泉の味、酒のごとし」といわれていた。のち郡名となる。いわゆる河西回廊の都市の一つ。○聖・賢 三国時代、曹操が禁酒令を出したため、人々が暗号として清酒を「聖」、濁酒を「賢」と言ったことに始まる。○大道次の「自然」と共に道家・道教の理想とする自我を超越した心境。

〔口語訳〕

天がもし酒を愛していなければ、
酒星が天にあるはずがない。
地がもし酒を愛していなければ、
地に酒泉があるはずがない。
天地ともに酒を愛しているとわかれば、
人間が酒を愛することを天に恥じることはどこにもないことだ。
清酒は聖人に比せられ、
濁酒は賢人に比せられると聞いている。
賢人も聖人も酒を飲むのであれば、
私は聖人になりたいし、賢人にもなりたい。何もあえて神仙になることを求める必要もないことだ。
三盃の酒で道家のいう「大道」に通じ、
一斗で「自然」に合することができるのが酒の功徳である。
得たいものは「酒中の趣」である。
この楽しさは、醒めたるもの、すなわち下戸には言ってもわかってもらえない境地なのだ。

〔鑑　賞〕

あと二首あるが略する。晋の劉伶《りゅうれい》に「酒徳頌」があり、わが国の大伴家持に「讃酒歌」（酒を讃《ほむ》る歌）があるが、これも讃酒の心を詠いあげたもの。

宮中から追放されても何のその、言いたい放題のことを言って居直っているところに李白の真面目《しんめんぼく》がある。

蘇臺覽古

舊苑荒臺楊柳新
菱歌清唱不勝春
只今惟有江西月
曾照呉王宮裏人

蘇台覧古《そだいらんこ》　李《り》白《はく》

旧苑《きゅうえん》　荒台《こうだい》　楊柳《ようりゅう》新《あら》たなり
菱歌《りょうか》　清唱《せいしょう》　春《はる》に勝《た》えず
只今《ただいま》　惟《た》だ有《あ》り江西《こうせい》の月《つき》
曾《かつ》て照《て》らせり呉王宮裏《ごおうきゅうり》の人《ひと》

〔詩　形〕七言絶句　〔押　韻〕平声真韻（新・春・人）

〔語　釈〕

○蘇台　姑蘇《こそ》台のこと。春秋時代呉王闔閭《こうりょ》及びその子夫差《ふさ》の造った遊楽のための宮殿。蘇州の姑蘇山上にあった。
○覧古　古をおもう。古蹟を訪ねて当時を偲ぶ。「懐古」と同じ。○菱歌　菱の実（食用となる）を採る女たちの仕事歌。○清唱　清らかな歌声。鳴物は入らない。○宮裏　「裏」は「裡」と同じ。

〔口語訳〕

春秋時代の呉王の御苑の旧蹟を訪ねてみると、台上は荒れ果てて見るかげもなく、ただ楊柳が新芽を伸ばして美しく風にゆれているだけである。

折からどこからともなく、呉の娘たちの清らかな歌声が聞えてくる。この菱の実を採る彼女らの斉唱を聞いていると、かえって春の季節に感ずる憂愁に堪えられぬ思いがする。

かつて、呉王夫差全盛のころ、多くの女官たちがこの御苑にいて歓楽の遊びをし、華やかに行き来していたであろうに、いまはその面影を偲ぶよすがもない。往時と変らぬものはただ西江の上にかかる一片の月だけである。

ああ、あの月はかつて呉王宮殿の美人たちを照らした月であった。

〔鑑　賞〕

一本に、第二句「清」は「春」、第三句「江西」は「西江」となっている。この江西または西江の「江」は地理的に見て長江ではない。「江西」を固有名詞と考えることもできる。

次の「越中覧古」の詩が勝利した越王の一時の栄華を詠んでいるのに対し、この詩は旧苑の荒廃をひたすら歎く。ただ両首とも「只今惟有」の句を共有している。

蘇州は太湖の北東にある水の都といわれる美しい町。「東洋のベニス」とよばれる風光明媚な観光地。秦の統一以後、呉県・呉郡となり、隋代に蘇州と改められた。江南最大の経済・文化都市で唐代には六十余万の人口を誇っていた。北西の郊外には呉王夫差が父闔閭のために造った墓所「虎丘《こきゅう》」があり、そこにある「剣池」は秦の始皇帝や三国呉の孫権が、埋蔵されていると伝えられる闔閭の遺剣三千本を求めて掘った跡だという。

なお、詩題の「蘇台」は「材を積むこと五年」、闔閭・夫差二代にかけて造営し、台上からは三百里を見ることができたという。

越中覧古　　李《り》白《はく》

越王勾践破呉帰
義士還家尽錦衣
宮女如花満春殿
只今惟有鷓鴣飛

越中覧古《えっちゅうらんこ》
越王勾践《えつおうこうせん》　呉《ご》を破《やぶ》って帰《かえ》る
義士《ぎし》　家《いえ》に還《かえ》りて尽《ことごと》く錦衣《きんい》
宮女《きゅうじょ》は花《はな》の如《ごと》く春殿《しゅんでん》に満《み》つ
只今《ただいま》　惟《た》だ鷓鴣《しゃこ》の飛《と》ぶ有《あ》るのみ

〔詩形〕七言絶句　〔押韻〕平声微韻（帰・衣・飛）

〔語釈〕

○越中　「越において」の意。いまの浙江省紹興を都とした春秋時代越国のあったあたり。なお、通行本の詩題は「越中懐古」。○勾践　呉王夫差に敗れ、「臥薪嘗胆」して「会稽之恥《かいけいのはじ》」をすすぎ、呉に攻め入って夫差を亡き者にした。○義士　国の恥をすすいだ将兵たちを「義士」として美化。○錦衣　「錦を着て故郷に帰る」故事から「着飾ること」。○鷓鴣　越雉とよばれる鳥。この鳥は越鳥とも言い、越の名産とされる。鳴き声が悲しいことでも知られる。晩唐の鄭谷に「鷓鴣」の詩があり、鄭谷はこれによって「鄭鷓鴣」とよばれた。背は灰蒼色で柿色の斑点があり、「行不得也哥哥」と啼くという。

〔口語訳〕

越王勾践が呉を滅して凱旋して来た時、
将兵たちは厚い恩賞にあずかって、皆な錦の衣を着て家に帰った。
越王の宮殿も喜びにあふれ宮女たちも花の如く嬉々として王宮の中を賑やかに往来していた。
しかしそれも今は夢。鷓鴣が悲しげにしきりに飛び交うだけとなっている。

〔鑑　賞〕

前出の「蘇台覧古」と対をなす。詠史詩、懐古詩の典型となっている。第二句の「家」は別本では「郷」、第四句の「飛」も同じく「啼」になっている。

いまの紹興市には府山公園があり、「越王台」が残っているが、ただの高台で、ここに越王の居城があったというだけである。私も二度ほど訪れたが、残念ながら「鷓鴣」の飛ぶのにも啼くのにも出会わなかった。この地には唐代には会稽・山陰の二郡が置かれていた。南宋以後は紹興府が置かれた。多くの運河を船が上り下りする風情のある町で、近くの鑑湖《かん》の水を利用した紹興酒は世に名高い。魯迅故居・禹陵・蘭亭など訪れる観光客は多い。

古く「越王勇を好み、その民死を軽んず」の句があり、「民は上の好む所に化す」の意であるが、勾践はカリスマ性の強い指導者であったと想像される。

客中作

蘭陵美酒鬱金香
玉椀盛來琥珀光
但使主人能醉客
不知何處是他鄉

李《り》　白《はく》

客中《かくちゅう》に作《つく》る
蘭陵《らんりょう》の美酒《びしゅ》　鬱金香《うつこんこう》
玉椀《ぎょくわん》　盛《も》り来《きた》れば琥珀《こはく》光《ひか》る
但《た》だ主人《しゅじん》をして能《よ》く客《かく》を酔《よ》わしむれば
知《し》らず　何《いず》れの処《ところ》か是《こ》れ他郷《たきょう》

〔詩　形〕七言絶句　〔押　韻〕平声陽韻（香・光・郷）

〔語　釈〕
○客中　旅の途上。詩では「客裏」ともいう。○蘭陵　山東省嶧《えき》県の東。酒の産地として名高い。○鬱金香　うつこん草から取った香料。酒にかおりをつけるもの。○琥珀光　酒の色を琥珀の色にたとえている。韻字の都合上、「色」とせず「光」としている。名詞にしても、動詞にしてもよい。

〔口語訳〕
私の前には名高い蘭陵の美酒が注がれそこから強いうこんの香りがただよう。
酒の沈んだ玉椀は、琥珀の色に輝く。
さて、御主人よ、どうぞ私を気持ちよく酔わせて頂きたい。
そうすればどこが他郷かということなど、すっかり忘れられようから。

〔鑑賞〕

ここに出てくる「主人」は、接待してくれる友人を指すのか酒場の主人を指すのか、はっきりしない。三十五歳の頃の作とされる。そうだとすれば安陸からしきりに各地に旅に出て、この地を訪れた時のもので、同時期に「東魯行」「嘲魯儒」（魯儒を嘲《あざけ》る）などの作品がある。前二句にきらびやかな詩語をちりばめて色彩と香りをきかせつつ、後二句には白話的な言いまわしで、客愁に押しつぶされている切ない気持ちを伝えている。第二句の「盛来」の「来」は虚辞。動詞への付加語。

山中問答

問余何意棲碧山
笑而不答心自閑
桃花流水窅然去
別有天地非人間

山中問答《さんちゅうもんどう》　　李《り》白《はく》

余《よ》に問《と》う何《なん》の意《い》ぞ碧山《へきざん》に棲《す》むやと
笑《わら》って答《こた》えず心《こころ》自《おのずか》ら閑《かん》なればなり
桃花流水《とうかりゅうすい》窅然《ようぜん》として去《さ》り
別《べっ》に天地《てんち》の人間《じんかん》に非《あら》ざる有《あ》り

〔詩形〕七言絶句　〔押韻〕平声刪韻（山・閑・間）

〔語釈〕

○碧山　草木の盛んな深いみどりの山。○桃花流水　桃の花の咲くころ氷がとけて下流にみなぎり流れる春の水。

○窅然　深く遠いさま。○人間　世間。俗人の社会。

〔口語訳〕

なぜ碧山中に住んでいるのかと問う人がいる。

私は笑っているばかりで答えようとしない。ここにいれば心がおのずから静かなのであり、それは話してもわかることではないからである。

この山中には桃花を浮かべた春の水がゆたかに流れてきて、また遠く去ってゆき、俗世間を離れた別天地なのである。

〔鑑賞〕

詩題は一本では「山中答俗人」（山中にて俗人に答う）となっている。また第一句「何意」は「何事」、第二句「不答」は「不語」、第三句「窅然」は「宛然」となっている。陶淵明の『桃花源記』を念頭において、自分のいまいる山中を桃源郷に見立てている。他人と問答したのではなく自問自答だとの説もある。

登金陵鳳凰臺
鳳凰臺上鳳凰遊
鳳去臺空江自流
吳宮花草埋幽徑

金陵《きんりょう》の鳳凰台《ほうおうだい》に登《のぼ》る　李《り》白《はく》
鳳凰台上《ほうおうだいじょう》　鳳凰遊《ほうおうあそ》ぶ
鳳《ほう》去《さ》り台空《だいむな》しうして江《こう》自《おのずか》ら流《なが》る
呉宮《ごきゅう》の花草《かそう》　幽径《ゆうけい》に埋《うも》れ

晉代衣冠成古邱
三山半落靑天外
一水中分白鷺洲
總爲浮雲能蔽日
長安不見使人愁

晋代《しんだい》の衣冠《いかん》　古邱《こきゅう》と成《な》る
三山《さんざん》半《なか》ば落《お》つ青天《せいてん》の外《そと》
一水中分《いっすいちゅうぶん》す白鷺洲《はくろしゅう》
総《すべ》て浮雲《ふうん》の能《よ》く日《ひ》を蔽《おお》うが為《ため》に
長安《ちょうあん》は見《み》えず　人《ひと》をして愁《うれ》えしむ

〔詩　形〕七言律詩　〔押　韻〕平声尤韻（遊・流・邱・洲・愁）

〔語　釈〕

○鳳凰台　六朝時代の宋の文帝の元嘉年間、鳳凰がここに集ったというので、祥瑞として楼台を築き鳳凰台と名付けた。南京城内西南隅にある。○呉宮　三国時代、呉の孫権が都を置き宮殿を建てた。○晋代　東晋はここを都とした。当時は建鄴（建業）と言った。○三山　南京の西南にある句容山の三つの峰。○一水　南京を流れる秦淮河。○白鷺洲　市の西南の江中にある。かつては白鷺の棲息地であり、その名が付けられた。現在は白鷺洲公園となっている。

〔口語訳〕

かつてこの鳳凰台には霊鳥鳳凰が集って群れ遊んだというめでたいことがあったそうだ。いまは鳳凰も飛び去り楼台も跡かたもなくなり、目の前に大江が流れてゆくのみである。呉が都したころは宮廷の御苑に美しく咲いていたであろう花草も、いまは荒れた小道に埋れており、東晋の朝臣たちの衣冠も古邱の土になってしまった。
遠く三山が青天に半分ほど姿を現し、
白鷺洲は秦淮の流れを二分して横たわっている。
浮雲がすっかり日を蔽っているために、
長安を見ることも出来ず心に嘆くばかりである。

〔鑑　賞〕

金陵はいまの南京の雅称。戦国時代の楚の金陵邑。三国時代には建業と言い、南朝では建康、隋では江寧、明清以降は南京という。

李白のこの詩は懐古の詩であり、詠史詩でもあるが、尾聯に長安を憶う心が託されていて趣きを異にする。一旦追放された宮廷生活に未練を残しているとも解されるし、大江を渡った晋の宮廷人たちが、再び洛陽の都をとり返す日を夢みつづけたことへの同情がこめられているとも解される。

天宝六年（七四七）、四十七歳ごろの作とされる。

秋浦歌　其十五　　秋浦《しゅうほ》の歌《うた》　其《そ》の十五《じゅうご》　　李《り》白《はく》

白髪三千丈　　白髪《はくはつ》　三千丈《さんぜんじょう》
縁愁似箇長　　愁《うれい》に縁《よ》りて箇《かく》の似《ごと》く長《なが》し
不知明鏡裏　　知《し》らず　明鏡《めいきょう》の裏《うち》

何處得秋霜　　何《いず》れの処《ところ》よりか秋霜《しゅうそう》を得《え》たる

〔詩形〕五言絶句　〔押韻〕平声陽韻（長・霜）

〔語釈〕
○秋浦　安徽省池州のあたり。長安南岸沿いにある。○三千丈　誇張表現として名高い。○縁　～のために。○箇　現代語の「這箇」の「這」と同じ。助字で白髪を指す量詞。○秋霜　白髪の比喩。

〔口語訳〕
わが白髪は三千丈もあるようだ。
憂いによってこんなに長くなってしまった。
鏡を見ていると、どこからこれほどの白髪が生じてきたのかと考えこんでしまう。

〔鑑賞〕
十七首あるうちの一首。『唐詩選』に収められているのでよく知られた作品。単純明快な内容と表現の巧みさで親まれてきた。他にこのころ妻に贈った「秋浦寄内」（秋浦にて内《つま》に寄す）の詩もある。
秋浦のあるこの地は「四時の風光、瀟湘の如し」と言われる景勝地で、李白はここに三年ほど滞在し、「歌詠甚だ多し」とされている。

南流夜郎寄内　　　　李《り》　白《はく》

夜郎天外怨離居
明月樓中音信疎
北雁春歸看欲盡
南來不得豫章書

南《みなみ》のかた夜郎《やろう》に流《なが》されて内《つま》に寄《よ》す

夜郎《やろう》天外《てんがい》　離居《りきょ》を怨《うら》み
明月《めいげつ》楼中《ろうちゅう》　音信《おんしん》疎《そ》なり
北雁《ほくがん》春帰《はるかえ》る　看《みす》みす尽《つ》きんと欲《ほっ》す
南来《なんらい》得《え》ず予章《よしょう》の書《しょ》

〔詩　形〕七言絶句　〔押　韻〕平声魚韻（居・疎・書）

〔語　釈〕

○夜郎　いわゆる西南夷の地。漢の武帝が征服して夜郎県を置いた。近年、知人渡部英喜氏が重慶—貴陽の高速道路を使って探訪されたが、「太白墳」「太白泉」「李白観月台」があり、この「南流夜郎寄内」の詩碑もあったとのことである。しかし、現実には李白はここに行ってはいない。○南来　「来」は添字。南のかたより。○予章　江西の北半分。かつての予章郡。郡治はいまの南昌市。

〔口語訳〕

夜郎は天外ともいうべき遠い所、そなたとははるかに別れ住まねばならなくなってしまった。怨めしくもつらいことである。

いま長江の上流に来て月の明らかに照る楼中にいるが、音信はまれにしか手に入らない。

北地から来た雁が春になってまた北に帰ってゆくが、便りを運んでくれるというこの雁もみるみるうちに

見えなくなるが、
南の予章からのそなたの便りはなかった。

〔鑑賞〕

夜郎に行く途次の作。まだ、赦免の通知を受けてはいない。この内《だい》（妻）は江西の宗氏で、山東妻とは別人。なお、第三句の「欲」は「欲する」の意ではなく、「～しようとしている」という未来形の助動詞で、「す」と訓じたほうがわかりやすいが、慣例で「欲《ほっ》す」と訓じている。

上三峡　　李《り》白《はく》

巫山夾青天
巴水流若茲
巴水忽可盡
青天無到時
三朝上黄牛
三暮行太遅
三朝又三暮
不覺鬢成絲

三峡《さんきょう》を上《のぼ》る
巫山《ふざん》　青天《せいてん》を夾《はさ》み
巴水《はすい》　流《なが》るること茲《かく》の若《ごと》し
巴水《はすい》　忽《たちま》ち尽《つ》く可《べ》きも
青天《せいてん》は到《いた》る時《とき》無《な》し
三朝《さんちょう》　黄牛《こうぎゅう》に上《のぼ》り
三暮《さんぼ》　行《ゆ》くこと太《はなは》だ遅《おそ》し
三朝《さんちょう》　又《ま》た三暮《さんぼ》
覚《おぼ》えず　鬢《びん》　糸《いと》と成《な》る

〔詩形〕五言古詩　〔押韻〕平声支韻（玆・時・遅・糸）

〔語釈〕

○三峡　六六頁既出。○巴水　巴河ともいう。湖北省羅田県の北より発し、長江に入る。○黄牛　黄牛峡。「高崖の間、石あり／人刀を負い、牛を牽《ひ》くが如し／人は黒く牛は黄なり」（荊州記）と伝えられ、古楽府《こがふ》にも「朝に黄牛を発し／夕に黄牛に宿す／三朝三暮故《もと》の如し」の作がある。もちろん李白はこの詩句を念頭に置いている。○太　甚だ。

〔口語訳〕

巫山は高く険しい。長江の両岸から迫って青天をさしはさむ。
巴水はその字のごとく巴の形に屈折して流れている。
巴水はいかに屈折していようともやがてさかのぼることができるが、
巫峡は青天と接して高く険しく続いているので、たやすく航行し尽すことはできない。
巫峡より下流の黄牛峡にもまた難所がある。古詩にいうとおり、三日ここを溯航しつづけて、
さらに三晩それをつづけているが一向に進まず、
三朝三暮にわたって黄牛山を見ながら旅をしている。
いつしか私の髪の毛も乱れて糸のように細くなってしまった。

〔鑑　賞〕

天宝十四年（七五五）十一月、安禄山が唐王朝に反旗をひるがえし、北方より長駆して十二月には洛陽を陥れた。翌年六月、長安も賊の手に落ち、玄宗皇帝は蜀に逃れた。七月に粛宗が霊武で即位し、年号は至徳と変った。玄宗の第十六皇子に永王の璘《りん》がいたが、彼は江南で兵を挙げて賊軍と戦いつつあった。至徳二年（七五七）、粛宗が長安を奪還し新政を始めた時、粛宗は永王にも合流を求めたが、永王はこれを拒み江南で自立を企てた。しかしこの企ては潰え、永王も殺された。この間、江南にいた李白は招かれてその幕僚になっていたので、粛宗の軍によって捕えられ死刑を宣せられるという事態が生じた。

この時、政府軍の重鎮であった郭子儀《かくしぎ》将軍が李白の救命に奔走してくれた。これは開元二十三年（七三五）、李白三十五歳のころ、浪々の身で太原に遊んだ日、たまたままだ一兵卒の身で軍規を犯し懲罰されようとしていた郭子儀を見て、李白が知り人に頼んで刑を免れさせたという恩があったからである。

将軍の執り成しで、李白は死一等を減ぜられて、夜郎に流されることになった。夜郎はいまの貴州省桐梓県で、当時は地の果てのようなところであり、いまでもここに旅する人はまれである。

乾元元年（七五八）、五十八歳の李白は江西省の尋陽の獄から出されて大江を溯り、翌春この三峡をのぼって夜郎への道を辿ることになっていた。

しかし幸いなことに巫山まで来た時、大赦に遇って許され、また長江を引きかえしてゆくこととなる。

早發白帝城　　　　　　李白《りはく》

朝辭白帝彩雲間

早《つと》に白帝城《はくていじょう》を発《はっ》す

朝《あした》に辞《じ》す白帝《はくてい》　彩雲《さいうん》の間《かん》

千里江陵一日還
兩岸猿聲啼不盡
輕舟已過萬重山

千里《せんり》の江陵《こうりょう》一日《いちじつ》にして還《かえ》る
両岸《りょうがん》の猿声《えんせい》啼《な》いて尽《つ》きざるに
軽舟《けいしゅう》已《すで》に過《す》ぐ万重《ばんちょう》の山《やま》

〔詩形〕七言絶句 〔押韻〕平声刪韻（間・還・山）

〔語釈〕
○早 早朝。古語で「つとに」と訓じる。○白帝 白帝城。四川省奉節県東白帝山上にある。大江に臨み、その北岸に建つ。○彩雲 美しい色の朝焼け雲。○江陵 湖北省江陵県。荊州府に属す。戦国時代の楚の郢《えい》都。○啼不尽「啼不住」（啼いて住《とど》まらず）としたテキストもある。

〔口語訳〕
早朝に白帝城を色取る美しい雲のかかった白帝城の下から出発して、
千里下流の江陵へ一日のうちに還って来た。
途中長江両岸の岸の上からしきりに猿の声が聞こえ、尽きる間もなかったが、
そうしているうちに軽々と走る小舟はいくつも重なる山々の下を通り過ぎて来た。

〔鑑賞〕
恩赦によって夜郎追放を免れ、夜郎行は巫山のあたりで打切りとなり、直ちに江南に引き返すことにな

った。長江上りが下りに変更になったわけである。流れにさからう上りに対し、流れに乗る下りの舟の船足が早い。まだ見ぬ夜郎への心重い旅と変って、なじみ深い江南へ帰ることのできる旅となった。

運命の逆転に、心は次第に軽くなってゆく。船足の軽さだけではなかった。清の詩人王漁洋《おうぎょよう》はこの詩を「唐代七絶の随一」に推している。

臨路歌

李《り》白《はく》

大鵬飛兮振八裔
中天摧兮力不濟
餘風激兮萬世
遊扶桑兮挂石袂
後人得之傳此
仲尼亡乎誰爲出涕

臨路《りんろ》の歌《うた》

大鵬《たいほう》飛《と》んで八裔《はちえい》に振《ふる》うも
中天《ちゅうてん》に摧《くだ》けて力《ちから》済《わた》られず
余風《よふう》は万世《ばんせい》を激《げき》し
扶桑《ふそう》に遊《あそ》んで石《いし》に袂《たもと》を挂《か》けんとす
後人之《こうじんこれ》を得《え》て此《これ》を伝《つた》えんとするも
仲尼《ちゅうじ》亡《ほろ》びて誰《たれ》か為《ため》に涕《なみだ》を出《いだ》すことをなさん

〔詩形〕古詩　〔押韻〕去声霽韻（裔・済・世・袂・涕）

〔語釈〕

○臨路　「路」は「終」の誤りで「臨終歌」であろうとされている。○大鵬　空想上の大鳥。『荘子』「逍遥游篇」に登場する。天に羽うって九万里を飛ぶとされる。○八裔　八方。東西南北とその四隅を併せていう。すなわち宇宙。○扶桑　神木。東海中にあるとされ、転じてその木の生えている島を指す。木の葉は桑の形をしているという。○石袂　『楚辞』「哀時命篇」に「左袪《さきょ》を扶桑に挂《か》く」とあり、「石」は「左」の誤りかとされる。やや意味がとりずらい。○仲尼　孔子。

〔口語訳〕

大鵬が九万里に羽うって大空に舞ったように私も八方に旅して思う存分詩情を発揮してきた。

しかし、大鵬が中天で羽をくじけて飛ぶことができなくなったように、私も途中で挫折して思うに任せぬような生涯を送ってしまった。

せめて私の抱負の余風が万世の後まで人の心を刺激してくれることを願う。

さて私は仙界の扶桑国に遊び衣を石に懸けて地上に降り立とうとしている。

後の人が私の生き方を知り、これを世に伝えてくれようとしても、

孔子のようにすべてをわかってくれる人はもはやいないから、私のために涙を流してくれる人はいないだろう。

〔鑑　賞〕

この詩はなかなかに難解である。

上元元年（七六〇）尋陽に帰り着いた李白は、金陵・宣城の地を往来し、上元二年（七六一）に当塗に至った。当塗令をしていた族叔李陽冰《りようひょう》の許に身を寄せたのである。安徽省南陵県の北で、現在は馬鞍山市に属する。長江の東南岸にある。李陽冰は字は少温。篆書に巧みで李斯《りし》以来の第一人者との定評がある。

「城隍廟碑」などの書蹟も伝わっている。「友と接するに仁を以ってす」と言われる人格者で李白にももちろん丁重に世話をしたようだ。しかし翌年、宝応元年（七六二）李白はこの地で没した。「臨路歌」はその臨終の詩であるとされる。墓は初め龍山の東麓に設けられ、のち青山の西麓に改められた。『旧唐書』には「酒を飲みて度を過し宣城に酔死す」とある。『唐才子伝』は「酒に乗じて月を捉えんとし、遂に水中に沈めり」と伝えている。享年六十二であった。なお、李白の没した宝応元年は、前年に玄宗・粛宗が相次いで亡くなり代宗が即位して改元した年である。

蜀道難

噫吁嚱危乎高哉
蜀道之難難於上青天
蠶叢及魚鳧
開國何茫然
爾來四萬八千歳
不與秦塞通人煙
西當太白有鳥道
可以橫絕峨眉巓
地崩山摧壯士死
然後天梯石棧相鉤連

蜀道難《しょくどうなん》　　李《り》白《はく》

噫吁嚱《ああ》危《あやう》いかな高《たか》いかな
蜀道《しょくどう》の難《かた》きは青天《せいてん》に上《のぼ》るよりも難《かた》し
蚕叢《さんそう》と魚鳧《ぎょふ》と
国《くに》を開《ひら》くこと何《なん》ぞ茫然《ぼうぜん》たる
爾来四万八千歳《じらいよんまんはっせんさい》
秦塞《しんさい》と人煙《じんえん》を通《つう》ぜず
西《にし》は太白《たいはく》に当《あた》りて鳥道《ちょうどう》有《あ》り
以《もっ》て峨眉《がび》の巓《いただき》を横絶《おうぜつ》す可《べ》し
地崩《ちくず》れ山摧《やまくだ》け壮士《そうし》死《し》し
然《しか》る後天梯石桟相鉤連《のちてんていせきさんあいこうれん》す

上有六龍回日之高標
下有衝波逆折之回川
黄鶴之飛尚不得過
猨猱欲度愁攀縁
青泥何盤盤
百歩九折縈巖巒
捫參歴井仰脅息
以手撫膺坐長歎
問君西遊何時還
畏途巉巖不可攀
但見悲鳥號古木
雄飛雌従繞林間
又聞子規
啼夜月愁空山
蜀道之難難於上青天
使人聴此凋朱顔
連峯去天不盈尺
枯松倒挂倚絶壁

上《かみ》に六龍回日《りくりょうかいじつ》の高標《こうひょう》有《あ》り
下《しも》に衝波《しょうは》逆折《ぎゃくせつ》の回川《かいせん》有《あ》り
黄鶴《こうかく》の飛《と》ぶも尚《なお》過《す》ぐるを得《え》ず
猨猱《えんどう》度《わた》らんと欲《ほっ》して攀縁《はんえん》を愁《うれ》う
青泥《せいでい》何《なん》ぞ盤盤《ばんばん》たる
百歩《ひゃっぽ》九折《きゅうせつ》巌巒《がんらん》を縈《めぐ》る
参《しん》を捫《な》で井《せい》を歴《へ》仰《あお》いで脅息《きょうそく》し
手《て》を以《もっ》て膺《むね》を撫《な》で坐《ざ》して長歎《ちょうたん》す
問《と》ふ君《きみ》が西遊《せいゆう》何《いず》れの時《とき》にか還《かえ》る
畏途《いと》巉巌《ざんがん》攀《よ》ずべからず
但《た》だ見《み》る悲鳥《ひちょう》の古木《こぼく》に号《さけ》び
雄《ゆう》飛《と》び雌《し》従《したが》い林間《りんかん》に繞《めぐ》るを
又《ま》た聞《き》く子規《しき》
夜月《やげつ》に啼《な》き空山《くうざん》に愁《うれ》うるを
蜀道《しょくどう》の難《かた》きは青天《せいてん》に上《のぼ》るよりも難《かた》く
人《ひと》をして此《こ》れを聴《き》かば朱顔《しゅがん》を凋《しぼ》ましむ
連峰天《れんぽうてん》を去《さ》ること尺《せき》に盈《み》たず
枯《こ》松《しょう》倒《さかしま》に挂《かか》り絶壁《ぜっぺき》に倚《よ》る

飛湍瀑流爭喧豗
砯厓轉石萬壑雷
其險也如此
嗟爾遠道之人胡爲乎來哉
劍閣崢嶸而崔嵬
一夫當關萬夫莫開
所守或匪親
化爲狼與豺
朝避猛虎
夕避長蛇
磨牙吮血
殺人如麻
錦城雖云樂
不如早還家
蜀道之難難於上青天
側身西望長咨嗟

飛湍瀑流《ひたんばくりゅう》争《あらそ》いて喧豗《けんかい》
厓《がけ》を砯《う》ち石《いし》を転《てん》ずること万壑雷《ばんがくらい》のごとし
其《そ》の険《けん》なるや此《か》くの如《ごと》し
嗟爾遠道《ああなんじえんどう》の人胡為《ひとなんす》れぞ来《きた》れるや
剣閣崢嶸《けんかくそうこう》として崔嵬《さいかい》
一夫《いっぷ》関《かん》に当《あた》れば万夫《ばんぷ》も開《ひら》く莫《な》し
守《まも》る所或《ところあるい》は親《しん》に匪《あら》ざれば
化《か》して狼《ろう》と豺《さい》と為《な》る
朝《あした》に猛虎《もうこ》を避《さ》け
夕《ゆうべ》に長蛇《ちょうだ》を避《さ》く
牙《きば》を磨《みが》き血《ち》を吮《す》い
人《ひと》を殺《ころ》すこと麻《あさ》の如《ごと》し
錦城楽《きんじょうたの》しと云《い》うと雖《いえど》も
早《はや》く家《いえ》に還《かえ》るに如《し》かず
蜀道《しょくどう》の難《かた》きは青天《せいてん》に上《のぼ》るよりも難《かた》し
身《み》を側《そば》だて西《にし》に望《のぞ》み長《なが》く咨嗟《しさ》す

〔詩形〕長短句古詩　〔押韻〕平声先韻（天・然・煙・巓・連・川・縁）、平声寒韻（盤・巒・歎）、平声刪韻

（還・攀・間・山・顔）、入声陌韻（尺・壁〈錫韻通押〉）、平声灰韻（豗・雷・哉・嵬・開・豺）、平声麻韻（蛇・麻・家・嗟）

〔語釈〕

○蜀道　古来嶮岨と称される陝西から四川（蜀）に入る道。いわゆる蜀の桟道を指す。○噫吁嚱　一字それぞれ感歎の辞であるが、三字重ねても「ああ」と訓じる。三字重なることで「深い歎き」にひびく。○蚕叢及魚鳧　古の蜀の君主とされている。○秦塞　隣国秦のとりで。○太白　太白山。高くして常に積雪があり、盛夏にも消えることがないので太白山というとある。○鳥道　連山高峻でその少し低いところだけを飛鳥が過ぎさるほどの道を鳥道とよぶ。○壮士死　秦の恵王、蜀王の色を好み美女を求めているのを知り五人の女性を蜀に嫁せしめた。蜀では五人の壮丁を送って迎えに行かせたが、帰り路に梓潼の地に至り、大きな蛇が穴に入るのを見て、一人がその尾を引き他の四人もこれを助けたが、突然山が崩れて五人の壮丁も五女も生埋めとなり、そこに五嶺が生じたという。いま一つの伝説は、秦の孝王が蜀人に山を切り開かせようとして黄金の糞をする牛があるとの噂を流し、蜀王はこれを得ようとして強力の五人の力士に山を開かせた。しかし道は開かれたが、山崩れに遇いこの五人の力士は死んでしまったというもの。○六龍回日　六頭の龍に牽かれて太陽の近くまで昇ること。○高標　蜀山の最高峰。○逆折　旋回すること。○青泥　山の名。懸崖万仭で上に雲雨多く、道を行く者は泥になやまされるのでその名があるという。○捫参歴井　「参」と「井」は星の名。「参」は蜀の分野、「井」は秦の分野にある。この二星を手にとり、その傍を過ぎるくらい高い所を通過するのをいう。○脅息　恐しさに息をひそめる。○畏途　険しい路。○巉巌　岩石の高く険しいこと。○子規　ホトトギス。蜀王杜宇の魂の化したものとされている。○朱顔　若い人の元気な容貌。○喧豗　騒がしく音を立てる。○砯厓　水が厓を打って音をたてること。○胡為「何為」と同じ。「なぜに」の意。○崢嶸　険しい。○崔嵬　高くごつごつしている。○匪親　「匪」は「非」に同じ。「親」は身内、仲間。○如麻　差別がなく、手あたり次第。○錦城　蜀都成都。○咨嗟　なげく。

〔口語訳〕

ああ何と危いことか、何と高いことか。蜀道を越えるのは青天に上るよりもむずかしい。太古の時代に蚕叢と魚鳧とが国を開き始めたのはまことにはるかな昔のことではっきりしない。以来四万八千年、しかし未だに東北の秦のとりでとさえ交渉することができない。西の太白山の方向に、わずかに鳥の通るだけのような小道がある。これを辿って峨眉山の頂上を横切るのである。かつて秦王が蜀人に道を拓かせようとし奸計を設けたが、その時、山崩れで五人の壮士が死んだ故事が伝わっている。それからやっとのことで天にのぼる梯子ともいうべき桟道がつながるようになった。この桟道の上には、昔、六頭の龍に空飛ぶ車を引かせ、その車に乗って太陽のあたりをめぐったという蜀の高標の山があり、下には岩石に突き当る波がさかさまに折れ曲って旋回する流れがある。黄鶴のようによく空を行くものもここを飛び越えることはできず、手長猿すら渡るのに難渋するほどである。青泥山はうねうねとしているというが、この桟道はそれにも劣らず九回も折り返して岩山をめぐり、空に高く輝く参星を手でなぜ、井星のそばを通り過ぎるのである。恐しさに息をひそめ胸をなで、疲れ果てて長くためいきをつくことであろう。

君よ、西遊してここを通り、いつまたもと来たところへ帰ろうというのか。

畏るべき道を行き、険しい崖はよじのぼるのも容易ではない。あたりには悲しい声で鳥が古木で鳴いており、雄が先立ち雌が従って林間をかけめぐっている。ほととぎすは月に向かって叫び、さびしさを訴えている。

蜀道を越えるのは青天に上るよりもむずかしい。若い人もうれいのために老いたる容貌に変ってしまうほどである。連なる峰は高く、天を去ること一尺にも満たぬほどの思いがする。年を経た枯松は倒《さかさま》にたおれて絶壁によりかかり、飛ぶように速い水の流れは瀧となって騒がしく音を立てている。水が厓を打ち、それに押されて転がりゆく岩石の音が雷鳴のようにやかましくとどろいている。

こんな険しいところへ、あなたはなぜはるばると来られたのだ。剣閣は険しくいかめしい。ただ一人の男子が関門に当って拒ごうとすれば、一万の兵士もこれを排して進むことができないほどである。迫り来る者が親しい人でなければ、忽ち狼となり豺となって襲いかかってくる。朝方には猛虎を避け、夕暮時には長蛇を避ける。長蛇が人の血を吮おうとし、猛獣が牙をといでいるからである。これらは手あたり次第に容赦なく人を殺すであろう。

蜀の国に入って、たとえ都の錦官城の日々が楽しいと聞かされても、早く家郷に帰るにこしたことはない。蜀道を越えることは青天に上るよりもむずかしい。ここに到れば何人も身をそばたて西の方を望んで深く歎くことであろう。

〔鑑　賞〕

「蜀道難」は楽府題として古くからあり、李白の命名ではない。蜀人である李白は家郷にまつわるこの楽府題に基き、名にし負う蜀の桟道の険しさを詠んだものである。『楚辞』の系譜に連なるというが、巉岨を形容する字句を次々と敷き並べ、息もつかせぬ激烈な詠みぶりである。創作年代には諸説がある。創作の動機については、

○蜀の権力者厳武《げんぶ》の下にある房琯《ぼうかん》と杜甫とに危険を警告したもの。
○李白が天宝のはじめ賀知章と会見して献上したもの。
○成都にいた高官 章仇兼瓊《しょうきゅうけんけい》なる人に警告したもの。
○玄宗皇帝の蜀幸に反対したもの。
などがあり一定するところがない。恐らくは李白が古楽府の伝統に基き、若き日に見聞した蜀道の険しさとそれまつわる蜀地の伝承とに触発されて世に出したものではなかろうか。特定の諷喩を想定するには材料が乏しい。詩中の「一夫当関　万夫莫開」は名句として知られる。別本には「一夫」が「一人」になっている。『古文真宝』前集所収。

杜《と》甫《ほ》（七一二〜七七〇）

字は子美、号は少陵、工部員外郎という官にあったので、杜工部ともいう。鞏《きょう》県（河南省）に生まれた。十三代前の先祖は晋の名将で『春秋左氏伝』の注を書き「杜注《どちゅう》」で知られる杜預《どよ》だとされる。その流れを汲むのが初唐の詩人杜審言《としんげん》であるが、審言が無実の罪で獄につながれていた時、その次子が、まだ十六歳の少年でありながら、父に仇をなした人を刺殺して自らも命を絶つという事件があった。こうした「悪を憎む」剛毅な精神は杜甫の性格にも及んでいる。『旧唐書』の伝でも「甫は曠放《こうほう》にして自ら検《けん》せず（志が高く物事にこだわらない）、好んで天下の大事を論ず」とあり、さらに「高くして切ならず」とも評されている。

少年時代は唐の盛世「開元」太平の時代であった。早くから詩を作り、詩才を認められて洛陽の名士にも知られていたが、二十四歳の時に受けた「科挙」の試験に合格せず、以後、山東、河北を流浪する生活に入った。三十歳の時、洛陽に帰り結婚して首陽山のふもとに陸渾荘を築いて住んだ。妻との間にはその後、三男二女が生まれた。

天宝三年（七四四）に李白と会って共に河南、山東を旅している。『新唐書』の伝に「山東の人李白、亦た文の奇なるを以って称を取る（評判が高かった）。時人これを李・杜という」とあるが、両人の交わりはこの時に始まったものである。

李白と別れ、天宝五年（七四六）に長安に出た杜甫は以後、仕官を求めて奔走し、天宝十四年（七五五）の冬ようやく右衛率府冑曹参軍という職を得た。四十四歳の時である。武器庫の下役人でようやく飢を免がれるような暮しができることになったに過ぎない。しかしこの束の間、天下大乱となる安禄山の乱の発生により空しく破られることとなる。

このころ、杜甫は奉先（陝西省蒲城県）に置いていた妻子を久しぶりに訪ねていた。悲しいかな家では生まれて間もない幼子が飢えで死んでいた。乱の知らせを聞いて急ぎ長安に帰ったが、賊兵が長安に迫って危険だったので、再び奉先に戻り妻子をつれて安全な地を求めて避難の旅に出ることを余儀なくされた。鄜《ふ》州（陝西省富県）に辿り着いた杜甫は妻子を城外の羌《きょう》村に落ちつかせたのち、皇太子（のちの粛宗）が霊武（寧夏回族自治区霊武県）で即位して仮りの朝廷を設けていると聞き、単身、そこにかけつけようとし、途中で賊軍に捕えられ長安に送られた。もちろん長安は賊軍の手中にあり、逃げおくれた官吏は殺されたり、無理に仕官させられたりしていたが、官吏とも言えぬ下役人であった杜甫は市中追放となり、街の片隅で暮すこととなった。廃墟となった都長安の悲哀を綴った「春望」の詩はこの時作られたものである。

至徳二年（七五七）、杜甫は賊の目をのがれてひそかに長安を脱出し、陝西省鳳翔《ほうしょう》県まで来ていた粛宗のもとに辿り着いた。粛宗は杜甫に左拾遺の官を授けた。しかし、宰相房琯の罪を弁護したため粛宗の怒りを買い、まもなく暇を与えられて鄜州の家族のもとに帰ることとなった。その道中は各地で戦後の混乱の中で飢えに苦しむ難民と出会い、戦死者の白骨を見ながらの旅であった。「北征」（北への旅）の詩はこの時のものである。

一旦、長安に帰ってまた官に就いたが、すぐ左遷されて華州に赴き、ここでは折からのひでりになやまされて暮しが立たず、官をやめて秦州（甘粛省天水市）、同谷を経て成都に向かうこととなった。乾元二年（七五九）、成都に落ちついた杜甫は、翌年、浣花渓《かんかけい》に空地を得て庵を営んだ。このかやぶきの小屋が「浣花草堂」であり世にいう杜甫草堂である。この地では友人の厳武が節度使となっており、その幕僚に加えられ、朝廷に申請して検校工部員外郎の官を称するようになった。しかし、うしろ盾の厳武が亡くなるとここも安住の地ではなく、代宗の永泰元年（七六五）五月、草堂を捨て妻子を伴って長江を下り雲安・虁《き》州を経て江陵に向かい、さらに岳州に舟を浮べ、湘江をさかのぼって衡《こう》州のあたりをさまよい、舟中の暮しをしているうちに病が篤くなり、大暦五年（七七〇）の冬、潭州から岳州への舟旅の途中で一生を終った。五十九年の生涯であった。

『新唐書』ではその最期を「耒陽《らいよう》に客となり、嶽祠に遊ぶ。大水にわかに至り、旬にわたり（十日間も）食を得ず。県令舟をそなえて之を迎え、乃ち還ることを得たり。令、嘗て牛炙（牛のあぶり肉）白酒を饋《おく》る。大酔して、一昔《いっせき》（一夕）にして卒《しゅっ》す」としている。墓は湖南省の平江県にあり、作品は『杜工部集』として伝わっている。

肺疾がある上に長く消渇《しょうかち》（糖尿病）をわずらい、瘧病《マラリア》にもかかり、耳も聴こえなくなって不自由な苫《とま》舟《ぶね》の中に横たわっての死であった。日頃は採取した薬草を売って命をつないでいた。

貧交行　　　　　　杜甫《とほ》

翻手作雲覆手雨
紛紛輕薄何須數
君不見管鮑貧時交
此道今人棄如土

貧交行《ひんこうこう》

手《て》を翻《ひるがえ》せば雲《くも》と作《な》り手《て》を覆《くつがえ》せば雨《あめ》となる
紛紛《ふんぷん》たる軽薄《けいはく》何《なん》ぞ数《かぞ》うるを須《もち》いん
君《きみ》見《み》ずや管鮑貧時《かんぽうひんじ》の交《まじ》わり
此《こ》の道《みち》今人《こんじん》棄《す》てて土《つち》の如《ごと》し

〔詩形〕七言古詩　〔押韻〕上声麌韻（雨・数・土）

〔語釈〕

○紛紛　入り乱れること。○管鮑　春秋時代の斉の政治家管仲と鮑叔。二人の友情は「管鮑之交」として史上名高い。

〔口語訳〕

手のひらを上に向ければ雲となり、下を向ければ、すぐに雨となる。今の世の人情はこれと同じくらい定めがたく変りやすい。

こんな沢山の軽薄な人々を一々数えあげとがめたてるのは無駄なことだ。

君よ見たまえ、あの古の管仲と鮑叔の貧しい時代の美しい友情を。現代の人々はこれを糞土のごとくふりすてて顧りみることがない。なげかわしいことだ。

〔鑑　賞〕

題は「貧交の行《うた》」の意味で、「行」は「行く」ではなく、古い楽府《がふ》という民謡風の歌曲につけられ、「歌」「曲」「吟」「引」と同じいわゆる「楽府題《がふだい》」。杜甫は天宝十一年（七五二）ごろ、長安で暮していた。四十一歳。まだ何の官にもつけずに日々を過していた。他人から冷たくあしらわれることも少なくなかったことであろう。信頼や友情もたびたび裏切られた。この詩は、ある特定の人の仕打ちをいきどおって作ったという説もある。正義感が強く怒りやすい人でもあった。第三句にある「君不見」は「君不聞」「君不知」などとともに古体詩、ことに楽府体特有の常套句。この句が入ったために第三句は八字となっている。押韻も仄字。『唐詩選』にも入っており、広く親しまれている詩。

春　望

國破山河在
城春草木深
感時花濺涙
恨別鳥驚心
烽火連三月

春《しゅん》望《ぼう》　杜《と》甫《ほ》

国破《くにやぶ》れて山河《さんが》在《あ》り
城春《しろはる》にして草木深《そうもくふか》し
時《とき》に感《かん》じては花《はな》にも涙《なみだ》を濺《そそ》ぎ
別《わか》れを恨《うら》んでは鳥《とり》にも心《こころ》を驚《おどろ》かす
烽火三月《ほうかさんげつ》に連《つら》なり

家書抵萬金
白頭掻更短
渾欲不勝簪

家書《かしょ》万金《ばんきん》に抵《あた》る
白頭《はくとう》掻《か》けば更《さら》に短《みじか》く
渾《すべ》て簪《しん》に勝《た》えざらんとす

〔詩形〕五言律詩　〔押韻〕平声侵韻（深・心・金・簪）

〔語釈〕
○春望　春の眺め。もとはのどかなものであるが、ここでは暗い風景。対語としては「冬遊」がある。○国　王朝の秩序。○城　ここでは長安の街。○烽火　敵の来襲をつげる「のろし火」。○三月　「さんげつ」とよむ。三カ月の意。○家書　家からの知らせ。家族からのたより。「伝えられるもの」として「烽火」と対をなす。○万金　一万金。高価なもののたとえ。「三月」と数字で対（数目対《すうもくつい》）をなしている。○白頭　白髪。困苦によって生じた身体の衰えの象徴として描かれる。○渾　すべての意。やや口語風の用字。○簪　冠をとめるもの。「簪《しん》するに」と動詞として訓じてもよい。

〔口語訳〕
賊軍の乱入で唐朝の秩序は破壊されたが、周囲の山河は何事もなかったかのようにもとのまま残っていて、時の流れが一段と哀れをもよおす。
さんざんに荒された市中には、春とともに草木が芽生え日々にみどりが深い。
平和だった静かな日々といまとの変りようで花を見ても涙がこぼれ、

家族との別れを思っては、鳥の声を聞いても、心が痛む。
賊の来襲を告げるのろしは三ヵ月も続き、
めったに来ない家からの便りは万金に値するほど貴い。
髪の色も苦労のせいで一段と白髪がふえ、毛も薄くなり、
かんざしをさすのにも足りない心細さである。

〔鑑　賞〕

安禄山の軍勢は北京附近の漁陽《ぎょよう》（河北省薊《けい》県）から異民族を多勢含む「蕃漢《ばんかん》十五万」という大軍で一斉に南下した。洛陽を占拠して大虐殺を行ったのち、ついに長安に乱入した。玄宗皇帝は楊貴妃を伴い手勢の近衛兵に囲まれて遠く成都まで落ちのびた。いわゆる「蜀行《しょくこう》」である。あわただしく出立したので、皇族も官僚も多く取残された。この人々は忽ち侵入軍に殺された。

宮中の官庫も破られ、財宝は掠奪された。市内いたるところで大小さまざまな暴行・殺人が展開された。かくして栄華の都・享楽の巷はすっかり荒廃してしまった。至徳二年（七五七）の春、四十六歳の杜甫は、この長安の市内に軟禁されていた。官吏ではあったが、微官であり、殺害の対象外として生き残っていたのである。侵入軍には軍規というものがなく、上層部はやがて内紛のため崩壊してゆく。統治者の体をなしていなかったので、市中は荒れに荒れたが、この長安市中に今年も変らず春が訪れた。新鮮な春の景色と荒廃した人々の暮しのへだたりに、詩人は深い歎きを起さずにはいられなかった。杜甫はやがて、ひそかにこの長安を脱出し、一旦家族に会ったのち、鳳翔《ほうしょう》にいた粛宗の軍に加わることとなった。

芭蕉は『奥の細道』「平泉の条」に、この詩中の句を引いて次のように書いている。

三代の栄耀《えいよう》一睡《いっすい》の中《うち》にして、大門の跡は一里こなたにあり。秀衡《ひでひら》が跡は田野になりて金鶏山《きんけいざん》のみ形を残す。まず高館《たかだち》にのぼれば、北上川南部より流るる大河なり。衣川《ころもがわ》は和泉《いずみ》が城をめぐりて高館の下《もと》にて大河に落入《おちい》る。泰衡《やすひら》らが旧跡は衣が関を隔《へだ》て南部口をさし堅《かた》め、夷《えぞ》をふせぐとみえたり。さても義臣すぐってこの城にこもり、功名一時の叢《くさむら》となる。「国破れて山河あり。城《じょう》春にして草青みたり」と笠うち敷きて、時のうつるまで泪《なみだ》を落し侍《はべ》りぬ。

夏草や兵《つわもの》どもが夢の跡

私が大学入試を受けたのは、昭和二十四年（一九四九）であったが、ある大学の入試でこの「春望」の詩が出題された。そのころはまだ東京の各地に戦災の瓦礫が残り、人々の暮しもすさんでいてまさに「国破れて山河あり」の実感があった。

有名な詩であるが、『唐詩選』には入っていない。『唐詩三百首』所収。

羌村　　杜《と》甫《ほ》

崢嶸赤雲西
日脚下平地

羌《きょう》村《そん》
崢嶸《そうこう》たる赤雲《せきうん》の西《にし》
日脚《にっきゃく》　平地《へいち》に下《くだ》る

柴門鳥雀噪
歸客千里至
妻孥怪我在
驚定還拭涙
世亂遭飄蕩
生還偶然遂
隣人滿牆頭
感歎亦歔欷
夜闌更秉燭
相對如夢寐

柴門《さいもん》　鳥雀《ちょうじゃく》噪《さわ》ぎ
帰客《きかく》　千里《せんり》より至《いた》る
妻孥《さいど》　我《わ》が在《あ》るを怪《あや》しみ
驚《おどろ》き定《さだ》まりて還《ま》た涙《なみだ》を拭《ぬぐ》う
世《よ》乱《みだ》れて飄蕩《ひょうとう》に遭《あ》い
生還《せいかん》　偶然《ぐうぜん》に遂《と》げたり
隣人《りんじん》　牆頭《しょうとう》に満《み》ち
感歎《かんたん》して亦《ま》た歔欷《きょき》す
夜《よ》闌《たけなわ》にして更《さら》に燭《しょく》を秉《と》り
相対《あいたい》して夢寐《むび》の如《ごと》し

〔詩　形〕五言古詩　〔押　韻〕去声寘韻（地・至・涙・遂・欷・寐〈未韻通押〉）

〔語　釈〕

○崢嶸　山の険しいこと。ここでは雲の高くとがっているのを指す。○日脚　日ざし。○柴門　粗朶《そだ》など雑木をくみ合せて造った門。金持ちや権力者の「朱門」と対照される。○帰客　戻って来た旅人。ここでは杜甫自身を指す。○妻孥　妻子。○飄蕩　流浪。○牆頭　土塀。○歔欷　すすり泣き。○夜闌　夜がふけること。

〔口語訳〕

高くとがった夕焼雲の西の空からは、
日差しが地上に落ちてきている。
粗末な貧しい木戸のあたりには雀が騒しく鳴いている。
この夕暮時に私は千里の遠くからようやくここに辿りついた。
妻や子どもたちは私が無事に目の前にいるのを怪しみ驚き、
驚きが定まると涙を流して感動している。
世の乱れのために私は各地をさすらい歩き、
いま、偶然にも生きてここに来ることができた。
近所の人々もみな垣根の上に背伸びして集まり、
私の生きて帰って来たことを知ってすすり泣きしてよろこんでくれている。
夜に入ってからは燭を灯して、
いつまでも妻子と向き合って過したが、まるで夢の中にいるような心地だった。

〔鑑　賞〕

三首連作の第一首。羌村に着いた時の情景を細密に描いている。羌村は鄜州の州治洛交県の郊外にあった。安禄山の乱の直前から杜甫は妻子をここに住まわせていた。長安を脱出して鳳翔の行在所にいた粛宗に目通りし、晴れて左拾遺という官を授けられたのもつかの間、朝廷で敗将房琯《ぼうかん》を弁護したのが仇となり、粛宗に嫌われて命により妻子のいるこの鄜州に帰されることになった。難民の間を過ぎ、野にさらされた兵士の白骨を見ながらの旅であった。旅中のすさまじい体験は同時期の「北征」（北への旅路）の長編の詩となって残されている。

曲江

朝回日日典春衣
毎日江頭盡醉歸
酒債尋常行處有
人生七十古來稀
穿花蛺蝶深深見
點水蜻蜓款款飛
傳語風光共流轉
暫時相賞莫相違

曲《きょく》江《こう》　杜《と》甫《ほ》

朝《ちょう》より回《かえ》りて日日《ひび》に春衣《しゅんい》を典《てん》し
毎日《まいにち》江頭《こうとう》に酔《よい》を尽《つく》して帰《かえ》る
酒債《しゅさい》　尋常《じんじょう》　行《ゆ》く処《ところ》に有《あ》り
人生《じんせい》　七十《しちじゅう》　古来稀《こらいまれ》なり
花《はな》を穿《うが》つ蛺蝶《きょうちょう》は深深《しんしん》として見《み》え
水《みず》に点《てん》する蜻蜓《せいてい》は款款《かんかん》として飛《と》ぶ
風光《ふうこう》に伝語《でんご》す　共《とも》に流転《るてん》し
暫時《ざんじ》　相賞《あいしょう》して相違《あいたが》うこと莫《な》からんと

〔詩　形〕七言律詩　〔押　韻〕平声微韻（衣・帰・稀・飛・違）

〔語　釈〕

○典　質入れすること。品物を引き当てにして金を借りること。用例は古くからあり、「典して」得た銭を「典銭」という。「典舗」は質屋。質物は「典物」という。○酒債　酒のためにできた借金。李白にも「帰家酒債多」（家に帰れば酒債多し）の句がある。○尋常　通常、普通、ふだん。○行処　いたるところ、どこにでも。○蜻蜓トンボ。「蜻蛉《せいれい》」ともいう。○款款　ゆるやかに。○伝語　ことづてをする。

〔口語訳〕

朝廷から帰ると毎日、春の衣を質入れして、
その金で曲江のほとりに行き、酔を尽して家に戻る。
酒のための借りはいたるところにあるが、
人生はどうせ古来七十歳まで生きられるのは稀であるから、くよくよしてよいものであろうか。
花の間を縫って飛ぶ胡蝶は深々と見え、
水の上に尾を打ちつけるとんぼはゆるやかに飛んでゆく。
あわれ春景色よ。私はおまえに言いたい。われらは風光と共にうつろいゆくもの。
しばらくの間互いの美を賞しつつ、そむかぬよう約束しようではないか。

〔鑑　賞〕

至徳二年（七五七）十月、粛宗は安禄山の軍勢を追い出して長安に帰った。鳳翔の行在所で一旦、天子の怒りに触れ、鄜州に赴いた杜甫も、翌乾元元年（七五八）には左拾遺の官を与えられ、長安に住むこととなった。この官は門下省に属していた。宣政殿の左（東側）にあるので左省《さしょう》ともいう。このころ、「春宿左省」（春、左省に宿す。「宿す」は宿直の意）の五律一首がある。「曲江」の詩もこのころの作である。曲江は長安の東南隅にある著名な景勝地で市民の行楽で賑わっていた。水流が「之」の字形に屈曲してい

るのでその名があり、池畔に紫雲楼、慈恩寺、杏園、楽遊原などがあった。「曲江池」とも言い、大きな池があったが、いまはない。

　この詩は二首あり、別題でやはりここで詠んだ「曲江対酒」（曲江にて酒に対す）もあるが、どれもこの詩にあるような棄て鉢な気分に満ちている。折角、都に戻り官職に就きながら、日々の生活に満足できないところがあったようである。その官は「諷諫」をつとめとしたが、宮廷の権力関係でそれも名ばかりであり、批判派の一員として冷遇されていたことも大きい。こんなことをしているうちにやがて彼は都から出され、陝西省華山のふもとの華州の司功参軍という低い官職に追いやられることになる。

　この詩は前聯・後聯（三・四句と五・六句）の対句の巧みさが秀抜。前聯は人事、後聯は風物を詠う。とくに第四句の「人生七十古来稀」の句は「古稀」（七十歳を意味する）の出典として名高い。四十七歳の作。

秦州雑詩　七　　杜甫

莽莽萬重山
孤城石谷間
無風雲出塞
不夜月臨關
屬國歸何晩
樓蘭斬未還

秦州雑詩《しんしゅうざっし》　七《しち》　　杜《と》甫《ほ》

莽莽《もうもう》たり万重《ばんちょう》の山《やま》
孤城《こじょう》　石谷《せきこく》の間《かん》
風《かぜ》無《な》きに　雲《くも》は塞《さい》を出《い》で
夜《よる》ならざるに月《つき》は関《かん》に臨《のぞ》む
属国《ぞくこく》　帰《かえ》ること何《なん》ぞ晩《おそ》き
楼蘭《ろうらん》　斬《き》らんとして未《いま》だ還《かえ》らず

煙塵一長望
衰颯正摧顔

煙塵《えんじん》　一《ひと》たび長望《ちょうぼう》し
衰颯《すいさつ》として正《まさ》に顔《かんばせ》を摧《くだ》く

〔詩　形〕五言律詩　〔押　韻〕平声刪韻（山・間・関・還・顔）

〔語　釈〕
○莽莽　草深いこと。ここでは山々の奥である意。○孤城　ここでは秦州の町を指す。○属国　典属国という官名。属国をつかさどる役人。ここでは吐蕃への唐の使者。○楼蘭　西域の国名、都市名であるが、ここでは吐蕃の意に用いている。

〔口語訳〕
幾重にも奥深く重なった山々。
このさびしい山間の町は岩石に囲まれた土地である。
風もないのに雲は城塞のあたりから立ち現われ、
夜でもないのに暗い雲の中に月が見えたりするのだ。
いつか吐蕃に向かってここを通りすぎた都の使者はどうしたわけかまだ帰らない。
楼蘭の王を斬ろうとして出かけたのにどうなったのであろう。
あたりにはまだ煙塵がやまず、どこかで戦がつづいているようだ。
私は意気も衰え、顔もやつれるばかりである。

〔鑑賞〕

鄜州から長安に戻って再び左拾遺の職に就いたが、まもなく左遷されて華州司功参軍となり、華州に赴いた。ここは陝西省華山のふもとであるが、乾元二年（七五九）の夏、あたり一帯にひでりがつづき、職に就いているものの食にも事欠くありさまとなったので、杜甫はこの地もその職も捨て、妻子をつれて秦州に向かった。秦州には一族の杜佐が寄寓していると聞いていたからである。そこはいまの甘粛省天水市で近くに仙人崖や麦積山石窟がある。当時は隴西《ろうせい》道に属し、吐蕃に向かう街道の要地であった。しかし折角、秦州に来たものの住居もなく食も足らず、近くの同谷に移ったが、ここも同じく暮しにくい土地で家族は猿の喰べ残したドングリで飢えをしのぐありさまであった。

「秦州雑詩」は二十首あり、ここに収めたのはその七首目である。

天末懐李白　　杜《と》甫《ほ》

涼風起天末
君子意如何
鴻雁幾時到
江湖秋水多
文章憎命達
魑魅喜人過

天末《てんまつ》にて李白《りはく》を懐《おも》う

涼風《りょうふう》　天末《てんまつ》より起《おこ》る
君子《くんし》　意如何《いいかん》
鴻雁《こうがん》　幾時《いくとき》か到《いた》り
江湖《こうこ》　秋水《しゅうすい》多《おお》し
文章《ぶんしょう》は命《めい》の達《たっ》するを憎《にく》み
魑魅《ちみ》は人《ひと》の過《す》ぐるを喜《よろこ》ぶ

應共冤魂語
投詩贈汨羅

応《まさ》に冤魂《えんこん》と共《とも》に語《かた》らんとして
詩《し》を投《とう》じて汨羅《べきら》に贈《おく》るなるべし

〔詩　形〕五言律詩　〔押　韻〕平声歌韻（何・多・過・羅）

〔語　釈〕
○天末　「天涯」と同じ。天の果て。杜甫の現在いる秦州と南方に放浪する李白との距離の遠さをいう。○君子　ここでは李白を指す。○鴻雁　かりがね。雁。詩中では「鴻」（大きなの意）の字を冠していうことが多い。前漢時代に匈奴に拘留された蘇武の故事から、消息を遠く伝えるものとして「雁信」「雁書」。やまとことばで「かりのたより」。○江湖　江南、李白のいるあたり。江や湖が多いので。○魑魅　山沢に住むという怪物。○冤魂　冤罪で恨をのんで死んだ人の亡霊。ここでは楚の襄王に追放され、汨羅の淵に身を投じて世を去ったと伝えられる屈原《くつげん》を指す。汨羅は湖南省にある川の名。

〔口語訳〕
いま私は天の果ての秦州にいて秋風の吹き起る中で、
李白よ、君はどんな気持ちで生きているかと思いやる。
君に送った手紙は一体いつごろ手元に届くであろうか。
君のいる水郷では秋の水があふれているころだろう。
そもそも文章は人が栄達するのを忌みきらう。

化け者は人の前途を妨げることを喜ぶものだ。君は汨羅に身を沈めた屈原に同情を寄せその魂と語り合うとして、みずからの詩を淵に投じておられるのではなかろうか。

〔鑑　賞〕

天末とは秦州のことで、この国境の町のきびしい風土を文字通り「天末」（天の涯）と感じていたのであろう。

このころ李白は安禄山の乱で永王に加担した罪で夜郎に流されかけたのを途中で許され、三峡を下って岳州のあたりを流浪していた。李白もまた居所定まらぬ悲運のうちにあったのである。しかも二人は遠く離れて会うことも叶わぬ身である。旧友への思慕と同情とをおりまぜた作品である。

絶句二首　一　　杜《と》甫《ほ》

遅日江山麗
春風花草香
泥融飛燕子
沙暖睡鴛鴦

絶句《ぜっく》二首《にしゅ》　一《いち》

遅日《ちじつ》　江山《こうざん》麗《うるわ》しく
春風《しゅんぷう》　花草《かそう》香《かんば》し
泥《どろ》融《と》けて燕子《えんし》飛《と》び
沙《すな》暖《あたた》かにして鴛鴦《えんおう》睡《ねむ》る

〔詩　形〕五言絶句　〔押　韻〕平声陽韻（香・鴦）

二

江碧鳥逾白
山青花欲然
今春看又過
何日是歸年

二《に》

江碧《こうみどり》にして鳥《とり》逾《いよいよ》白《しろ》く
山青《やまあお》くして花《はな》然《も》えんと欲《ほっ》す
今春《こんしゅん》　看《み》す看《み》す又《ま》た過《す》ぐ
何《いず》れの日《ひ》か是《こ》れ帰年《きねん》ならん

〔詩形〕五言絶句　〔押韻〕平声先韻（然・年）

〔語釈〕

○遅日　春の日のなかなか暮れないこと。永日《えいじつ》。○然　「燃」と同じ。花のくれない色が燃え立つように見えること。○看　たちまち。

〔口語訳〕

うららかな春の日ざしに川も山も明るく晴れわたり、
折しも春風に送られて草も花も香しいかおりを放っている。
春の泥もとけてつばめが飛び交い、
あたたかな河べりの砂にはゆっくりとおしどりが眠っている。

江の色はみどりに鳥の羽はますます白く、

山は青く澄み、いまにも花が咲き誇ろうとしている。

このすばらしい春もやがてたちまち去ってゆく。

こうして日を過している私は一体いつの日に故郷の春を迎えることができるのであろうか。

〔鑑賞〕

久しぶりにややおちついた生活をとり戻した杜甫草堂での作。成都の春ののどかな様子が詠まれている。巣作りの泥を運ぶつばめや、川辺に眠るおしどりを描き、春の江山のすばらしさを謳歌する。しかし、このやすらぎも仮りそめのもの。杜甫は放浪の果てにしばらくここに身を休めている身の上である。心の中ではやはり長安に戻れる日の一日も早いことを願っている。なお、このあと間もなく杜甫は成都を離れ、長江を下って岳州にまで流れてゆき、生涯再び洛陽にも長安にも帰ることが叶わなかった。

この詩の「二」は『唐詩選』にも入っていて、日本人によく知られた唐詩の一つである。

秋興　一　杜甫《とほ》

玉露凋傷楓樹林
巫山巫峽氣蕭森
江閒波浪兼天湧
塞上風雲接地陰
叢菊兩開他日淚

秋興《しゅうきょう》　一《いち》
玉露《ぎょくろ》　凋傷《ちょうしょう》す　楓樹《ふうじゅ》の林《はやし》
巫山巫峡《ふざんふきょう》　気蕭森《きしょうしん》たり
江間《こうかん》の波浪《はろう》は天《てん》を兼《か》ねて湧《わ》き
塞上《さいじょう》の風雲《ふううん》は地《ち》に接《せつ》して陰《くも》る
叢菊《そうきく》　両《ふたた》び開《ひら》く　他日《たじつ》の涙《なみだ》

孤舟一繋故園心
寒衣處處催刀尺
白帝城高急暮砧

孤舟《こしゅう》　一《いつ》に繋《つな》ぐ　故園《こえん》の心《こころ》
寒衣《かんい》　処処《しょしょ》　刀尺《とうしゃく》を催《うなが》し
白帝城《はくていじょう》高《たか》くして暮砧《ぼちん》急《きゅう》なり

〔詩　形〕七言律詩　〔押　韻〕平声侵韻（林・森・陰・心・砧）

〔語　釈〕
○玉露　詩語では露のことをこう表現する。○凋傷　しぼみいたむ。○巫山巫峡　夔《き》州の東にある。楚の襄王の故事などで古来から知られた山。巫峡は三峡の一つ。長江の難所。○両開　杜甫が成都を出てからこの秋で二年目となっている。○他日涙　前に涙した涙をまたくり返し流す意。○故園心　望郷の心。○寒衣　冬着。○刀尺　はさみとものさし。○白帝城　四川省奉節県白帝山上にあり、長江の流れに臨んでいた。○暮砧　夕暮れに打つきぬた。砧《きぬた》は布につやを出すために槌（または杵）で打つ時の台。

〔口語訳〕
きびしい秋の露が下りて楓樹の林には枯れ葉がしきりに舞い下りている。
この巫山巫峡一帯の地はそれでなくともひっそりとさびしいところであるのに一段としんしんたる秋気に満たされている。
山峡を流れる長江の波浪は天にとどくかのように湧き立ち、
山の上のとりでには風雲が重く垂れて地に接している。

むらがり咲く菊花は去年と同じで、それを見ても月日の経たのをしみじみと思わされて涙がこぼれる。一艘《そう》の小舟を岸につないだままにしているが、今年も空しく過ぎて舟を出すことはできない。望郷の思いはいやますばかりである。

季節はいよいよ冬に入るので冬の衣を作るため、いたるところで人々が仕立てを急いでいる。白帝城の高くそびえる夕暮れに砧を打つ音がわびしくたえまなく伝わってくる。

〔鑑　賞〕

大暦元年（七六六）秋、夔州時代の作。杜甫の七律のなかの名作。八首あるが、その第一首。『唐詩選』には四首を収めるが、『三体詩』『唐詩三百首』は未収。

晋の潘岳《はんがく》に「秋興賦」があり、悲秋に感慨を託する伝統があるが、杜甫の八首は毎篇秋景を叙しつつ、さまざまなことがらを詠じているところに特色がある。目加田誠氏はその著『杜甫』のなかで、「作者は夔州の西閣に在って深まりゆく秋のけはいに、身の落魄、せつない望郷の念に堪えず、胸に湧き起こる思いを糸を操るようにうたいつづけた」と記している。

この詩、第一聯はまずは大景を叙し、第二聯の対句は長江の流れと三峡の暗い天とを描き、第三聯の対句は視点を身辺に引き寄せて望郷の涙を綴り、結句はさびしい夕暮れのなかに聞えてくる砧の音を伝えて読む人の心を引きこんでゆく。私も夏の日の早暁に巫峡を船で遡上ったことがあるが、両岸の地形の険しさに身のひきしまる思いがした。

解悶　杜《と》甫《ほ》

一辭故國十經秋
毎見秋瓜憶故丘
今日南湖采薇蕨
何人爲覓鄭瓜州

悶《もん》を解《と》く
一《ひと》たび故国《ここく》を辞《じ》し十《と》たび秋《あき》を経《へ》たり
秋瓜《しゅうか》を見《み》る毎《ごと》に故丘《こきゅう》を憶《おも》う
今日南湖《こんにちなんこ》薇蕨《びけつ》を采《と》る
何人《なんぴと》か為《た》めに覓《もと》む鄭瓜州《ていかしゅう》

〔詩形〕七言絶句　〔押韻〕平声尤韻（秋・丘・州）

〔語釈〕
○故国　故郷と同じ。ここでは長安を指す。○秋瓜　秦の東陵王邵平《しょうへい》が秦の亡んだあと、瓜を長安の東門に種え、それを売って生活していた故事がある。当時、夔州《きしゅう》に流寓していたので秋瓜を見て、邵平の故事を思って長安への帰心をかきたてられた。○故丘　故山と同じ。第四句末の州と押韻するため「丘」を選んでいる。○南湖　位置については異説があるが、ここでは湖北省江陵にしておく。鄭審が流謫されていた土地にあった。○采薇蕨「薇蕨」はぜんまいとわらび。これを採るとは伯夷《はくい》・叔斉《しゅくせい》の故事から、隠者の暮しを指す。○鄭瓜州　鄭審が長安城南の瓜州村にいたことがあるのでこう呼んでいる。

〔口語訳〕
故郷を離れ、流寓十年、
いまこの地で秋の瓜を見て、しきりに邵平の故事に偲び望郷の念に駆られている。

旧友鄭審とは長安で馴れ親しんだ仲ではあるが、彼も江陵に流され南湖のあたりで薇蕨を採るような暮しをしていることであろう。

何としても会いたいものだ。誰か会わせてくれないものであろうか。

〔鑑賞〕

杜甫は成都のつかの間のおだやかな生活から再び流浪の生活を始め、いまは夔州にいる。四川省の東端で、両岸から迫る絶壁の間を長江が白波を立て音立てて流れゆく大峡谷の町である。「夔」は怪獣の名であるが、そういう文字を付けられるくらい険しい地形である。白帝城にも近い三峡の瞿唐峡に接し、現在の奉節県城の東十数里の所である。杜甫は山中にいて蛮族の阿段という者を下男として使っていた。彼自身の生活もみじめであったが夔州の民の暮しは一層みじめであった。追いつめられた気持ちの吐け口として「解悶」の詩が作られたと見ればよい。

解釈には「南湖」を夔州にあるとする説もあり、それによってかなりへだたりのある解釈となる。連作で十二首あり其の一には「浪翻江黒雨飛初」（波翻りて江は黒く雨飛ぶの初め）と風景を詠み、「渓女得銭留白魚」（渓女は銭を得て白魚を留む）という土俗を伝えている。

復愁　　杜《と》甫《ほ》

萬國尚戎馬
故園今若何

復《ま》た愁《うれ》う
万国《ばんこく》尚《な》お戎馬《じゅうば》
故園《こえん》今《いま》若何《いかん》

昔歸相識少
早已戰場多

昔《むかし》帰《かえ》りしとき相識《そうしき》少《まれ》に
早《はや》く已《すで》に戦場《せんじょう》多《おお》かりき

〔詩　形〕五言絶句　〔押　韻〕平声歌韻（何・多）

〔語　釈〕
○復愁　前に「愁える詩」がありそれを受けての題か。十二首あったとされ、いまは一首のみを伝える。○戎馬　軍馬。○故園　ここでは洛陽の旧居をさす。○相識　知り合い。友人。○早已　早くもすでに。二字の熟字。

〔口語訳〕
天下いたるところに兵乱が起っている。
故郷の洛陽のあたりはいまどうなっているのか。
昔、帰ったころでも知り合いもすでに少くなり、
戦さのために荒れ果てていたのだが。

〔鑑　賞〕
当時、杜甫は夔州《きしゅう》にいた。以前、彼は一旦華州から洛陽に帰ったことがあった。「昔帰りしとき」と言っているのはそのことである。
安禄山《あんろくざん》の長安占領後、粛宗が反攻の末これを追い出したが、その間、全国は安禄山軍に荒らされ、虐殺、

放火、財産強奪などがいたるところでくり返された。この軍勢は洛陽の手前の陳留でも大虐殺を行い、洛陽でも文字通り乱暴狼藉を働いた。軍紀はもともとなきに等しかった。安禄山は死んだが、その残党は内紛をつづけながらも、広徳元年（七六三）に史思明《ししめい》の子の朝義《ちょうぎ》が北地で縊死《いし》するまで全国にうごめいていた。反乱が終っても天下泰平となったわけではない。宝応二年（七六三）、杜甫が成都の草堂にいたころ、玄宗と粛宗が同年に相次いで亡くなり、一方、賊の平定のために兵力を貸した吐蕃は唐に軍事力がないのをすっかり見すかし、くり返し中国に侵攻し長安を占領したりした。この詩に予感されるごとく、唐はこれから一度も国力を回復することはなく、ひたすら滅亡への道を進んでゆくこととなる。

もともと人民の苦しみに関心の強かった杜甫は辺地から辺地へと生活の場を求めてゆくうちに、社会にはびこる不公平、不条理に対する思いがますます深くなった。

登岳陽樓　杜《と》甫《ほ》

昔聞洞庭水
今上岳陽樓
呉楚東南坼
乾坤日夜浮
親朋無一字
老病有孤舟
戎馬關山北

岳陽楼《がくようろう》に登《のぼ》る

昔《むかし》　聞《き》く　洞庭《どうてい》の水《みず》
今上《いまのぼ》る岳陽楼《がくようろう》
呉楚《ごそ》　東南《とうなん》に坼《さ》け
乾坤《けんこん》　日夜浮《にちやうか》ぶ
親朋《しんぽう》　一字《いちじ》無《な》く
老病《ろうびょう》　孤舟《こしゅう》有《あ》り
戎馬《じゅうば》　関山《かんざん》の北《きた》

憑軒涕泗流

軒《けん》に憑《よ》って涕泗《ていし》流《なが》る

〔詩　形〕五言律詩　〔押　韻〕平声尤韻（楼・浮・舟・流）

〔語　釈〕

○呉楚　呉はいまの江蘇・浙江省のあたりにあった国、春秋末に亡ぶ。楚は湖北省南部・湖南省北部にあった春秋戦国の大国。ここでは呉と楚とが洞庭湖をとりまくようにして東南に拡がっていることをいう。○乾坤　天と地。「日と月」との説もある。○親朋　親戚友人。○一字　一文字（の便り）、ほんのわずかな情報。○戎馬　軍馬。転じて戦争。○関山　関所の山々。○軒　らんかん、てすり。

〔口語訳〕

昔から世に知られていたあの洞庭湖の水、
いま、私はその湖を見渡すために湖辺の岳陽楼に登っている。

呉楚の地を二つに断ち切るように目の前にひろがり、満々たる水をたたえている。

天地間の万象は昼も夜も湖に浮ぶかと思われるほどである。

はるばると楚地に身を置くいまの私には親しい人々から一字の便りもとどかない。

老いたる病身をゆだねるのは一艘の小舟のみである。

天下はまだ騒乱のうちにあり、関山の北のあたりでは戎馬の断えることがないとのこと。

悲しみにたえかねて涙をはらいつつ、この楼のらんかんによりかかるばかりである。

〔鑑　賞〕

成都の生活をふり捨てて旅に出た杜甫は夔州で一年数ヵ月過した後、長江を下って歳末に船で岳州に着いた。洞庭湖は太古の雲夢沢《うんぼうたく》の遺跡とされ、『楚辞』「九歌・湘夫人」の「洞庭波兮木葉下」（洞庭波だちて木葉下る）は古くから文人の愛唱する句。風景絶佳の名勝であるが、杜甫はこの時はじめてこの地に来た。大暦三年（七六八）五十七歳の暮である。岳陽楼は岳州県の県城の西門でここからの眺望がすばらしいとされていた。先人張説《ちょうえつ》がこの楼を修復し、のちに宋の范仲淹《はんちゅうえん》が「記」を作って、ますます世に名高いものとなる。楼は三層から成る。

あこがれの天下の景勝を訪れ、高揚した気分によって叙景は壮大で、杜甫一代の傑作の一つであるが、いま身は老病であり、貧窮した一家は船上で暮し、尾聯にあるように天下は辺地での吐蕃との戦いに決着のつく見通しもない。明日の運命を想って涙にくれる詩人の哀しい心情が切々と伝わってくる。

詩は律詩で四聯から成り、尾聯を除き、他の三聯は見事な対句でできている。なお、洞庭湖を詠んだものには同時代の孟浩然に「臨洞庭湖上張丞相」（洞庭湖に臨みて張丞相に上《たてまつ》る）五律一篇があり、その第二聯の「気蒸雲夢沢／波撼岳陽城」（気は蒸《む》す雲夢の沢《たく》／波は撼《うご》かす岳陽城）は古今の名句。

江南逢李龜年　　江南《こうなん》にて李《り》亀年《きねん》に逢《あ》う　　杜甫《とほ》

岐王宅裏尋常見　　岐王《ぎおう》の宅裏《たくり》　尋常《じんじょう》に見《み》き

崔九堂前幾度聞　　崔九《さいく》が堂前《どうぜん》　幾度《いくたび》か聞《き》きし

正是江南好風景
落花時節又逢君

正《まさ》に是《こ》れ江南《こうなん》の好風景《こうふうけい》
落花《らくか》の時節《じせつ》　又《ま》た君《きみ》に逢《あ》う

〔詩　形〕七言絶句　〔押　韻〕平声文韻（聞・君）

〔語　釈〕

○岐王　名は範。玄宗の弟。学問芸術を好み王維などもよく招かれていた。○李亀年　楽士であり、歌手であり、サロンの花形の一人であった。○崔九　殿中監であった崔滌《さいでき》。中書令崔湜《さいしょく》の弟で貴族の一人。○堂前　堂（表座敷）の前庭。○風景　「風光」と同じ。風と光。

〔口語訳〕

昔、岐王のお邸でいつもお会いしていました。
また崔九殿の内庭でも演奏を聞かせていただきました。
それが、いま丁度、江南の好風景の、
落花の季節にまたここでお目にかかることになろうとは。

〔鑑　賞〕

大暦五年（七七〇）暮春、潭州での作。五十九歳。この年冬、岳州と潭州の間で亡くなっているから最晩年の作。

大暦三年正月、夔州をあとにした杜甫は舟を浮べて三峡を下り江陵に向かい、さらにそこを出て岳州に赴き洞庭湖に入り、翌四年三月には潭州にいた。苫《とま》舟を家とする不自由な暮しであった。潭州はいまの湖南省長沙市である。かつて玄宗のお気入りで長安のサロンの人気者だった李亀年も天下の騒乱によってその職を失い、流浪の果てに湖南採訪使の宴席で歌を唱っていた。たまたま杜甫が訪れて、このような対話をしたのであろう。このころ王郎司直に贈った詩中に「眼中之人吾老矣」の句があるように、ひしひしと老衰を感じていた。

小寒食舟中作

佳辰強飲食猶寒
隠几蕭條戴鶡冠
春水船如天上坐
老年花似霧中看
娟娟戯蝶過閒幔
片片輕鷗下急湍
雲白山青萬餘里
愁看直北是長安

小寒食《しょうかんしょくしゅうちゅう》舟中の作《さく》　　杜《と》甫《ほ》

佳辰《かしん》　強《し》いて飲《の》めば食《しょく》猶《な》お寒《つめた》し
几《き》に隠《よ》り蕭《しょうじょう》条として鶡冠《かつかん》を戴《いただ》く
春水《しゅんすい》　船《ふね》は天上《てんじょう》に坐《ざ》するが如《ごと》く
老年《ろうねん》・花《はな》は霧中《むちゅう》に看《み》るに似《に》たり
娟娟《けんけん》たる戯蝶《ぎちょう》は間幔《かんまん》を過《す》ぎ
片片《へんぺん》たる軽鷗《けいおう》は急湍《きゅうたん》を下《くだ》る
雲白《くもしろ》く山青《やまあお》く万余里《ばんより》
愁《うれ》え看《み》る直北《ちょくほく》は是《こ》れ長安《ちょうあん》

〔詩形〕七言律詩　〔押韻〕平声寒韻（寒・冠・看・湍・安）

〔語　釈〕

○佳辰　めでたい時。ここでは寒食の節句をいう。○隠几　机によりかかる。『荘子』「斉物論」に出典あり。○鶡冠　「鶡」は「雉《きじ》」の類。その尾は古来隠者のかぶりものとされた。○娟娟　美しいこと。○間幔　「間」は「閉」と同じ。「幔」は「まんまく」。さびしげに垂れた船中のまんまく。○直北　真北。

〔口語訳〕

きょうはめでたい祭りの日なので、強いて酒を口にしてみたが、料理はきのうの寒食のつづきで冷たく味気ないものであった。

私は船中の脇息によりかかってわびしく隠者のかぶりものを頭に置いている。

春の水が満ち川が満々としているので船も浮き上り、まるで天上に坐っているような気分となるし、

年老いて視力も弱ったので、せっかくの河辺の春の花などもおぼろで、どう見ても霧の中に入ってしまったようにしか思えない。

美しい蝶がひらひらと船のさびしいまんまくのあたりを飛び過ぎたようだ。

あちこちにいるかもめたちは早瀬を下ってゆくらしい。

雲は白く山は青く万里あまりもつづいている。

わびしい気持ちで眺めやる直北こそわが故郷の長安である（もはや辿りつく日はないことであろう）。

〔鑑　賞〕

寒食節は中国古代の伝説に基く年中行事の一つで、冬至の後、百五日目に当る。この日は山中で餓死した忠臣介之推《かいしすい》を思って火を使った食事をしないことになっている。その翌日が小寒食で、この日も寒食前一日と同じく寒食に準じて冷たいもので食事をするならわしである。大暦五年（七七〇）のこの寒食は杜甫の人生最後の寒食となる。

石壕吏

杜甫《とほ》

暮投石壕邨
有吏夜捉人
老翁踰墻走
老婦出門看
吏呼一何怒
婦啼一何苦
聴婦前致詞
三男鄴城戍
一男附書至
二男新戦死
存者且偸生

石壕《せきごう》の吏《り》

暮《くれ》に石壕邨《せきごうそん》に投《とう》ず
吏《り》有《あ》り夜人《よるひと》を捉《とら》う
老翁《ろうおう》　墻《かき》を踰《こ》えて走《はし》り
老婦《ろうふ》　門《もん》を出《い》でて看《み》る
吏《り》の呼《よ》ぶこと一《いつ》に何《なん》ぞ怒《いか》れる
婦《ふ》の啼《な》くこと一《いつ》に何《なん》ぞ苦《くる》しき
婦《ふ》の前《すす》んで詞《し》を致《いた》すを聴《き》くに
三男《さんだん》　鄴城《ぎょうじょう》に戍《まも》る
一男《いちだん》　書《しょ》を附《ふ》して至《いた》り
二男《にだん》　新《あらた》に戦死《せんし》すと
存《そん》する者《もの》は且《しば》らく生《せい》を偸《ぬす》む

死者長已矣
室中更無人
惟有乳下孫
孫有母未去
出入無完裙
老嫗力雖衰
請從吏夜歸
急應河陽役
猶得備晨炊
夜久語聲絶
如聞泣幽咽
天明登前途
獨與老翁別

死《し》する者《もの》は長《とこし》えに已《や》んぬ
室中《しっちゅう》　更《さら》に人《ひと》無《な》く
惟《た》だ乳下《にゅうか》の孫《そん》有《あ》るのみ
孫《そん》に母《はは》有《あ》りて未《いま》だ去《さ》らざるも
出入《しゅつにゅう》に完裙《かんくん》無《な》し
老嫗《ろうおう》　力《ちから》衰《おとろ》うと雖《いえど》も
請《こ》う吏《り》に従《したが》って夜帰《よるき》せん
急《きゅう》に河陽《かよう》の役《えき》に応《おう》ぜば
猶《な》お晨炊《しんすい》に備《そな》うるを得《え》んと
夜久《よるひさ》しうして語声《ごせい》絶《た》え
泣《な》いて幽咽《ゆうえつ》するを聞《き》くが如《ごと》し
天明《てんめい》　前途《ぜんと》に登《のぼ》らんとして
独《ひと》り老翁《ろうおう》と別《わか》る

〔詩形〕五言古詩　〔押韻〕（略）

〔語釈〕

○石壕　河南省陝県の石壕鎮。○邨　音は「ソン」。「村」と同じ。○捉人　徴兵のために人を連れてゆくこと。
○鄴城　河北省臨漳県。安禄山の乱のころに激戦場となったところ。○戍　「守」と同じ。防ぎ守ること。○書手紙。○完裙　つぎはぎのないスカート。○河陽　河南省孟県。ここに官軍の大将郭子儀が駐屯していた。○晨炊　朝食。○天明　夜明け。

〔口語訳〕

日暮がたに石壕村に泊った。
すると夜中に役人が人を捕えに来たのを知った。
宿の老爺は垣根を越えて逃げ出し、
老婆は門口に出て役人と相対した。
役人はひどく怒鳴り立てるし、
老婆はわあわあ泣き叫んで哀れである。
老婆が役人にくどくど言っているのを聞いていると、
「三人の男の子は鄴城にみなつれて行かれて守りについている。
そのうちの一人から手紙が届いて、
あとの二人は近ごろの戦で戦死してしまったと言っている。
生き残った一人の息子はしばらくはそのままかも知れないが、
死んだ二人は永久に戻って来ない。
わが家のうちには男子はおらず、
ただまだ乳を飲ませなくてはならない孫がいるだけだ。

その母親はまだ実家には帰らぬが、
家の出入りにもろくな下着もないありさまだ。
この婆はもはや力仕事はできないが、
いまからでもお役人様のあとについてまいりましょう。
いそいで河陽の戦場に辿り着けば、
朝めし炊き位はいたします」とこんな次第である。
夜更けてようやく話し声も絶え、
あとはしのび泣きが聞こえてくるのみである。
私は先を急ぐため、
夜明に居残った老爺と別れて来た。

〔鑑　賞〕

社会派の詩人と言われる杜甫には「三吏《り》三別」という作品がある。「新安吏」「潼関吏《どうかんり》」「石壕吏」が「三吏」であり、「新婚別」「垂老別」「無家別」が「三別」である。

杜甫は乾元元年（七五八）四十八歳の時、長安で左拾遺の官を授けられていたが、六月に華州に左遷された。この年冬の末、華州から一旦、洛陽のわが家である陸渾荘に帰り、翌年春、再び華州に戻った。「三吏三別」は「垂老別」はやや疑問があるが、いずれもこの洛陽から華州に戻る時の見聞によって生れたものとされる。どれも長篇なので、杜甫の章の最後に置き「石壕吏」と「垂老別」とを取上げることとする。
このころ、安禄山の死によって弱体化していた賊軍は、史思明《ししめい》が安禄山の跡を襲った安慶緒《あんけいしょ》を助けて官軍に当ることになったので、再び勢を盛り返していた。官軍は鄴城で大敗し、大将郭子儀《かくしぎ》は橋を断って洛陽死守の策に出た。「新安吏」は新安での徴兵の苛酷さを、「潼関吏」は潼関の守りに就く兵士たちの運命を「百万化して魚とならん」と憂え、「石壕吏」は息子たちの男手を失った老婦が老夫の身代りとなって徴集されてゆくさまを描く。

垂老別

四郊未寧静
垂老不得安
子孫陣亡盡
焉用身獨完
投杖出門去
同行爲辛酸
幸有牙齒存
所悲骨髓乾
男兒既介冑
長揖別上官

垂老別《すいろうべつ》　杜《と》甫《ほ》

四郊《しこう》　未《いま》だ寧静《ねいせい》ならず
老《お》いに垂《なんな》んとして安《やす》きを得《え》ず
子孫《しそん》　陣亡《じんぼう》し尽《つく》し
焉《いずく》んぞ身《み》の独《ひと》り完《まった》きを用《もち》いん
杖《つえ》を投《とう》じて門《もん》を出《い》で去《さ》れば
同行《どうこう》も為《ため》に辛酸《しんさん》す
幸《さいわい》に牙歯《がし》の存《そん》する有《あ》り
悲《かな》しむ所《ところ》は骨髄《こつずい》の乾《かわ》くを
男児《だんじ》　既《すで》に介冑《かいちゅう》し
長揖《ちょうゆう》して上官《じょうかん》に別《わか》る

老妻臥路啼
歳暮衣裳單
孰知是死別
且復傷其寒
此去必不歸
還聞勸加餐
土門壁甚堅
杏園度亦難
勢異鄴城下
縱死時猶寬
人生有離合
豈擇衰盛端
憶昔少壯日
遲廻竟長嘆
萬國盡征戍
烽火被岡巒
積屍草木腥
流血川原丹

老妻《ろうさい》　路《みち》に臥《ふ》して啼《な》く
歳暮《としく》れて衣裳《いしょう》単《ひとえ》なり
孰《た》れか知《し》らん是《こ》れ死別《しべつ》なるを
且《か》つ復《ま》た其《そ》の寒《さむ》からんことを傷《いた》む
此《こ》を去《さ》りては必《かなら》ず帰《かえ》らざらんに
還《ま》た加餐《かさん》を勧《すす》むるを聞《き》く
土門《どもん》　壁《へき》　甚《はなは》だ堅《かた》く
杏園《きょうえん》　度《わた》るも亦《ま》た難《かた》し
勢《いきおい》は鄴城《ぎょうじょう》の下《もと》に異《こと》なり
縦《たと》い死《し》すとも時猶《ときな》お寛《かん》ならん
人生《じんせい》　離合《りごう》有《あ》り
豈《あ》に衰盛《すいせい》の端《たん》を択《えら》ばんや
昔《むかし》　少壮《しょうそう》なりし日《ひ》を憶《おも》い
遅廻《ちかい》して竟《つい》に長嘆《ちょうたん》す
万国《ばんこく》　尽《ことごと》く征戍《せいじゅ》
烽火《ほうか》　岡巒《こうらん》に被《こうむ》る
積屍《せきし》　草木《そうもく》　腥《なまぐさ》く
流血《りゅうけつ》　川原《せんげん》丹《あか》し

何郷爲樂土
安敢尚盤桓
棄絶蓬室居
塌然摧肺肝

何《いず》れの郷《きょう》か楽土《らくど》為《た》る
安《いず》くんぞ敢《あ》えて尚《な》お盤桓《ばんかん》せん
蓬室《ほうしつ》の居《きょ》を棄絶《きぜつ》して
塌然《とうぜん》として肺肝《はいかん》を摧《くだ》く

〔詩形〕五言古詩　〔押韻〕平声寒韻（安・完・酸・乾・官・単・寒・餐・難・寛・端・嘆・巒・丹・桓・肝）

〔語釈〕

○垂老　「垂」は「近い」の意。訓は「なんなんとす」。「いまにもそうなりそうだ」という気持ちをあらわす。「垂老」は「老いになんなんとす」と訓じてもよい。○四郊　四方。○寧静　静かで平和なこと。現代語でもning jingとして用いられる。○子孫　子と孫。○陣亡　戦死。○焉用　どうしてそんなことがあろうか。行の役に立つか。反語。○同行　共に行く人。道づれの人。○介冑　よろいかぶと。○長揖　手を拱《こま》ぬいたまま上から下へ降ろす。略礼。○加餐　多く食物をとる。身体をいたわる。あいさつ語。○土門　地名。河北省井陘《せいけい》鎮ともされる。○杏園　地名。河南省汲《きゅう》県の杏園鎮か。○度　「渡」と同じ。渡る。○端　いとぐち。境目。○遅廻　ぐずぐずとためらいながら歩くこと。○巒　小山。○川原　川を挟んだ原野。○楽土　『詩経』魏風「碩鼠《せきそ》」に出典。平和な国。○盤桓　進みかねていること。○蓬室居　あばらやの住居。わが家。○塌然　がっくりとすること。

〔口語訳〕

世の中はどこもかしこもさわがしい。

老いこんでいる者でも安心して生きていけない。
それに子も孫もそろって戦死してしまったので、
長生きしても仕方がないわびしさだ。
杖を投げすてて門を出てみると、
一緒に歩いてくれる人々も私のために泣いてくれる。
幸い私には歯は残っているものの、
体の骨の髄は悲しみのためにひからびてしまった。
しかしやせても枯れても男だから命じられたとおり、よろいかぶとを身につけ、
お役人に会釈をして出て行くとしよう。
年とった妻は道端にころげまわって泣いている。
年の暮だというのに単衣の衣のままではないか。
老妻との今日の別れは誰が考えても死別となるものだ。
それにしても寒そうなのが見ていてつらい。
此を去ってはもう帰ることはないと思うのに、
老妻はしきりに「たっしゃでいて下さい」とたのむのだ。
これから出かける土門の城壁は堅固であるし、
杏園の渡しも敵がたやすく渡れるところではないらしい。
だから、あの鄴城の戦いとはちがい、

今日明日死ぬわけではないはずだ。
しかし人生の別れには、老年と壮年の区別はないが、
これが若かったらどんな気持ちだろうと思い、
さまざまに悩んで出るのはためいきばかりである。
天下いたるところ戦役で、
のろし台は丘や山のあちこちに立てられている。
兵士のしかばねも積み重なり、草木もなまぐさく、
流血のために野面も赤い。
一体、どこに楽土はあるのか。
こんなところでぐずぐずしてはいられない。
住みなれた陋屋を捨てて出て来たものの、
ぐったりとして心は打砕かれるばかりだ。

〔鑑　賞〕

　老いて徴兵されて出て行く男のくりごと。悲しみのために心の振幅が大きく、言葉も迷走する。したがって筋が通りにくくもなっている。唐の制度では人民は年齢で「黄・小・中・丁・老」の五つに区別されていた。「四歳を小となし、十六を中となし、二十一を丁となし、六十を老となす」とするさだめである。ふだんは「丁」が兵役に服したのであろうが、天下大乱で兵士の数が足りなくなり、「老」にまで及んだ

からこのような悲劇がいたるところで出現した。日本でもこの間の戦争の時は第一補充兵はおろか、第二補充兵までもふつうに戦地に駆り出され、一般の家庭からも「老兵」が軍隊に入れられている。
杜甫の時代、外民族の侵入が相次ぎ、都の周辺がいつも脅威にさらされつづけたので、防戦に次ぐ防戦で戦死者も多かった。働き手の息子を次々と失い、老爺までが強制的に引きずり出され「家庭崩壊」の惨状がくりひろげられていた。

（3）中唐の詩人たちの作品

ここでは韋応物《いおうぶつ》、韓愈《かんゆ》、柳宗元《りゅうそうげん》、孟郊《もうこう》、賈島《かとう》、劉禹錫《りゅううしゃく》、白居易《はくきょい》、元稹《げんしん》の作品を収めた。白居易の詩については編年風にして排列した。

韋応物《いおうぶつ》（七三七～？）

字は不詳。長安の人。若いころ任俠を好んだという。後、学問に励み、一時、洛陽の丞となったが、やめて都に帰り善福精舎に住んだ。健中二年（七八一）、比部員外部から滁州刺史、江州刺史、蘇州刺史を歴任。善政を以って知られた。晩年は人との交わりを絶ち、百歳の寿を保ったとも伝えられる。自然詩人として陶淵明《とうえんめい》の流れを汲み、同じ唐代の王維《おうい》、孟浩然《もうこうねん》、柳宗元とともに「王孟韋柳」の称がある。蘇州刺史をしたので韋蘇州の名があり、詩集に『韋蘇州集』がのこされた。
潔癖な人で『唐才子伝』には「食を鮮《すくな》くし欲を寡《すくな》くし、居《お》る所は必ず香を焚《た》き地を掃ひて坐し、心を象外に冥《めい》せしむ」とある。また玄宗に仕えていたころには恩寵をたのんで「一字もすべて知らず、酒を飲んで頑痴をほしいままにした」と述懐している。

聞　雁

故園渺何處
歸思方悠哉
淮南秋雨夜
高齋聞雁來

韋応物《いおうぶつ》

雁《かり》を聞《き》く

故園《こえん》渺《びょう》として何《いず》れの処《ところ》ぞ
帰思《きし》方《まさ》に悠《ゆう》なるかな
淮南《わいなん》秋雨《しゅうう》の夜《よる》
高斎《こうさい》雁《かり》の来《きた》るを聞《き》く

〔詩形〕五言絶句〔押韻〕平声灰韻（哉・来）

〔語釈〕
○故園　故郷。○渺　遠くはるかなこと。○帰思　望郷の思い。○淮南　准水の南に当る地方。○高斎　郡斎と同じ。長官の宿舎。

〔口語訳〕
故郷は、はるかかなたでいずれのあたりとも知れず、
望郷の思いは日々につのるばかり。
わけてもこの准南に降る秋雨の夜は、

渡るかりがねの鳴く音《ね》を官舎でよもすがら聞いているのだから。

〔鑑　賞〕

作者が安徽省滁県の刺史だったころの作。安田靭彦《ゆきひこ》にこの詩を素材とした「聞雁」の画がある。淮水の南を淮南といい古来群雄争奪の軍事上の要地であった。滁州は淮水と長江の中間にある。風光も美しく宋代には欧陽脩も知県として来任。豊楽亭を築き、「豊楽亭記」（『唐宋八家文』所収）を作っている。

幽居

韋応物《いおうぶつ》

貴賤雖異等
出門皆有營
獨無外物牽
遂此幽居情
微雨夜來過
不知春草生
青山忽已曙
鳥雀繞舍鳴
時與道人偶
或隨樵者行

幽《ゆう》居《きょ》

貴賤《きせん》　等《とう》を異《こと》にすと雖《いえど》も
門《もん》を出《い》ずれば皆《みな》営《いとなみ》有《あ》り
独《ひと》り外物《がいぶつ》に牽《ひ》かるる無《な》く
此《こ》の幽居《ゆうきょ》の情《じょう》を遂《と》ぐ
微雨《びう》　夜来《やらい》過《す》ぐ
知《し》らず　春草《しゅんそう》の生《しょう》ずるを
青山《せいざん》　忽《たちま》ち已《すで》に曙《あ》け
鳥雀《ちょうじゃく》　舎《しゃ》を繞《めぐ》って鳴《な》く
時《とき》に道人《どうじん》と偶《ぐう》し
或《あるい》は樵者《しょうしゃ》に随《したが》って行《ゆ》く

自當安蹇劣
誰謂薄世榮

自《みずか》ら当《まさ》に蹇劣《けんれつ》に安《やす》んずべし
誰《たれ》か世栄《せいえい》を薄《かろ》んずと謂《い》わん

〔詩形〕五言古詩　〔押韻〕平声庚韻（営・情・鳴・栄）

〔語釈〕
○幽居「閑居」と同じ。ひっそりとした暮し。○等　等級。○外物　自分の外にあるもの。高貴・名利をいう。○道人　道士。○偶　相並ぶ。○樵者　きこり。○蹇劣「蹇」は足の不自由な人。「劣」は才の劣った人。○世栄　世間の栄誉。富貴功名。

〔口語訳〕
人は身分に貴賤の差こそあれ、
門を出れば、それぞれなさねばならないことがある。
しかし、私はとりわけ世の栄えに気をひかれるものは何一つなく、
この静かな暮しを全うしている。
しっぽりと夜の雨が降って、
野には春の草が伸び始めている。
暁方には山々は青々として来て、
鳥たちはわが部屋をめぐってしきりに鳴き出す。

私はいつも道士と交わり、
きこりと行を共にしたりしている。
みずからの劣った能力に安じているので、
富貴功名をことさらに軽んじようとしているのではない。

〔鑑　賞〕

韋応物の澄み切った心境とこの自然詠とが一致して、名作として愛唱された。

滁州西澗

獨憐幽草澗邊生
上有黄鸝深樹鳴
春潮帶雨晩來急
野渡無人舟自横

滁州《じょしゅう》の西澗《せいかん》　韋応物《いおうぶつ》

独《ひと》り憐《あわ》れむ　幽草澗辺《ゆうそうかんぺん》に生《しょう》ずるを
上《うえ》に黄鸝《こうり》の深樹《しんじゅ》に鳴《な》く有《あ》り
春潮《しゅんちょう》雨《あめ》を帯《お》びて　晩来急《ばんらいきゅう》なり
野渡《やと》人《ひと》無《な》く　舟《ふね》自《おのずか》ら横《よこ》たわる

〔詩　形〕七言絶句　〔押　韻〕平声庚韻（生・鳴・横）

〔語　釈〕

○西澗　西方の谷川。「澗」は山あいの川をいう。○独憐　「独」は、もっぱら、ひたすら。「憐」は愛《め》ずるで、いわゆる「哀れむ」ではない。○幽草　深く生い茂った草。○黄鸝　高麗うぐいす。○春潮　春の水。春は水かさが増すので「春潮」という。「潮」はこの場合は海の「潮」ではない。○晩来　夕方。「来」は添え字。○野渡　野辺の渡し場。役人が管理するのは「官渡」。

〔口語訳〕

私は心ゆくまで谷川のほとりの深く生い茂る草を眺めている。
空には黄色いうぐいすが深い樹の中で鳴く。
川には春の水が雨を帯びて日暮れ時にますますゆたかになってくる。
見渡せば野の渡場には人影もなく舟が空しく横たわっているだけだ。

〔鑑　賞〕

自然観照を得意とした作者の独壇場。

韓《かん》　愈《ゆ》（七六八～八二四）

南陽（河南省）の人とも昌黎《しょうれい》（河北省）の人ともいう。字は退之。諡《おくりな》は「文」なので「韓文公」ともよばれる。最終官が吏部侍郎なので「韓吏部」ともいう。

生まれたのは大暦三年（七六八）で、その二年後に杜甫がなくなっている。白居易よりは四歳年上である。同時期に活躍しているので併称に「韓白」がある。柳宗元は五歳年下で、両者は古文作家の双璧だったので「韓柳」の称がある。

貞元八年（七九二）、二十五歳で進士に及第。貞元十八年（八〇二）に四門博士に任官。翌年監察御史となるが、京兆尹李実を弾劾したため陽山県に流された。元和二年（八〇七）に洛陽に戻ると翌年国子博士、元和十二年（八一七）には刑部侍郎となる。しかし元和十四年（八一九）に宮中で仏骨を祀ったことに抗議して上表文を奉ったことをとがめられ、広東省潮州の刺史に左遷された。翌年、許されて長安に帰り国子祭酒に任じられた。亡くなったのは長慶四年（八二四）、五十七歳であった。

文章家としては古文復興運動を主唱した。同時代人では柳宗元《りゅうそうげん》、宋代では欧陽脩《おうようしゅう》、蘇軾《そしょく》などが呼応して、唐宋を貫く文学運動となり文風を一変して清代の桐城派《とうじょうは》の運動などにつながってゆく。日本でも、韓愈、柳宗元らの文章を収めた『唐宋八家文』がよく読まれ、韓愈と柳宗元の文粋「韓柳文」が私塾などでよく使われて、いわゆる漢作文の模範文として珍重された。

左遷至藍關示姪孫湘

一封朝奏九重天
夕貶潮州路八千
欲爲聖明除弊事
肯將衰朽惜殘年
雲横秦嶺家何在
雪擁藍關馬不前

左遷《させん》せられて藍関《らんかん》に至《いた》り姪孫湘《てっそんしょう》に示《しめ》す　韓《かん》愈《ゆ》

一封《いっぷう》　朝《あした》に奏《そう》す　九重《きゅうちょう》の天《てん》
夕《ゆうべ》に潮州《ちょうしゅう》に貶《へん》せらる　路八千《みちはっせん》
聖明《せいめい》の為《ため》に弊事《へいじ》を除《のぞ》かんと欲《ほっ》せしなり
肯《あえ》て衰朽《すいきゅう》を将《もっ》て残年《ざんねん》を惜《お》しまんや
雲《くも》は秦嶺《しんれい》に横《よこた》わって　家《いえ》　何《いずく》にか在《あ》る
雪《ゆき》は藍関《らんかん》を擁《よう》して　馬《うま》　前《すす》まず

知汝遠來應有意
好收吾骨瘴江邊

知《し》る　汝《なんじ》が遠《とお》くより来《きた》る　応《まさ》に意《い》有《あ》るべし
好《よ》し　吾《わ》が骨《ほね》を瘴江《しょうこう》の辺《ほとり》に収《おさ》めよ

〔詩　形〕七言律詩　〔押　韻〕平声先韻（天・千・年・前・辺）

〔語　釈〕

○左遷　官位を下げて遠地に流す。「貶謫《へんてき》」とも「左降」ともいう。○藍関　藍田関のこと。長安の東南の藍田県にある。かつては美玉を出したところとしても知られ「藍田出玉」の語があった。現在は考古学方面では「藍田猿人遺址」で名高い。○姪孫　おいの子、兄弟の孫。日本の「めい」ではない。○湘　韓湘。韓愈の次兄韓介の孫。○一封　一通の上奏文。ここでは憲宗に奉った「論仏骨表」（仏骨を論ずるの表）をいう。○九重天　天子の宮殿。○貶　官位を降下させられること。○路八千　潮州までは現在の数え方では約二千キロメートル。○聖明　天子。○弊事　弊害のあること。○秦嶺　秦嶺山脈。甘粛省南東部から陝西省南部を経て東は河南省西部に至る山脈。最も高いのは陝西省の渭南平野南部で最高峰は太白山三七六七メートル。○瘴江　特定の川の名ではなく、病気をおこす瘴気のたちこめる川。これから行こうとしている途上の広東の川べりを指す。当時は風土病を恐れられていた地帯であった。

〔口語訳〕

朝に、上奏文を奥深い天子のもとに奉ったところ、夕には八千里もある潮州に流されることになった。

天子のために国家の弊害を除こうとしたのであり、
あえてこの衰老の余年を惜しむものではなく甘んじて罪を受けよう。

前途にはけわしい秦嶺に雲が横わり、ここまで来ると故郷の家がどのあたりかもわからない。

雪は藍関を埋めつくして馬も進まない。

汝、湘よ、ここまで遠く送ってくれたからには厚い心があってのことであろう。

もし私が南地の瘴気に倒れたと聞いたら、どうか骨を収めに来てほしいものだ。

〔鑑　賞〕

韓愈の代表作。その詩風を一番よくあらわしている。その頸聯（第三聯）は名句として評価が高い。

「論仏骨表」は『唐宋八家文読本』巻三所収。問題は憲宗が元和十四年（八一九）正月八日、陝西省鳳翔の法門寺の塔中にあるシャカの指の骨を宮中に迎えて供養しようとしたことから始まった。韓愈は仏教反対の立場から強く抗議して、この一文を上奏した。処罰はこれによって加えられたのである。

晩春　　　　韓愈《かんゆ》

誰收春色將歸去
慢綠妖紅半不存
榆莢秖能隨柳絮
等閑撩亂走空園

晩春

誰《たれ》か春色《しゅんしょく》を収《おさ》めて　将《まさ》に帰《かえ》り去《さ》らんとする
慢緑《まんりょく》　妖紅《ようこう》　半《なか》ばは存《そん》せず
楡莢《ゆきょう》のみ秖《た》だ能《よ》く柳絮《りゅうじょ》に随《したが》い
等閑《とうかん》に撩乱《りょうらん》して空園《くうえん》を走《はし》る

〔詩　形〕七言絶句　〔押　韻〕平声元韻（存・園）

〔語　釈〕

○慢緑　うすみどり。あまり用語例のない韓愈流の語。○妖紅　妖艶な紅色。○楡莢　にれの実のさや。○等閑　わけもなく。

〔口語訳〕

春景色を持ち去ってしまうのは誰なのであろうか。
うすみどりの葉の色もあやしい紅の花びらも、もうなかばなくなってしまったではないか。
にれの木の実から吹き出た柳絮がとび交い、
らちもなくひるがえっては空しき園にまろびゆく。

〔鑑　賞〕

晩春のやるせない気持ちを詩句にこめている。中国大陸の柳絮は風物として特別なものである。野面に飛ぶともなく飛んでいる。時として大きなかたまりとなって落ちてくることもある。しかし現在の市街地では風情というよりも公害に近く、町ゆく人々はスカーフをしたり、マスクをしたりしてそれを避けてゆく。街路に積って風に吹かれてゆくと、むしろ汚物と言ってよい。

韓愈のこの柳絮ののどけさはもう中々味わえないのではないだろうか。

題昭王廟　　　　韓愈《かんゆ》

邱墳滿目衣冠盡
城闕連雲草樹荒
猶有國人懷舊德
一間茅屋祭昭王

昭王《しょうおう》の廟《びょう》に題《だい》す
邱墳満目《きゅうふんまんもく》衣冠《いかん》尽《つ》き
城闕《じょうけつ》　雲《くも》に連《つら》なりて草樹《そうじゅ》荒《あ》る
猶《な》お国人《こくじん》の旧徳《きゅうとく》を懐《おも》うあり
一間《いっけん》の茅屋《ぼうおく》　昭王《しょうおう》を祭《まつ》る

〔詩形〕七言絶句　〔押韻〕平声陽韻（荒・王）

〔語釈〕
○昭王　春秋末期の楚の明君。呉と戦い陣中で没した。孔子もその人を道を知る人として讃えたと伝えられる。
○邱墳　墳墓。○衣冠　衣冠の人。宮廷人。

〔口語訳〕
楚の故地を過ぎれば、みわたすかぎり墳墓がひろがり、往年の衣冠を正した官人の姿はない。
ほろび残った城闕は低く垂れた雲に連なり、草も樹も荒れ果てている。
しかし国人はなお、楚王の旧徳を忘れず、
一間の茅屋を建てて昭王を祀っているではないか。

〔鑑賞〕

古今懐古詩の傑作の一つ。二十六代の霊王は国人に背かれて旅先で餓死、その後をついだ平王・昭王・恵王も強盛となった呉に攻められて次々に困難にさらされた。

過鴻溝　　韓《かん》愈《ゆ》

龍疲虎困割川原
億萬蒼生性命存
誰勸君王回馬首
眞成一擲賭乾坤

鴻溝《こうこう》を過《す》ぐ
龍疲虎困《りゅうひここん》　川原《せんげん》を割《わ》る
億万《おくまん》の蒼生《そうせい》　性命《せいめい》を存《そん》す
誰《たれ》か君王《くんおう》を勧《すす》めて馬首《ばしゅ》を回《めぐ》らせしや
真成一擲《しんせいいってき》　乾坤《けんこん》を賭《と》す

〔詩形〕七言絶句　〔押韻〕平声元韻（原・存・坤）

〔語釈〕

○鴻溝　河南省滎陽県にある。○龍疲虎困　龍も疲れ虎も困《くる》しむ。劉邦と項羽の漢楚両軍が死闘をくり返したが勝敗は決せず、ともに疲れ苦しみ果てたことをいう。○割川原　両雄が約束して、天下を中分し鴻溝以西を漢王に、以東を楚王に与えて平和を計ったことをいう。○回馬首　とってかえす。再び兵を向けること。○真成　本当に。まさに。○賭乾坤　いわゆる「乾坤一擲」の賭《か》けに出ること。

〔口語訳〕

漢楚両軍とも龍が疲れ虎が困しむように弱りきり、とうとう川原を二分して平和を保とうとした。これで億万の人民もやすらかに生命を保つことができるかとよろこんでいた。あに図らんや、誰がそう勧めたのか、君王劉邦は突然反転して項羽攻撃に入り、乾坤一擲の勝負により一気に天下制圧をなしとげることになった。

〔鑑　賞〕

詠史詩の典型となった作品。漢楚の興亡の最後の幕の上がったところを詠む。一旦西に帰ろうとしていた漢王劉邦を説得して一気に項羽打倒に向かわせたのは謀臣張良《ちょうりょう》と陳平《ちんぺい》であった。

物事に一大区分を決めることを「鴻溝を割る」というのはこの故事に基づく。

柳宗元《りゅうそうげん》（七七三～八一九）

字は子厚。河東（山西省永済県）の人。貞元九年（七九三）、劉禹錫《りゅううしゃく》らと共に進士に及第。永貞元年（八〇五）には礼部員外郎となった。王叔文《おうしゅくぶん》らと共に順宗の下で政治改革を推進しようとしたが、順宗が在位七ヵ月で退位すると同時に反対派の捲き返しに遭い、王叔文らと共に一派はこぞって司馬の官名で各地に流された。これが「八司馬事件」であり、柳宗元は永州（湖南省零陵県）に左遷された。流寓十年、一旦長安に呼び返されたが、元和十年（八一五）、再び更に遠方の柳州（広西省柳江県）に刺史として送られた。元和十四年（八一九）、同地で病没した。四十七歳であった。最後の官名で柳柳州とよばれる。詩集は出身地の名を採り『柳河東集』という。

春懐故園

柳宗元《りゅうそうげん》

九扈鳴已晩
楚郷農事春
悠悠故池水
空待灌園人

春《はる》に故園《こえん》を懐《おも》う
九扈《きゅうこ》　鳴《な》くこと已《すで》に晩《おそ》し
楚郷《そきょう》　農事《のうじ》の春《はる》
悠悠《ゆうゆう》たる故池《こち》の水《みず》
空《むな》しく園《えん》に灌《そそ》ぐの人《ひと》を待《ま》つならん

〔詩形〕五言絶句　〔押韻〕平声真韻（春・人）

〔語釈〕
○九扈　「九」は鳩に通じ、「九扈」は鳩の一種。ふなしうずら。もと農桑に官する九つの官名の一つ。農事を促す鳥とされる。○楚郷　永州はもと「楚」の地。○悠悠　はるかな。この場合は「遠くはるかな」。○故池　故郷の池。

〔口語訳〕

うずらが鳴いているが、いまごろ鳴いてもちょっとおそいぞ。

この楚の田舎では、もう盛んに人々は農事にいそしんでいる。

はるかに遠いわが家の池の水はどうなっているのだろうか。

主人が放逐されて世話をする人もいないまま畑に水を注いでくれる人を空しく待っていることであろう。

〔鑑　賞〕

柳宗元が追放されたのは湖南省衡陽県の永州。漢代には零陵と言い、現在は零陵市。司馬という官名はあるが、名ばかりの官である。追放がいつ終るかもわからない。焦燥の中で望郷の思いは募り、いまごろ残して来た庭や畑はどうなっているかと気がかりな気持ちを詠んでいる。

江　雪　　　　柳宗元《りゅうそうげん》

千山鳥飛絶
萬徑人蹤滅
孤舟簑笠翁
獨釣寒江雪

江《こう》　雪《せつ》

千山《せんざん》　鳥《とり》　飛《と》ぶこと絶《た》え
万径《ばんけい》　人蹤《じんしょう》滅《めつ》す
孤舟《こしゅう》　簑笠《さりゅう》の翁《おきな》
独《ひと》り釣《つ》る　寒江《かんこう》の雪《ゆき》

〔詩　形〕五言絶句　〔押　韻〕入声屑韻（絶・滅・雪）

〔語　釈〕

○江雪　川に降る雪。雪におおわれた江。川面に降る雨は「江雨」という。川風は「江風」、川のせせらぎは「江声」、いずれも詩語である。○千山　多くの山々。○万径　多くの小道。「千山」との対語。○蹤滅　人の足跡も（雪に）埋れて見えなくなっている。「鳥、飛ぶこと絶え」の対語。わかりやすさを採り、一般には「人蹤《じんしょう》、滅《めつ》す」と訓じる。○孤舟　一そうの小舟。同時に乗っている人も「孤《ひとり》」の気分をこめている。○簑笠翁　「簑」はみの、

「笠」はかさ。雨雪の中で身につけているもの。「翁」は漁人、漁翁。

〔口語訳〕

みわたすかぎり山々には飛ぶ鳥の姿はなく、
地上の小道はどこにも人の足跡が見つけられない。
川面には小舟が一つ、その上には、みのがさをつけた翁が坐り、
冷えゆく江上の雪景色にとけこんで釣糸を垂れている。

〔鑑賞〕

画になる風景で、この詩から「寒江独釣《かんこうどくちょう》」の画題が生れた。「寒江釣雪」でもよい。南宋の馬遠《ばえん》やその子馬麟《ばりん》の作が名高い。わが国では狩野元信《かのうもとのぶ》、田能村竹田《たのむらちくでん》に作品がある。

作者は永州に流され、その罪は重く、反対勢力は容易に都に戻そうとはしない。都とのたよりもとだえ、ひとり寒江に釣糸を垂れる漁翁と同じ孤独なわが身をじっと見つめていた。単なる叙景詩ではない。

漁翁　　柳宗元《りゅうそうげん》

漁翁夜傍西巖宿
曉汲清湘然楚竹
煙銷日出不見人

漁《ぎょ》翁《おう》

漁翁《ぎょおう》　夜《よる》　西巌《せいがん》に傍《そ》いて宿《しゅく》し
暁《あかつき》に清湘《せいしょう》に汲《く》みて　楚竹《そちく》を然《た》く
煙《けむり》銷《き》え　日出《ひい》でて　人《ひと》を見《み》ず

欸乃一聲山水綠
迴看天際下中流
巖上無心雲相逐

欸乃一声《あいだいいっせい》　山水緑《さんすいみどり》なり
天際《てんさい》を迴看《かいかん》して　中流《ちゅうりゅう》を下《くだ》れば
巖上《がんじょう》　無心《むしん》に雲《くも》相《あい》逐《お》う

〔詩形〕七言古詩　〔押韻〕入声屋韻（宿・竹・緑・逐）

〔語釈〕

○西巖　西岸の岩、または地名ともいう。○清湘　清らかな湘江の水。湘江は広西省から発し湖南省を北上して瀟水と合して洞庭湖に注ぐ。○然楚竹　この地は古代の楚国。その地の竹。篠竹《しのだけ》。「然」は動詞で「もやす」、「燃」と同じ。○煙銷　煙《もや》が銷《き》えること。「銷」は「消」と同じ。○不見人　人影がない。漁翁を指すとの説もある。○欸乃　「えいおう」という舟をこぐ時のかけ声。○迴看　振り返る。○天際　天の果。○中流　「流中」のこと。流れのなか。いわゆる「中流」ではない。

〔口語訳〕

漁翁は夜に西岸の岩のもとに舟を停泊させた。

暁方早く清らかな水を汲んで竹を燃して細い炊煙をあげている。

川面にはもやが消えつつあるが、日は昇っても人の姿ははっきりしない。

しかしどこからか一声舟をこぐかけ声が聞えてきた。すると山水ともに活気づいて一斉にみどり色がくっきりとしてきた。

天際を見やりつつ川の中ほどを下ってゆくと、
大きな岩の上では雲が無心に追いかけ合っている。

〔鑑　賞〕

永州追放時代のものと考えられ、柳宗元の傑作として広く世に知られる。永州は湘水（湘江）の上流で、その水は北上して洞庭湖に入る。永州の風光の美は追放中に作られた柳宗元の「永州八記」に描き尽されている。

早暁の湘江、空を飛ぶ無心の雲、静寂を破る船頭の力強い掛声。

六句でできているため古詩である。押韻も入声でそろえ、風景の緊迫感をよく出している。

柳州峒氓《りゅうしゅうどうぼう》　　柳宗元《りゅうそうげん》

郡城南下接通津
異服殊音不可親
青箬裹鹽歸峒客
緑荷包飯趁虚人
鵝毛禦臘縫山罽
鶏骨占年拝水神
愁向公庭問重訳

柳州峒氓
郡城《ぐんじょう》南《みなみ》に下《くだ》って通津《つうしん》に接《せっ》す
異服殊音《いふくしゅおん》　親《した》しむ可《べ》からず
青箬《せいじゃく》に塩《しお》を裹《つつ》む帰峒《きどう》の客《かく》
緑荷《りょくか》に飯《はん》を包《つつ》む趁虚《ちんきょ》の人《ひと》
鵝毛《がもう》に臘《ろう》を禦《ふせ》ぎ山罽《さんり》を縫《ぬ》う
鶏骨《けいこつ》　年《とし》を占《うらな》って水神《すいじん》を拝《はい》す
公庭《こうてい》に向《む》かって重訳《ちょうやく》を問《と》うことを愁《うれ》い

欲投章甫作文身

章甫《しょうほ》を投《とう》じて文身《ぶんしん》と作《な》らんと欲《ほっ》す

〔詩　形〕七言律詩　〔押　韻〕平声真韻（津・親・人・神・身）

〔語　釈〕

○峒氓　「峒」は「洞」と同じ。「氓」は民。山中の洞窟に住んでいる民。この地の原住民を指す。○通津　通津は船着き場。○殊音　特別な発音の方言。○青箬　方言で竹の皮。○裹　音は「カ」で、包む意。○緑荷　蓮の葉。○趁虚　広西地方の方言で、市場、町中。○臘　臘月。陰暦十二月。厳寒の季節。○山罽　木綿の衣服。○公庭　官庁、役所。○重訳　通訳の通訳。○章甫　冠の異名。○文身　いれずみ。「刺青」と同じ。身体に文（模様）を入れるので、こう言う。

〔口語訳〕

柳州の市街を南に向かって行くと柳江に出て船着き場に通ずる。
町の様子はこんな風だ。住民は土地の人独特の衣服をまとい、言葉は方言がひどく会話も出来ない。
竹の皮に塩を包み、これを運んで山中の洞穴の家に帰る者あり、
蓮の葉に飯を入れて、市中の繁華街に向かって行く人もある。
彼らは鵝毛を入れた木綿の服で十二月の冬の寒さを防ぎ、
鶏の骨で占いをして水神様に祈る。
役所に出頭して来ても、通訳の通訳を付けないと言っていることがわからない。

都から任命され官吏として冠を着けて役所に出るが、むしろそんなものは捨てて、同じく刺青をしてこの地の民に向きあわなくてはと思うほどだ。

〔鑑　賞〕

柳州はいまでも少数民族の住む広西壮（チュアン）族自治区である。柳宗元のころは今日よりももっと原始的で中央とは異なる文化状況であった。

柳宗元はその見聞と印象とをこまかくこの詩に託している。当時の異域の描写としても貴重な歴史的資料である。

種柳戯題　　柳宗元《りゅうそうげん》

柳州柳刺史
種柳柳江邊
談笑爲故事
推移成昔年
垂陰當覆地
聳幹會参天
好作思人樹
慚無惠化傳

柳《やなぎ》を種《う》えて戯《たわむれ》に題《だい》す

柳州《りゅうしゅう》の柳刺史《りゅうしし》
柳《やなぎ》を種《う》う　柳江《りゅうこう》の辺《ほとり》
談笑《だんしょう》のうちに故事《こじ》と為《な》り
推移《すいい》して昔年《せきねん》と成《な》る
陰《かげ》を垂《た》れて当《まさ》に地《ち》を覆《おお》うべし
幹《みき》を聳《そび》やかして会《かなら》ず天《てん》に参《いた》らん
好《よ》し　人《ひと》を思《おも》うの樹《き》を作《つく》るに
慚《は》ずらくは恵化《けいか》の伝《つた》わること無《な》きを

〔詩　形〕五言律詩　〔押　韻〕平声先韻（辺・年・天・伝）

〔語　釈〕

○会　きっと。現代語の「一定会」と同じ。「必」にくらべて口語風の用字。○思人樹　『詩経』召南に「甘棠《かんどう》」の詩があり、仁政を施した召公を偲んで、道のべの甘棠の木を人民が大切にしたという故事を伝えている。○恵化　恩恵による教化。

〔口語訳〕

柳州の刺史である私、柳刺史は、
この城市の柳江のほとりに沢山柳を植えさせた。
この柳が人々が語り伝えているうちに故事となり、
日月が推移して、樹を植えたことが昔話となり、
この若木が大木となって、陰が地を覆う日も来るであろう。
幹は伸びて天に至るばかりとなるかも知れない。
こんな風に住民のためを思って木を樹えてはみたものの、
ほんとうに私のしたことが仁愛の治世だったかどうか、人々がどんな風にそれを伝えてくれるのか気がかりなことである。

〔鑑　賞〕

憤懣と落胆で赴任し、異文化のすさまじさに驚いたものの、このたびは永州の時の「司馬」の官とちがい「刺史」として民に臨むこととなった。もともと宰相の器とされた柳宗元は、まもなく思い直して、この地によき施政を試みたいと志すようになった。奴隷の解放、迷信禁止、街路の整理、井戸や用水の確保など、見るべき治世の実が挙った。市内には柳宗元の掘った井戸が残っている。何代目か知らないが、柳江の柳も美しく風にゆれている。奮闘五年、仁政の実現を目指した柳宗元は四十七歳で病死。羅池の傍に人々の祀った「柳公祠」はいまも大事に守られている。

孟《もう》郊《こう》（七五一〜八一四）

湖州武康（浙江省呉興県）の人。字は東野。貞元十二年（七九六）に進士に及第。四年後、溧陽（江蘇省）の尉となったが、山水を愛して詩作に耽ったため俸給を半減されて罰を受けている。はじめ嵩山に隠れ処士と称していたように、かたくなな性格の持主であったようだ。『唐才子伝』にも「生事に拙《つた》なく、一貧、骨に徹す」と記されている。但し韓愈とは意気投合し、忘形の交わりをしている。

遊子吟　　孟《もう》郊《こう》

慈母手中線
遊子身上衣
臨行密密縫

遊子吟《ゆうしぎん》
慈母《じぼ》　手中《しゅちゅう》の線《いと》
遊子《ゆうし》　身上《しんじょう》の衣《ころも》
行《こう》に臨《のぞ》みて　密密《みつみつ》に縫《ぬ》う

意恐遅遅帰
誰言寸草心
報得三春暉

意《こころ》に恐《おそ》る　遅遅《ちち》として帰《かえ》らんことを
誰《たれ》か言《い》う　寸草《すんそう》の心《こころ》
三春《さんしゅん》の暉《き》に報《むく》い得《え》んと

〔詩　形〕五言古詩　〔押　韻〕平声微韻（衣・帰・暉）

〔語　釈〕
○遊子吟　楽府題。遊子（旅人）の歌の意。○手中線　手中にある糸。「線」は、いと。○寸草心　「寸草」は、わずか一寸ほどの草。子の心にたとえる。○三春　春三ヵ月。○暉　日の光。父母の恩寵にたとえる。

〔口語訳〕
やさしい母の手の中の糸、
それは旅立つ子の衣を縫うためのもの、
出るまぎわまでけんめいに手を動かしている。
心で願っているのは一日も早く帰ってくれること。
子供がどんなに背のびしてみても、
春の日のような温い母の愛には報いられない。

〔鑑　賞〕

『古文真宝』前集に収められている。苦吟する作者は中々世に出ることができず、四十五歳でようやく進士に合格。長い不遇時代に、くり返し母に心配をかけたことを悔いている。

賈《か》島《とう》（七七九～八四三）

范陽（河北省涿県）の人。字は浪仙。初め出家して無本と号したが、韓愈《かんゆ》に知られた後、還俗した。何度か科挙に応じたが及第しなかった。孟郊《もうこう》と同じく韓愈門下で、ともに苦吟で知られ「郊寒島痩」（孟郊の詩は寒々とし、賈島の詩は痩古としている）の称がある。

『唐才子伝』によると「玄を談じ仏を抱き、交るところは、ことごとく塵外の人」とあり、「二句三年にして得られ、一吟双涙流」という自題の詩があり、歳末には必ず一年の間に作った詩を机上に置き、香を焚き再拝し酒を酌んで自ら祝い「これ吾が終年の苦心なり」と唱え「痛飲長謡」したという。亡くなった時、家には一銭もなく、ただ一頭の病んだロバと一張の古い琴だけが残されていた。

韓愈との出会いについては、賈島が「鳥宿池中樹／僧推月下門」（鳥は宿る池中の樹／僧は推す月下の門）の対句を思い付き、下句の「僧は推す」を「僧は敲《たた》く」にしたらどうかと迷い、ロバの背の上でしきりに手ぶりを交えて大道をゆくうちに、思わず大官の行列に突き当り、とがめられて事情を聞かれた。この大官がたまたま韓愈であったため、みちびかれて行を共にして教えを受け、これが知遇のきっかけとなったと言われている。なお詩文を苦心して手直しすることを「推敲《すいこう》」というのはこれから起った。

さらに「落葉満長安」という句を思い付き、ロバの背の上でその対句を考えているうちに、時の高官の劉《りゅう》栖《せい》楚《そ》の行列に入りこみ、とがめを受けて一晩留置されたという話もある。

『新唐書』の伝には「会昌の初め、普州司倉参軍を以って司戸に遷るも、未だ命を受けずして卒《しゅっ》す。年六十五」とある。『賈浪仙長江集』という詩集が伝えられている。

尋隠者不遇　　賈《か》島《とう》

松下問童子
言師採薬去
只在此山中
雲深不知処

隠者《いんじゃ》を尋《たず》ねて遇《あ》わず
松下《しょうか》童子《どうし》に問《と》えば
言《い》う　師《し》は薬《くすり》を採《と》り去《さ》ると
只《ただ》此《こ》の山中《さんちゅう》に在《あ》らん
雲《くも》深《ふか》くして処《ところ》を知《し》らず

〔詩　形〕五言絶句　〔押　韻〕去声御韻（去・処）

〔語　釈〕
○童子　侍童。○師　ここでは侍童がその仕えている隠者を指して言っている。○薬　薬草。

〔口語訳〕
松の根方で童子をつかまえて聞いた。
先生は山に薬取りに出かけたという。
山のどこかにいるか知れないが、

雲が深くて行っても見つからないだろうとのことだ。

〔鑑　賞〕

童子一人を相手に隠者ぐらしをしている人を訪ねた時の作。超世の人の日常が端的に示されている。

劉禹錫《りゅううしゃく》（七七二～八四二）

中山（河北省）の人。あるいは彭城《ほうじょう》（江蘇省徐州市）の人ともいう。字は夢得《ぼうとく》。進士に合格し、監察御史となり、将来の宰相と目されていたが、王叔文の改革派に属したため、いわゆる「八司馬」の一人として、柳宗元らと共に追放され、連州刺史、朗州刺史に左遷された。十年後許されて都に戻ったが再び追放の対象となり、太和二年（八二八）にようやく許された。のち蘇州刺史、同州刺史などを歴任。検校礼部尚書で没した。柳宗元とは政治上の同志であり、白居易とも親しく『劉白唱和集』がある。湖南省朗州刺史のころ同地の民謡をもとに「竹枝詞」九章を作った。中国における「竹枝詞」はこれに始まるが、男女の情事や土地の風俗を詠ずるものとして流行した。元の楊維楨《よういてい》の『西湖竹枝』、日本の江戸の菊池五山の『深川竹枝』、明治の森春濤の『新潟竹枝』などはその系列によって生れたもの。

『新唐書』の伝には、白居易が彼を称して「詩豪」と言い、「その詩には在処《いたるところ》に神仏の護持あり」と歎賞したと記してある。

秋風引

秋風《しゅうふう》の引《いん》　　劉禹錫《りゅううしゃく》

何處秋風至
蕭蕭送雁群
朝來入庭樹
孤客最先聞

何《いず》れの処《ところ》よりか秋風《しゅうふう》至《いた》る
蕭蕭《しょうしょう》として雁群《がんぐん》を送《おく》る
朝来庭樹《ちょうらいていじゅ》に入《い》って
孤客《こかく》最《もっと》も先《ま》ず聞《き》く

〔詩　形〕五言絶句　〔押　韻〕平声文韻（群・聞）

〔語　釈〕
○引　「曲・歌」と同じく楽府の題名に付けられるもの。「思いを引くもの」とも解される。○蕭蕭　秋風のさびしい音の形容。○雁群　雁のむれ。○孤客　孤独な旅人。「雁群」の「群」と対応してきわだたせている。

〔口語訳〕
秋風はどこから吹いて来るのか、
蕭々とわびしい音を聞かせて雁を南に送ってゆく。
今朝はわが宿の庭樹の中にも入りこんで来た。
それを最初に気づいたのは心の傷つきやすい、孤独な旅人の私である。

〔鑑　賞〕
旅先にあって秋を迎えた者のわびしさを詠う。短い詩型で平俗の語を用い、俳句のように風物をとり入れて詩を仕立て、しみじみとした心境を吐露している。

石頭城

劉禹錫《りゅううしゃく》

山圍故國周遭在
潮打空城寂寞回
淮水東邊舊時月
夜深還過女牆來

石頭城《せきとうじょう》
山《やま》は故国《ここく》を囲《かこ》んで周遭《しゅうそう》として在《あ》り
潮《うしお》は空城《くうじょう》を打《う》って寂寞《せきばく》として回《めぐ》る
淮水東辺《わいすいとうへん》　旧時《きゅうじ》の月《つき》
夜深《よるふか》くして還《ま》た女牆《じょしょう》を過《す》ぎて来《きた》る

〔詩形〕七言絶句　〔押韻〕平声灰韻（回・来）

〔語釈〕
○石頭城　三国時代に呉の孫権の築いた城。南京市の西部、清涼山の背後にある。○故国　故都。ここでは金陵（いまの南京市）を指す。○周遭　ぐるりと取りまく。○潮　ここでは長江の流れ。○空城　人のいない町。○淮水　淮河。安徽省から江蘇省の北部にかけて流れ、長江に注ぐ。○女牆　姫垣《ひめがき》。城壁にある低いかき。

〔口語訳〕
山は古都をぐるりととりまき、
川の大波はこの城のいしずえを打ち、さびしく寄せては返している。
淮水の東には昔と変らぬ月が昇り、

夜更けにはその光がひめがきを越えてゆく。

〔鑑　賞〕

作者が南京に近い和県《わ》刺史であったころの作。白居易が第二句の「潮は空城を打って寂莫として回る」は、「後の詩人のだれも詠めるものではない」と感歎した。古都古城のわびしさが巧みに描かれている。

石頭城は南北に三千メートルにわたって連なり、城壁の土台の遺構は赤褐色。中段に赤い水成岩が突き出て恐ろしい様相を呈しているので「鬼瞼《きれん》（鬼の顔）城《じょう》」ともいう。地勢が険しいので「石城虎踞《せきじょうこきょ》」（石城は虎が踞《うず》くまるようだ）ともいう。この詩は「烏衣巷《ういこう》」と共に「金陵五題」の一つ。

竹枝詞　劉禹錫《りゅううしゃく》

日出三竿春霧消
江頭蜀客繫蘭橈
欲寄狂夫書一紙
家住成都萬里橋

竹枝詞《ちくしし》

日出《ひい》でて三竿《さんかん》　春霧《しゅんむ》消《き》え
江頭《こうとう》の蜀客《しょくかく》　蘭橈《らんじょう》を繫《つな》ぐ
狂夫《きょうふ》に寄《よ》せんと欲《ほっ》す　書一紙《しょいっし》
家《いえ》は住《じゅう》す　成都《せいと》の万里橋《ばんりきょう》

〔詩　形〕七言絶句　〔押　韻〕平声蕭韻（消・橈・橋）

〔語　釈〕

○竹枝　巴蜀（四川省）の民謡をよぶ名。もとの曲があり、それに合せて一種の替え歌を次々と作ってゆくもの。○三竿　日の高さ。三丈ともいう。高く上っていること。○蜀客　蜀から来た旅人。○蘭橈　「橈」は舟の「かじ」「さお」。木蘭の木で作ったとする。詩語としてこの字をのせて使う。○狂夫　この場合は妻が旅に出たまま帰らぬわがままな夫を指していう。「あだし男」の意。○書一紙　一本の手紙。○万里橋　成都にある名橋の名。

〔口語訳〕
日は高く上り、春の霧も消えた。
蜀から来た旅人が川辺に舟をつないでいる。
さあ、この人に頼んで夫に手紙をとどけたい。
あの人は成都の万里橋に住みついていると聞いているから。

〔鑑　賞〕
成都の万里橋のあたりで、いたずらに月日を過している夫の不実をなじり、これを「狂夫」と言っている。

万里橋は成都の南部で錦江に架《かか》る。かつて舟で東へ向かう時の起点であった。三国時代に蜀の費禕《ひい》が呉に使する時、諸葛亮がここで宴を開いて見送ったが、費禕が「万里之行、始于此橋」（万里の行も、此の橋より始まる）と言ったことから橋の名がつけられた。杜甫の「狂夫」の詩にも「万里橋西一草堂」の句があり、名妓薛濤《せっとう》も橋辺に住み、胡曾《こそう》の詩「万里橋辺女校書／枇杷花下閉門居」（万里橋辺の女校書〈薛濤のこと〉／枇杷花下、門を閉《とざ》して居《お》る）と詠まれている。

烏衣巷

劉禹錫《りゅううしゃく》

朱雀橋邊野草花
烏衣巷口夕陽斜
舊時王謝堂前燕
飛入尋常百姓家

烏衣巷《ういこう》

朱雀《しゅじゃく》橋辺《きょうへん》　野草《やそう》の花《はな》
烏衣巷口《ういこうこう》　夕陽《せきよう》斜《なな》めなり
旧時《きゅうじ》　王謝《おうしゃ》　堂前《どうぜん》の燕《つばめ》
飛《と》びて入《い》る　尋常《じんじょう》　百姓《ひゃくせい》の家《いえ》に

〔詩形〕七言絶句　〔押韻〕平声麻韻（花・斜・家）

〔語釈〕
○烏衣巷　金陵の地名。いまの南京市にも残っている。秦淮河《しんわいが》の南に位置する。晋代に貴族の王氏・謝氏のいたところ。その子弟が烏衣（黒い衣）を着ていたところから名付けられた。巷は町のこと。○朱雀橋　烏衣巷の入口の秦淮河に架っていた橋。○王謝　王氏と謝氏。晋の政界の重鎮王導《おうどう》や謝安《しゃあん》などを輩出した名族。○堂前　建物の中央広間である堂の前。○尋常　ふつうの、一般の。○百姓　もろびと。庶民。「ひゃくせい」とよむ。漢語では農民のことではないので「ひゃくしょう」とはよまない。

〔口語訳〕
朱雀橋のあたりには美しく野の花が咲いている。

烏衣巷の入り口には夕日が斜めに射しこんでいる。
昔ここには貴族の王家や謝家の邸があり、そこに燕が盛んに飛び交っていたのだが、
いまはその燕もこのあたりにひろがるごく普通の庶民の家に出入りしていることだ。

〔鑑　賞〕

栄枯盛衰への詠歎が月並みでなく、個性的。まさに尋常の語を使いながら味わい深い詩になっている。和州刺史時代に作った「金陵五題」の一つ。

白居易《はくきょい》（七七二～八四六）

居易《きょい》は名であるが、字の楽天で知られる。先祖の出身地により太原《たいげん》（山西省太原市）の人ともされるが、生地は新鄭《しんてい》（河南省新鄭市）。晩年は洛陽に住み、仏教に帰依し、龍門の香山寺を修復して香山居士《こうざんこじ》と号した。他に酔吟先生の称もある。

生まれて六、七ヵ月のころ、乳母から「之」「無」の二字を示してこれを教えられ、まだ口はきけなかったが、早くもこの二字を覚えてしまったと自ら伝えている。

二十九歳のころ進士に合格した後、当時の名士だった顧況《こきょう》に面会した。顧況は若い居易をからかって、「名前は居易だが、長安は物価が高いから住むのは容易ではないぞ（居大不易）」と言った。しかしその持参した詩を見ると、すっかり感心してしまい「これは失礼なことを申した。このような秀作ができるなら心配はない（居天下亦不難）」と告げたという故事がある。その詩の名句とされているものは「離離原上草

／一歳一枯栄／野火焼不尽／春風吹又生」（離離たる原上の草／一歳に一たび枯栄す／野火焼けども尽きず／春風吹きて又た生ず）である。

父は彭城県令など地方官を歴任した後、居易二十二歳の時、襄陽の官舎で亡くなっている。それから七年、居易は進士に及第。三十五歳のころ盩厔《ちゅうしつ》県尉、翌年、翰林学士を授けられた。以来、左拾遺、太子左賛善大夫と宮廷官僚の道を歩んでいたが、上疏が越権に当ると責められ、江州司馬に左遷された。この時の鬱屈した気分が名作「琵琶行」を生んでいる。盧山の香爐峰下に草堂を営んだのもこの頃である。その後、許されて長安にあって中書舎人の職を授けられたりしたが、自ら望んで外任を求め、杭州刺史、蘇州刺史を歴任、五十五歳の時、病をもって官を免ぜられて洛陽に帰った。以後、隠者のような暮しをつづけ、六十五歳の時、太子少傅《しょうふ》を授けられ、刑部尚書を与えられたが、これが最終の官名となった。亡くなったのは七十五歳であり長命を保った人である。死に先立って「自詠老身、示諸家属」（自ら老身を詠じて、諸《もろもろ》の家属《かぞく》に示す）という詩を作った。そのはじめに、

壽及七十五　　寿は七十五に及び
俸霑五十千　　俸は霑《うるお》う五十千（五万銭）
夫妻偕老日　　夫妻偕老の日
甥姪聚居年　　甥姪《せいてつ》　聚居《しゅうきょ》の年
粥美嘗新米　　粥は美《うま》くして新米を嘗《な》め
袍温換故緜　　袍《ほう》は温くして故綿を換う

と詠んだ。末の二句には、

支分閑事了　　閑事を支分《しぶん》し了《おわ》り
爬背向陽眠　　背《せ》を爬《か》いて陽に向かって眠る

とある。

一度は左遷の憂き目に遭ったけれども、生涯にわたってひどい迫害を受けることなく、とくに大官に昇ったわけではないが、順当に官歴を重ね、みずから選んで閑職に就き、おだやかな晩年を過ごし至福の人と言ってよい。

生年は代宗の大暦七年（七七二）、卒年は武宗の会昌六年（八四六）。日本では、ほぼ平安初期に当る。同時代の詩人としては韓愈、劉禹錫、元稹、柳宗元、張籍、賈島、李賀らがあり、韓愈とは「韓白」、劉禹錫とは「劉白」、元稹とは「元白」と併称される。とくに元稹とは親友の間柄で知られている。伝は『旧唐書』一六六、『新唐書』一一九にあり、作品集は『白氏文集』『白氏長慶集』『白香山集』と呼ばれている。事志とちがっても世を怨まず人を咎めず、詩と酒とをほしいままにし、最後は参禅悟道に安心立命を得た人生の達人でもあった。盛唐の世の玄宗と楊貴妃の故事に基く長編の叙事詩「長恨歌」は殊に名高い。

一篇の詩が出来上がるごとに隣家の老媼《ろうおう》に聞かせて、わかり易く改めたとされる作品は広く人々に愛誦されて今日に及んでいる。日本でも平安朝以来、最もよく読まれたものが「白詩」であったことは言うまでもない。

西明寺牡丹花時憶元九
前年題名處
今日看花來
一作芸香吏
三見牡丹開
豈獨花堪惜
方知老暗催
何況尋花伴
東都去未廻
詎知紅芳側
春盡思悠哉

西明寺《さいみょうじ》の牡丹花《ぼたんか》の時元九《ときげんきゅう》を憶《おも》って　白居易《はくきょい》

前年《ぜんねん》　名《な》を題《だい》するの処《ところ》
今日《こんにち》　花《はな》を看《み》に来《きた》る
一《ひと》たび芸香《うんこう》の吏《り》と作《な》りてより
三《み》たび牡丹《ぼたん》の開《ひら》くを見《み》る
豈《あ》に独《ひと》り花《はな》の惜《お》しむに堪《た》うるのみならんや
方《まさ》に知《し》る老《おい》の暗《あん》に催《もよお》すを
何《なん》ぞ況《いわ》んや花《はな》を尋《たず》ぬるの伴《とも》
東都《とうと》に去《さ》って未《いま》だ廻《かえ》らず
詎《なん》ぞ知《し》らんや紅芳《こうほう》の側《かたわら》
春《はる》尽《つ》きて思《おもい》悠《ゆう》なる哉《かな》

〔詩形〕五言排律　〔押韻〕平声灰韻（来・開・催・廻・哉）

〔語釈〕

○西明寺　長安の延康坊にあった。空海が在唐時代に寄宿していた寺でもある。牡丹の名所とされる。○元九　親友元稹。字微之《びし》。排行によって元九《げんく》ともよばれる。憲宗の元和元年（八〇六）に左拾遺となった。白居易も校書郎となって長安にいた。○題名処　進士合格者の名はこの寺の壁に書きつらねられる習慣があった。碑を立てて名を刻んだものは「題名碑」という。○芸香吏　書物の虫損を避けるため芸草《うんそう》と称する草を使用するので書庫を「芸亭」「芸閣」という。芸香とはこの香り草のかおり、芸香吏は官命としては「校書郎」。○東都　洛陽を指す。唐代の副都。○紅芳　赤い花。ここでは牡丹。

〔口語訳〕

先年、一緒に進士に合格して題名に名を連ねた思い出の寺の庭に、
今日は牡丹の花を見にやって来た。
長安の都で校書郎となって、
これで三度目の春である。
今まのあたり、あでやかに咲き開く牡丹を見るにつけ月日の経つのが早く、
わが身の年を重ねるのをひしひしと感じる。
まして共に花を訪ねるべき貴君が、
側におらず洛陽に行ったままなのを思うと心細い限りである。
美しい牡丹の間に立って、春を惜しんでいるこの気持ちをぜひ君に伝えたいものだ。

〔鑑　賞〕

永貞元年（八〇五）三十四歳の作。校書郎は秘書監に属し、宮中の秘書の校正や撰述に当る官僚。この官は白居易がはじめて就いたポスト。元稹は同時に進士となって、同じく宮中の左拾遺という諫官となったが、天子に上書して権臣に憎まれ河南の尉として洛陽にやられていた。ここに作者の鬱屈がある。

戯題新栽薔薇

移根易地莫憔悴
野外庭前一種春
少府無妻春寂寞
花開將爾當夫人

戯《たわむ》れに新《あら》たに栽《う》えし薔薇《しょうび》に題《だい》す　白居易《はくきょい》

根《ね》を移《うつ》し地《ち》を易《か》うるも憔悴《しょうすい》する莫《な》かれ
野外《やがい》　庭前《ていぜん》　一種《いっしゅ》の春《はる》
少府《しょうふ》は妻《つま》無《な》くして春寂寞《はるせきばく》
花開《はなひら》かば爾《なんじ》を将《もっ》て夫人《ふじん》に当《あ》てん

〔詩　形〕七言絶句　〔押　韻〕平声真韻（春・人）

〔語　釈〕

○薔薇　バラ。月季花、長春花とも言い、唐代では鑑賞用に栽培され愛好されていた。日本には遣唐使が持ち帰って流布させている。○少府　自注に「時ニ盩厔《ちゅうしつ》ノ尉《い》タリ」とある。「少府」はこの「尉」の異名。「盩厔」は西安府十五県の一つ。陝西省長安県の西にあった。○爾　汝と同じ。

〔口語訳〕

根を移し、土を変えても、衰えるなよ。
野外も庭前も春は同じなのだから。
私はいま妻もなく春が来たとしてもわびしい境遇だ。
もし汝がきれいに花を開いてくれたら、妻にしてやってもよいと思っているぞ。

〔鑑　賞〕

「戯れに」と言っているように軽快な内容の詩。バラを野原から持ち帰って庭に植え、来春の花を楽しみにしている気持ちを詠んでいる。元和元年（八〇六）、三十五歳の作。なお、この年白居易は「長恨歌」を作っている。任地が楊貴妃の墓のある馬嵬坡《ばかいは》に近かったことも創作動機の一つとなったかとされている。

賣炭翁　　売炭翁《ばいたんおう》　　白居易《はくきょい》

賣炭翁　　売炭翁《ばいたんおう》
伐薪焼炭南山中　　薪《たきぎ》を伐《き》り炭《すみ》を焼《や》く南山《なんざん》の中《うち》
滿面塵灰煙火色　　満面《まんめん》の塵灰《じんかい》　煙火《えんか》の色《いろ》
兩鬢蒼蒼十指黑　　両鬢蒼蒼《りょうびんそうそう》として十指《じゅうし》黒《くろ》し
賣炭得錢何所營　　炭《すみ》を売《う》り銭《ぜに》を得《え》て何《なん》の営《いとな》む所《ところ》ぞ
身上衣裳口中食　　身上《しんじょう》の衣裳《いしょう》　口中《こうちゅう》の食《しょく》
可憐身上衣正單　　憐《あわれ》む可《べ》し身上《しんじょう》　衣《い》正《まさ》に単《ひとえ》なり

心憂炭賤願天寒
夜來城外一尺雪
曉駕炭車輾冰轍
牛困人飢日已高
市南門外泥中歇
翩翩兩騎來是誰
黄衣使者白衫兒
手把文書口稱敕
廻車叱牛牽向北
一車炭重千餘斤
宮使驅將惜不得
半疋紅綃一丈綾
繫向牛頭充炭直

心《こころ》に炭《すみ》の賤《やす》きを憂《うれ》えて天《てん》の寒《さむ》からんことを願《ねが》う
夜来《やらい》　城外《じょうがい》　一尺《いっせき》の雪《ゆき》
暁《あかつき》に炭車《たんしゃ》に駕《が》して氷轍《ひょうてつ》を輾《きし》らしむ
牛《うし》困《くる》しみ人《ひと》飢《う》えて日《ひ》已《すで》に高《たか》く
市《いち》の南門《なんもん》の外《そと》　泥中《でいちゅう》に歇《やす》む
翩翩《へんぺん》たる両騎《りょうき》　来《きた》るは是《こ》れ誰《たれ》ぞ
黄衣《こうい》の使者《ししゃ》　白衫《はくさん》の児《じ》
手《て》には文書《ぶんしょ》を把《と》りて口《くち》には勅《ちょく》と称《しょう》し
車《くるま》を廻《めぐ》らし牛《うし》を叱《しっ》して牽《ひ》きて北《きた》に向《む》かわしむ
一車《いっしゃ》の炭《すみ》　重《おも》さ千余斤《せんよきん》
宮使《きゅうし》駆《か》り将《もっ》て惜《お》しみ得《え》ず
半疋《はんぴき》の紅綃《こうしょう》一丈《いちじょう》の綾《あや》
繫《つな》ぎて牛頭《ぎゅうとう》に向《む》かいて炭《すみ》の直《あたい》に充《あ》つ

〔詩形〕新楽府体（七言古詩）〔押韻〕入声韻（色・黒・食・雪・轍・歇・勅・北・得・直）

〔語釈〕
○売炭翁　炭を焼きそれを城下に売りに来る翁。○南山　長安南方の終南山。○単　単衣。夏の着物。これに対し今は厳冬という設定。○輾　めぐる。軋《きし》る。○市　東市・西市など城内の市場のあるあたり。○歇　音は「ケツ」。休むこと。休息する。尽きて無くなる。へとへとな状態。○翩翩　勢いよく駆けてくるさま。本来は鳥の飛ぶさま。○黄衣使者　天子の使。宮中に仕える宦官などは黄衣をまとっている。○白衫児　白い上衣の若者。黄衣の使者と共にお上の威光をかさに着て横暴に振舞っている。○半疋　「疋」は「匹」と同じ。布の長さの単位。四丈。半疋はすなわち二丈。○紅綃　赤い絹布。「綃」は、きぎぬ、すなわち「生絹」で練られていない絹。○直「値」と同じ。但しこの詩は入声で押韻しているので「値」では不都合。

〔口語訳〕

炭売りの爺さんは、
終南山に籠って木を伐って炭を焼く。
顔は塵と灰とですすまみれだ。
左右のびんは汚くごま塩で指は十本ともまっ黒だ。
炭を売った金で何をしたいとしているのか。
日々着るものと口に入れる食物を得たいのだ。
可哀そうにいま着ているのは冬だというのにひとえもの。
それでも心の中ではもっと寒くなって炭が高く売れるようにとだけ願っている。
ゆうべから長安の町中は一尺の雪だ。
爺さんは朝方から車を推してぎしぎしと氷を踏んで街に入ってくる。

牛もつかれ人も飢え日も高くなったので、
市場の南門の下で泥の中に腰を下ろして息をつく。
その時、ひらひらと飛ぶように二頭の馬を走らせて来たのは、
黄衣の使者と白衫の若者、宮中のならず者だ。
手にはおふれだと称して紙をちらちらさせている。
強引に爺さんの車の方向を変えさせて北に向かわせる。
宮門に着くと一車の炭は千余斤の重さがあるというのに、
宮中の使者が追い立てるので仕方なく、
この爺さんの命のつなの炭は半匹の絹と一丈の綾絹でお取上げだ。
これを無慈悲にも牛の頭にかけ、炭の代金だ、と言い渡された。

〔鑑　賞〕

元和三年（八〇八）、三十七歳の白居易は左拾遺に任じられた。たいした権限はないのであるが「諫官」として政治上の不具合を天子に直言する役目の官である。もともと正義の人である白居易は日頃の政治批判を「新楽府」という文学形式で表現して世に問うた。いわゆる諷喩《ふうゆ》詩《し》で古楽府にこめられた民間の声を新しい詩形で代弁したものである。全五十首あるが「篇に定句なく句に定字なし」とあるように句形はさまざまである。上陽宮に閉じこめられて年老いてゆく宮女を哀れんだ「上陽白髪人」、みずから臂を叩き折って兵役を逃れた人民の悲劇を綴った「新豊折臂翁」、無実の罪をはらすことの出来ない怨みをのべた

「秦去了」など、切実な人民の訴えを代弁した作に満ちている。

「売炭翁」はその三十二首目の作品で「傍題」に「宮市ニ苦シムナリ」とある。「宮市」とは当時存在した宮中特別調発機関で、宮中から「白望」とよばれる役人が市中に派遣されて、目につく品物を勅命と称して強制的に取り上げることとしていた。この詩はたまたま終南山から苦しい思いをして長安の市《いち》に炭を売りに来た老爺が運悪く白望につかまり、涙金で炭を持って行かれた悲哀を叙したもの。

白居易のこうした形での政治批判は官辺の忌むところとなり、元和十年（八一五）、江州司馬に左遷される遠因となる。

八月十五日夜禁中獨直對月憶元九

銀臺金闕夕沈沈
獨宿相思在翰林
三五夜中新月色
二千里外故人心
渚宮東面煙波冷
浴殿西頭鐘漏深
猶恐清光不同見
江陵卑濕足秋陰

八月十五日《はちがつじゅうごにち》の夜《よ》　禁中《きんちゅう》に独直《どくちょく》して月《つき》に対《たい》して元九《げんきゅう》を憶《おも》う　白居易《はくきょい》

銀台《ぎんだい》　金闕《きんけつ》　夕沈沈《ゆうちんちん》
独宿《どくしゅく》　相《あ》い思《おも》いて翰林《かんりん》に在《あ》り
三五夜中《さんごやちゅう》　新月《しんげつ》の色《いろ》
二千里外《にせんりがい》　故人《こじん》の心《こころ》
渚宮《しょきゅう》の東面《とうめん》は煙波《えんぱ》冷《ひや》やかに
浴殿《よくでん》の西頭《せいとう》は鐘漏《しょうろう》深《ふか》し
猶《な》お恐《おそ》る清光《せいこう》同《おな》じく見《み》ざらんことを
江陵《こうりょう》は卑湿《ひしつ》にして秋陰《しゅういん》足《た》る

〔詩　形〕七言律詩　〔押　韻〕平声侵韻（沈・林・心・深・陰）

〔語　釈〕

○八月十五日夜　中秋満月の晩。○禁中　宮中。○銀台　宮門の名。翰林院と学士院の近くにあった。○金闕　天子の宮殿。○沈沈　静まりかえっていること。○三五夜　十五夜。○新月　昇って来たばかりの月。いわゆる新月（三日月）ではない。○故人　友人。○渚宮　昔の楚王の宮殿。江陵にあったとされる。○鐘漏　時刻を告げるもの。鐘と漏刻。○足　十分である。非常に多い。

〔口語訳〕

銀台門も天子の御殿もいつしか夜の静けさのうちに更けゆく。
私はひとり宿直《とのい》をしていま翰林院にいる。
いよいよ十五夜の月が昇って来た。
はるか二千里外にいる君のことを私はいましきりに想っている。
君の住む古の楚国の渚宮の東には一帯にもやが立ちこめているだろう。
ここ長安の浴殿の西には時を告げる音がしきりである。
だが君はいま私と同じようにこの月を眺めていないかもしれない。
江陵は土地が低く湿気も多く秋でも曇り日が多いとのことだから。

〔鑑　賞〕

元和五年（八一〇）、作者三十九歳。翰林学士となり、この夜宮中でひとり宿直の役をつとめていた。折しも中秋の名月の夜である。遠く離れた元稹《げんしん》の身の上を思い、

　三五夜中新月色　二千里外故人心

の名句が生まれた。この二句は対句を要するところで「三五」「二千」は数字の対（数目対《すうもく》）である。「夜中」「里外」、「新月」「故人」、「色」「心」それぞれ対をなす。

次の聯も対句を要するが、「渚宮」「浴殿」ともに水に縁のある建物の名、「東西」「西頭」は「方位対」、「煙波」「鐘漏」、この場合は夜の空間にともにひろがってゆくもの、前者は気体、後者は音色のひろがり。「冷」「深」ともに一字の形容語。

尾聯（末二句）は感情をこめて左遷されて楚地にいる親友の身を案じる言葉を連ねる。元稹は監察御史に取立てられていたが、この時、宦官の仇士良《きゅうしりょう》と衝突して江陵（湖北省江陵県）に左遷されていた。ここはもとの楚国の都であるが、「楚囚」の古語にあるごとく、流刑地の暗さを持っている。

なお、「三五夜中新月色／二千里外故人心」の二句は『和漢朗詠集』「秋・十五夜」の部に収められ、古くから日本人に親しまれて来た。

春題湖上　　白居易《はくきょい》

湖上春來似畫圖

春《はる》　湖上《こじょう》に題《だい》す

湖上《こじょう》　春来《しゅんらい》　画図《がと》に似《に》たり

亂峯圍繞水平鋪
松排山面千重翠
月點波心一顆珠
碧毯線頭抽早稻
青羅裙帶展新蒲
未能拋得杭州去
一半勾留是此湖

乱峰《らんぽう》　囲繞《いじょう》して水平《みずたい》らかにして鋪《ほ》たり
松《まつ》は排《はい》す　山面《さんめん》　千重《せんちょう》の翠《みどり》
月《つき》は点《てん》ず　波心《はしん》　一顆《いっか》の珠《たま》
碧毯《へきたん》の線頭《せんとう》　早稲《そうとう》抽《ぬき》んで
青羅《せいら》の裙帯《くんたい》　新蒲《しんぽ》を展《の》ぶ
未《いま》だ杭州《こうしゅう》を抛《なげう》ち得《え》て去《さ》ること能《あた》わざるは
一半《いっぱん》　勾留《こうりゅう》せらるる是《こ》れ此《こ》の湖《こ》なり

〔詩　形〕七言律詩　〔押　韻〕平声虞韻（図・鋪・珠・蒲・湖）

〔語　釈〕
○湖上　ここでは杭州の西湖のほとり。○乱峰　群山。○波心　波の輪。○一顆　一粒。○線頭　もうせんの端。○青羅　青いうすぎぬ。○裙帯　婦人のもすそとおび。○一半　なかばは。○勾留　引きとめる。心をつなぎひきつけておく。

〔口語訳〕
湖上の春は絵のようだ。
山々は湖をめぐり水は静かに平らかである。
松は山面にみどりの色をつらね、

月は湖心に一粒の珠をちりばめる。
碧のじゅうたんのような水の中から早稲の穂がのび、
青いうすぎぬのもすそやおびのように蒲《がま》の新芽がつき出ている。
私が未だにこの杭州を捨て去ることができないのは、
大半はこの湖のこの風情に心ひかれるからだ。

〔鑑　賞〕

居易は中央での政争にまきこまれぬためにみずから望んで地方官となった。元和十三年（八一八）に忠州刺史となり、長慶二年（八二二）には杭州刺史となった。杭州は地味も豊かで風景もよく気候も温和で居易の心情にかなうものが少なくなかった。ことに、この詩で詠われた西湖の美は天下周知のもの。この地に三年在任し、長慶四年（八二四）に作品集『白氏長慶集』が成った。翌宝暦元年（八二五）、ついで蘇州刺史となった。これは居易が敬仰していた韋応物が刺史であったことから、韋応物の跡を継ぐことを志したからでもあった。

祕省後廳　　　　白居易

槐花雨潤新秋地
桐葉風翻欲夜天
盡日後廳無一事

秘省《ひしょう》の後庁《こうちょう》　　　　白居易《はくきょい》

槐花《かいか》　雨《あめ》に潤《うるお》う新秋《しんしゅう》の地《ち》
桐葉《とうよう》　風《かぜ》に翻《ひるがえ》る夜《よ》ならんとするの天《てん》
尽日《じんじつ》　後庁《こうちょう》　一事《いちじ》無《な》く

白頭老監枕書眠

白頭《はくとう》の老監《ろうかん》　書《しょ》を枕《まくら》にして眠《ねむ》る

〔詩　形〕七言絶句　〔押　韻〕平声先韻（天・眠）

〔語　釈〕

○秘省後庁　「秘省」は秘書省。宮中の図書を扱う官庁。現在の国会図書館のようなもの。その後庁。くつろぐことのできた場所でもあろう。○槐花　えんじゅ。唐詩に好んで取上げられる花。宮城内外でよく出会う樹木であったから。○老監　老いたる秘書監。

〔口語訳〕

えんじゅの花が雨に濡れるさわやかな秋の大地。
桐の葉は風に吹かれてゆっくりと暮れかかった空から舞い下りてくる。
後庁には、ひねもすさしたる案件もなく、
白髪の老監である私は、書を枕にしてうつらうつらとしているのだ。

〔鑑　賞〕

太和元年（八二七）、居易は秘書監に任じられていた。そのころの作。五十六歳。本心をつつみかくして世を韜晦《とうかい》して過そうと心に決めた作者の老年の心境をあらわしている。

この詩の第一・二句は『和漢朗詠集』「秋・早秋」の部に次のように収められている。

槐花雨潤《うる》ふ新秋の地　桐葉風涼し夜になんなむとする天

對　酒　　　　　　　　　　白居易《はくきょい》

蝸牛角上爭何事
石火光中寄此身
隨富隨貧且歡樂
不開口笑是癡人

酒《さけ》に対《たい》す
蝸牛角上何事《かぎゅうかくじょうなにごと》をか争《あらそ》う
石火光中《せっかこうちゅう》此《こ》の身《み》を寄《よ》す
富《とみ》に随《したが》い貧《ひん》に随《したが》いて且《か》つ歓楽《かんらく》せん
口《くち》を開《ひら》きて笑《わら》わざれば是《こ》れ痴人《ちじん》

〔詩　形〕七言絶句〔押　韻〕平声真韻（身・人）

〔語　釈〕
○蝸牛角上　「蝸牛」はカタツムリ。『荘子』「則陽篇《そくようへん》」に「カタツムリの左の角の上には触氏の国、右の角の上には蛮氏の国があって、両軍相戦い戦死者五万にのぼる」という寓話が載せられている。○石火光中　石火は石を叩いて発する火花。仏語で「電光石火」の句も生れた。ごく短い時間のこと。○且　「まさに～せん」「しばらく」の訓もある。○痴人　しれ者、おろか者。

〔口語訳〕
かたつむりの角の上のようなところで何とつまらぬ争いをしていることか。
人間は石火の光のように短い間だけ、この世に身を寄せているのだ。

富める者も貧しき者もそれぞれの分に随って楽しまなくてはうそである。口をあけて心から笑うことのないような人は、「痴人」というほかはない。

〔鑑　賞〕

前作と同じ長安での作。どんな社会、どんな組織にも陰謀家があり権力志向の人がいる。そんな人の作り出す勢力争いや排他心によってストレスを高め、病気になって死んでゆく人も多い。居易は極力それを避けて生きてきた人であるが、それでも影響は少なくなかった。そのような争いの空しさを象徴的に表出したのがこの詩である。居易の時代は政界では牛僧孺《ぎゅうそうじゅ》派と李徳裕《りとくゆう》派との対立があり、互いに反目して世にこれを「牛李の争い」と言った。居易は生涯極力これに影響されることを避けていたが、晩年には牛僧孺と交遊が深い。

楊柳枝詞　　白居易《はくきょい》

依依嫋嫋復青青
勾引春風無限情
白雪花繁空撲地
緑絲條弱不勝鶯

楊柳枝詞《ようりゅうしし》

依依《いい》嫋嫋《じょうじょう》復《ま》た青青《せいせい》
勾引《こういん》す春風《しゅんぷう》無限《むげん》の情《じょう》
白雪《はくせつ》　花繁《はなしげ》くして空《むな》しく地《ち》を撲《う》ち
緑糸《りょくし》　条弱《えだよわ》くして鶯《うぐいす》に勝《た》えず

〔詩　形〕七言絶句　〔押　韻〕平声青韻（青・情・鶯）

〔語　釈〕

○依依　『詩経』鹿鳴之什「采薇」に「楊柳依依」の句がある。枝などがしだれるさま。○嫋嫋　なびくさま。しなやかで美しいこと。音声の細く長くとぎれない時「余韻嫋嫋《よいんじょうじょう》」のように用いることもある。○勾引　引き寄せる。○白雪　ここでは柳の白い花をいう。

〔口語訳〕

細い枝が美しく青青とゆれる柳、
そこに春風が引き寄せられていて無限の情を呼び起す。
白い雪にも似た花がはらはらと地を撲《う》って、
みどりの枝は糸のように弱々として鶯がとまるのもまだむずかしげな風情だ。

〔鑑　賞〕

洛陽時代、晩年の作。訪れたばかりの春のよろこび、解放感がにじみ出ていて古来名詩として愛唱されているもの。

暮　立　　暮《くれ》に立《た》つ　　白居易《はくきょい》

黄昏獨立佛堂前　　黄昏《こうこん》独《ひと》り立《た》つ仏堂《ぶつどう》の前《まえ》

満地槐花満樹蟬
大抵四時心總苦
就中腸斷是秋天

満地《まんち》の槐花《かいか》　満樹《まんじゅ》の蟬《せみ》
大抵《たいてい》　四時《しいじ》　心《こころ》総《すべ》て苦《くる》しめども
就中《なかんずく》　腸《はらわた》の断《た》たるるは是《こ》れ秋天《しゅうてん》

〔詩形〕七言絶句　〔押韻〕平声先韻（前・蟬・天）

〔語釈〕
○満地　地に満つる。地上一面の。○槐花　えんじゅの花。槐は豆科の落葉喬木。夏の終りから秋にかけて黄白色の蝶形の花をつける。○就中　「中に就き」から音便化して「なかんずく」の訓が生まれた。とりわけ。○腸断　「断腸」と同じ。腸を断つような非常な痛苦。○是秋天　「是」の字によって、「それこそ」、「とりもなおさず」の意を強調させている。

〔口語訳〕
夕暮に仏堂の前にひとりで立つと、
地上一面にえんじゅの花が散りしき、樹上いっぱいに蟬が鳴いている。
たいてい四季それぞれに心は悲しいが、
とりわけ腸がちぎれるほどつらいのは秋である。

〔鑑賞〕

母が亡くなり、渭村（陝西省渭南県の東北下邽《かけい》県）にいたころの作。ここに実家があった。母の死は元和六年（八一一）、居易四十歳。この地で三年の喪に服した。官を離れて閑寂を友としていた時期。『和漢朗詠集』には「秋・秋興」の部にこの詩の末二句が引かれて次のようにされている。

大底四時《おおむねしいじ》は心《こころ》惣《す》べて苦《ねんごろ》なり　就中《このうち》腸《はらわた》の断《た》ゆることはこれ秋《あき》の天《てん》なり

また、『古今集』「秋歌上」のよみ人しらずの歌、

いつはとは時はわかねど秋の夜《よ》ぞ物思ふことのかぎりなりける

は、これを踏まえたものの一つ。

村夜

霜草蒼蒼蟲切切
村南村北行人絶
獨出門前望野田
月明蕎麥花如雪

村《そん》夜《や》　白居易《はくきょい》

霜草《そうそう》　蒼蒼《そうそう》として虫《むし》　切切《せつせつ》たり
村南村北《そんなんそんほく》　行人《こうじん》絶《た》ゆ
独《ひと》り門前《もんぜん》に出《い》でて野田《やでん》を望《のぞ》めば
月明《つきあき》らかにして蕎麦《きょうばく》　花《はな》　雪《ゆき》の如《ごと》し

〔詩　形〕七言絶句　〔押　韻〕入声屑韻（切・絶・雪）

〔語　釈〕

○霜草　霜に痛められた草。霜を経て枯れた草。○蒼蒼　青白く霜枯れているさま。○切切　虫の音のさびしげなさま。○行人　道ゆく人。○蕎麦　そば。蓼科の一年草。中国雲南地方が原産地とされる。夏から秋にかけて茎の先に白い五弁の小さな花をかためてつけ、畑は一面の白色となる。中国では花麦とも言う。

〔口語訳〕

霜に当った草がいたましく虫の音も畑にしきりである。

村南でも村北でも、この夜更けには道ゆく人の姿も絶えた。

ひとり門前にたたずんで野面を見やれば、

月の光の下には一面のそばの花が雪のようにひろがっていた。

〔鑑　賞〕

これも渭村にいたころの作。麦の文化が盛んな中国ではソバはたいてい野生。私も雲南に旅行した時だけソバ料理を食べている。白い花は美しいが、栽培されることが少ないからあまり詩には現れない。その意味でこの詩は珍重すべき作品。日本では俳句の秋の季題で、古く芭蕉の「蕎麦はまだ花でもてなす山路かな」、蕪村の「道のべや手よりこぼれて蕎麦の花」などがある。

香爐峯下新卜山居草堂初成偶題東壁
日高睡足猶慵起
小閣重衾不怕寒
遺愛寺鐘欹枕聽
香爐峯雪撥簾看
匡廬便是逃名地
司馬仍爲送老官
心泰身寧是歸處
故鄕何獨在長安

香爐峰下《こうろほうか》 新《あら》たに山居《さんきょ》を卜《ぼく》し 草堂《そうどう》初《はじ》めて成《な》る 偶《たまたま》 東壁《とうへき》に題《だい》す　白居易《はくきょい》

日高《ひたか》く睡《ねむ》り足《た》り猶《な》お起《お》くるに慵《ものう》し
小閣《しょうかく》 衾《きん》を重《かさ》ねて寒《かん》を怕《おそ》れず
遺愛寺《いあいじ》の鐘《かね》は枕《まくら》を欹《そばだ》てて聴《き》き
香爐峰《こうろほう》の雪《ゆき》は簾《すだれ》を撥《かか》げて看《み》る
匡廬《きょうろ》は便《すなわ》ち是《こ》れ名《な》を逃《のが》るるの地《ち》
司馬《しば》は仍《すなわ》ち老《ろう》を送《おく》るの官《かん》為《た》り
心泰《こころゆたか》に身《み》寧《やす》ければ是《こ》れ帰処《きしょ》なり
故郷《こきょう》何《なん》ぞ独《ひと》り長安《ちょうあん》にのみ在《あ》らんや

〔詩形〕七言律詩　〔押韻〕平声寒韻（寒・看・官・安）

〔語釈〕
○香爐峰　江西省九江市の南の廬山の北峰。山上に立ちのぼる雲霧が香煙のようなのでその名が付いた。但し、廬山には香爐峰は二つあり、いま一つの香爐峰は東南にあって、李白の「廬山の瀑布《ばくふ》を望む」の詩に出てくるのはこの峰で白居易の詩の香爐峰とは別。○山居　山中の住居。○題　書きつける。○慵　音は「ヨウ」。ものうい。面倒くさいという気持ち。○小閣　草堂の小部屋。○衾　かけぶとん。○遺愛寺　峰の北にある寺の名。○欹枕枕を斜めに立てて、枕の上に頭を持ちあげて。○撥簾　すだれを押しあげて。○匡廬　廬山のこと。昔、匡俗という隠山がいおりを作っていたところなので。○逃名　名誉心から離れること。○司馬　唐代の地方官の官名。刺史の下にあり、実勢を持たない。当時、白居易は江州司馬に左遷されていた。閑職で名ばかりの官。○帰処　安住の地。○何独　「どうして〜だろうか」という反語の語法。

〔口語訳〕

日は高く昇り、ねむりは十分だが、起きるのもものうい。

部屋の中でふとんを重ねて寒さのうれいなく、ぐっすりと寝た。ふとんの中はまだ暖かい。

山内の遺愛寺の鐘の音は枕をそば立てて聞き、
香爐峰の雪の様子はものぐさにすだれをかかげてのぞき見る。

この廬山の草堂は世を逃れ名を逃れるに最適のところ。

いま付けられている司馬の官も老いを送るにはもってこいの閑職でありがたい。

心やすらかで身もすこやかであればそれで十分。

故郷は何も長安だけではない。住めば都でここでも私は十分満足である。

〔鑑　賞〕

五首連作の第三首で「重題」（重ねて題す）の題も付いている。江州司馬に左遷されていたころの作。たまたま訪れた廬山が気に入って草堂を築いたのが、その詩の作られた元和十二年（八一七）、四十六歳のころ。「草堂記」があり、奥行五間、間口三間の草堂で泉水と竹の庭がついていた。

このころ、元稹に送った手紙で「三泰」をいう。家族が健康なのが一泰、自活できるのが二泰、草堂を作って満足して老を送れるのが三泰の内訳。

正論を吐いたり政治を批判したりすることの空しさを知り、このころから急速に仏教に傾斜してゆく。

第三・四句は『和漢朗詠集』「山家」の部に収められている。またこの両句を踏まえた次の『枕草子』の一段（二九九段）は人のよく知るところ。

　雪のいと高う降りたるを例ならず御格子《みこうし》まゐりて、炭櫃《すびつ》に火おこして、物語などして集りさぶらふに、「少納言よ、香爐峰の雪いかならむ」と仰せらるれば、御格子あげさせて、御簾《みす》を高くあげたれば、わらはせ給ふ。人々も「さることは知り、歌などにさへ歌へど、思ひこそよらざりつれ。なほ、此の宮の人には、さべきなめり」といふ。

この詩をそらんじていたために咄嗟《とっさ》の機転で中宮の御前で面目をほどこしたという清少納言のいわば自慢話である。

李白墓
采石江邊李白墳
遶田無限草連雲

李白《りはく》の墓《はか》　　白居易《はくきょい》
采石《さいせき》の江辺《こうへん》　李白《りはく》の墳《はか》
田《た》を遶《めぐ》りて限《かぎ》り無《な》く草《くさ》　雲《くも》に連《つら》なる

可憐荒壟窮泉骨
曾有驚天動地文
但是詩人多薄命
就中淪落不過君

憐《あわれ》む可《べ》し荒壟《こうろう》　窮泉《きゅうせん》の骨《ほね》
曾《かつ》て驚天動地《きょうてんどうち》の文《ぶん》あり
但《た》だ是《こ》れ詩人《しじん》多《おお》くは薄命《はくめい》
就中《なかんずく》淪落《りんらく》すること君《きみ》に過《す》ぎず

〔詩形〕七言古詩　〔押韻〕平声文韻（墳・雲・文・君）

〔語釈〕
○采石　当塗県（安徽省馬鞍山市）にある長江に面した采石磯。○荒壟　荒れた墓。「壟」は「壟畝《ろうほ》」の場合は田畑の「うね」。「壟塋《ろうえい》」の場合は「墓」。ここでは墓。○窮泉　地の底。地下。「黄泉」と同じ。○驚天動地　天を驚かし地を動かす。勢の盛んではげしいことをあらわす四字成句となった。○薄命　不幸。隋の侯白が秀才のほまれ高かったが、文帝に抜擢され月余にして卒し、「薄命」とされた古い例が名高い。○淪落　没落すること。不幸に沈むこと。

〔口語訳〕
采石磯のほとりに李白の古塚がある。
田地のめぐりは荒草におおわれ雲は低く垂れていた。
ああ哀しいかな荒れ果てた墓よ、泉下の骨よ。
この墓の主はかつて驚天動地の詩文で知られた人物であったのに、

古来、詩人薄命のたとえがあるが、
とりわけ恵まれない最期をとげたのはあなたでしたね。

〔鑑　賞〕

元和十一年（八一六）ごろ、ここを訪れているらしい。李白の死から半世紀が過ぎている。なお、居易は李白没後十年に生れている。詩風は異なるけれども先人として親しむところは多かったであろう。その遺作を「驚天動地の文」と言い、その淪落の痛ましさに無限の同情を寄せている。

元《げん》　稹《しん》（七七九～八三一）

河南洛陽の人。字は微之《びし》。進士に首席及第し、累進して監察御史となったが、宦官仇士良《きゅうしりょう》と衝突して江陵に左遷された。元和年間の末、再び長安に戻り、長慶二年（八二二）には同中書門下平章事（宰相）となった。しかし間もなく罷免されて同州刺史に転出、武昌節度使に遷って没した。白居易との親交でも知られる。唐代の伝奇小説の傑作「鶯鶯伝《おうおうでん》」の作者ともされる。作品集は『元氏長慶集』。『新唐書』の伝には、

事を言いて峭直《しょうちょく》（きびしく正しい）、以て名を立てんと欲す。中《なか》ごろ斥《しりぞけ》られ廃せらるること十年なりき。道を信ずること堅からず。乃ち守る所を喪う。宦に附して貴きこと宰相を得たるも、位に居ること、わずかに三月にして罷《や》む。晩にはますます沮喪すれども廉節を加えて飾らずと云う。

と評している。

聞白樂天左降江州司馬　　白楽天《はくらくてん》の江州司馬《こうしゅうしば》に左降《さこう》せらるるを聞《き》く　元《げん》稹《しん》

残燈無焔影幢幢　　残燈《ざんとう》焔《ほのお》無《な》く　影幢幢《かげどうどう》
此夕聞君謫九江　　此《こ》の夕《ゆうべ》　君《きみ》が九江《きゅうこう》に謫《たく》せられしを聞《き》く
垂死病中驚坐起　　垂死《すいし》の病中《びょうちゅう》　驚《おどろ》いて坐起《ざき》すれば
暗風吹雨入寒窗　　暗風《あんぷう》　雨《あめ》を吹《ふ》いて寒窓《かんそう》に入《い》る

〔詩形〕七言絶句　〔押韻〕平声江韻（幢・江・窓）

〔語釈〕
○左降　左遷と同じ。○幢幢　「幢」はもともと古代の「のぼり旗」、転じて影や光などのゆらゆらゆれるさまをさすものとなる。○謫　流謫《ゆたく》。追放されること。○九江　江州府九江（江西省九江市）。○垂死　死になんなんとする。死にかけている。

〔口語訳〕
残燈の光はほの暗く影はゆらゆらとゆれている。
この夜更け、私は計らずも君が九江に流されたという報せを聞いた。

垂死の病中にいて驚いて起きて床に坐れば、
暗夜の風が雨を衝いて破れ窓から吹き入って来た。

〔鑑　賞〕

白居易の「与微之書」（微之に与うるの書）に、居易がこの詩を読んで「此の句、他人すら尚《な》お聞くべからず。況《いわ》んや僕の心をや。今に至るまで吟ずるごとに、猶《な》お惻惻たるのみ」と記している。時は元和十年（八一五）。元稹もまたこの時、通州に左遷されていた。

行宮　　元稹

寥落古行宮
宮花寂寞紅
白頭宮女在
閒坐説玄宗

行宮《あんぐう》　　元《げん》稹《しん》

寥落《りょうらく》たり　古行宮《こあんぐう》
宮花《きゅうか》　寂寞《せきばく》として　紅《くれない》なり
白頭《はくとう》の宮女《きゅうじょ》在《あ》り
閒坐《かんざ》して　玄宗《げんそう》を説《と》く

〔詩　形〕五言絶句　〔押　韻〕平声東韻（宮・紅）、平声冬韻（宗）の通韻

〔語　釈〕

○行宮　行在所、離宮。○寥落　ものさびしいさま。○古行宮　古びた行宮。一本は「古」を「故」とする。○

白頭宮女　年とって白髪となった女官。○間坐　一本には「閑坐」。静かに坐る。○玄宗　唐六代の天子。

〔口語訳〕

さびしくも荒れてしまった行宮のいまの姿よ。
御殿の庭の草が生え残ってか、さびしく紅の色に咲いているのが見えるのみだ。
往年の若き宮女もいまは白髪となり、
ひとり坐って、在りし日の玄宗のことを語っていた。

〔鑑　賞〕

「古行宮」とも題され、王建の作ともされる。王建もやはり中唐の詩人で河南省潁川《えいせん》の人。字は仰初。秘書丞、侍御史などを歴任した。韓愈《かんゆ》と親交があり、楽府《がふ》詩や宮詞《きゅうし》（宮廷の秘事や遺聞を詠う）を得意とした。一方、元稹にも天宝、開元期の宮中の遺聞を叙した「連昌宮詞」があり、作者としてはふさわしい。
江戸期の藤井《ふじい》竹外《ちくがい》の作として名高い次の「芳野懐古」はこの詩を踏まえて詠われている。

古陵松柏吼天飆　　古陵《こりょう》の松柏《しょうはく》　天飆《てんぴょう》に吼《ほ》ゆ
山寺尋春春寂寥　　山寺《さんじ》　春《はる》を尋《たず》ぬれば　春寂寥《はるせきりょう》
眉雪老僧時輟帚　　眉雪《びせつ》の老僧《ろうそう》　時《とき》に帚《ほうき》を輟《とど》め
落花深處說南朝　　落花深《らっかふか》き処《ところ》　南朝《なんちょう》を説《と》く

こちらは吉野にある後醍醐天皇の「延元陵」で詠まれており、「白頭の宮女」は「眉雪の老僧」に変えられている。

(5) 晩唐の詩人たちの作品

ここでは杜牧《とぼく》、許渾《きょこん》、李商隠《りしょういん》、温庭筠《おんていいん》、皮日休《ひじつきゅう》、陸亀蒙《りくきもう》、呂巌《りょがん》、高駢《こうべん》、羅隠《らいん》、張祜《ちょうこ》、韓偓《かんあく》、西鄙人《せいひのひと》の作品を収めた。

杜《と》牧《ぼく》（八〇三～八五二）

字は牧之。京兆万年（陝西省西安市付近）の人。太和二年（八二八）に進士に及第。祖父杜佑は唐代中期の政治家、学者。憲宗に仕えて司徒同平章事（宰相）となり岐国に封ぜられた。学者として上代から唐代までの制度史資料『通典《つてん》』を著わしている。名家に生まれた杜牧は順調に各地の刺史を歴任し、中央に戻って中書舎人となって没した。

晩年に別荘を郷里の樊川《はんせん》に営んだので杜樊川ともよばれる。若いころは風流才子をもって自ら任じたが、官吏としては剛直であったため、家柄の割には高位を得ていない。二十三歳の時に作った名作「阿房宮賦」も時の敬宗皇帝が壮麗な宮殿を営み、多くの美女を蓄えたのを諷刺したものという。

同時代の李商隠と併称されて「李杜」といわれ、盛唐の杜甫に対して「小杜」と称される。著に『樊川文集』『樊川詩集』、小説『杜秋娘伝《としゅうじょうでん》』、「孫子注」などがある。

題烏江亭

勝敗兵家事不期
包羞忍恥是男兒
江東子弟多才俊
巻土重來未可知

烏江亭《うこうてい》に題《だい》す　杜《と》牧《ぼく》

勝敗《しょうはい》は兵家《へいか》も事期《ことき》せず
羞《はじ》を包《つつ》み恥《はじ》を忍《しの》ぶは是《こ》れ男児《だんじ》
江東《こうとう》の子弟《していさいしゅんおお》才俊多し
土《つち》を巻《ま》いて重《かさ》ねて来《きた》らば未《いま》だ知《し》る可《べ》からず

〔詩形〕七言絶句　〔押韻〕平声支韻（期・児・知）

〔語釈〕
○烏江亭　安徽省和県にあった。この地の戦いで項羽《こうう》は自刎《じふん》して果てた。○兵家　武人、兵法家。○江東　揚子江下流の南岸の地方。江左ともいう。○才俊　俊才と同じ。すぐれた者。「才」が平字、「俊」が仄字なので、平仄・押韻の都合でこのようにしてある。

〔口語訳〕
戦いの勝敗は兵家の常であって、はじめから予測できるものではない。
敗れても恥をつつみ辱めを忍んでこそ男子である。
江東にはまだ多くのすぐれた若者たちが残っている。

彼らに推されて捲土重来することもありえたであろうものを。

〔鑑　賞〕

項羽の最後は『史記』「項羽本紀」にくわしく記されている。

垓下の戦に敗れた項羽は、最後まで従って来たわずかな部下と共に長江のほとりの烏江に辿り着いた。烏江の亭長は項羽に味方していて船を岸につないで待機していた。「早く江を渡り江東の人々に推されて巻土重来を期せよ」と勧めた。しかし項羽は「私は江東の若者たちを供として連れて行き、おおかた死なせてしまった。何の面目あってか、江を渡り、かの地の父兄に顔向けができようか」と言って断り、漢軍と最後の死闘を展開して、この地で自ら命を絶った。現在、ここに烏江覇王廟祠があり、その霊が祀られている。

「巻土重来」（捲土重来。一度失敗した者が再び勢力をもりかえして出なおす。砂ぼこりを巻き上げるような勢いで再挑戦すること）という成句の出典。「重来」のよみはふつう「ちょうらい」で、「じゅうらい」という人もある。

遣懐　　杜牧《とぼく》

落魄江湖載酒行
楚腰腸斷掌中輕
十年一覺揚州夢

遣《けん》懐《かい》

江湖《こうこ》に落魄《らくはく》して酒《さけ》を載《の》せて行《ゆ》く
楚腰《そよう》腸断《ちょうだん》掌中《しょうちゅう》に軽《かろ》し
十年《じゅうねん》一《ひと》たび覚《さ》む揚州《ようしゅう》の夢《ゆめ》

贏得青樓薄倖名

贏《か》ち得《え》たり青楼薄倖《せいろうはくこう》の名《な》

〔詩　形〕七言絶句　〔押　韻〕平声庚韻（行・軽・名）

〔語　釈〕

○遣懐　心のわだかまった思いを吐き出す。「遣」は大和言葉では「やる」、すなわち「送り出す」の意。詩題としてよく用いられる。同類に「遣興」「散懐」などがある。○落魄　志を得ないこと。おちぶれること。自堕落《じだらく》にすごすこと。○江湖　世の中。但しここでは、「江南」とするテキストもあり、川や湖の多いところ、すなわち揚州の地を念頭において用いている。○載酒行　船の上に酒をのせて遊興に耽ること。○楚腰　楚の美人は腰が細いものとされて来たので、ここでは揚州の美女。○掌中軽　漢の成帝の寵姫趙飛燕《ちょうひえん》は手のひらの上で舞うほどにほっそりとして軽かったという。これを踏まえて用いている。○揚州夢　揚州で過した夢のような月日。○贏得　手中に収めた。勝ちとった。ここでは自嘲的に使っている。表現は口語風。○青楼　青く塗った建物。ここでは遊廓の妓楼。○薄倖　本来は「ふしあわせ」の意であるが、ここでは「軽薄な遊冶郎《ゆうやろう》」（あそび人）の意。

〔口語訳〕

江湖の美しい揚州の地に自堕落に遊び暮し、舟に酒を載せていつも歓楽に酔っていた。相手をしてくれたこの地の美女は細くしなやかで漢の趙飛燕のように体も軽いすばらしい女たちだった。十年この地でうかれて過したが、気がついてみるとすべてが夢の中の出来事のようであった。そして後に残ったのは妓楼で浮き名を流したはかない遊冶郎としての評判だけだった。

〔鑑賞〕

隋の煬帝は長安よりも揚州が好きで大運河を起し、堤には柳を植え、つねにここに来て歓楽し、とうとうこの地で亡くなっている。「一揚二益」の言葉もあり、益州（成都）をしのぐ天下第一の繁華の地となっていたのが揚州である。風光も美しく魚米《ぎょべい》の郷《さと》を控えて食物もおいしく経済も盛んな土地であった。『唐才子伝』によると「牧は容姿美《ようしび》にして歌舞を好み、風情すこぶる張り、みずからとどむる能《あた》わず」とあって遊び人の資質に富んでいたようである。太和七年（八三三）、時の権力者であった揚州大都督の幕下に入り、掌書記の職に就いている。三十代の前半はこうした事情で揚州で過ごしているが、十年というのは必ずしも実数でなく、「一覚」との対応による表現であろう。なお「一覚」も「一たび覚む」のほか音読みで「一覚《いっかく》」と読む人も少くない。

赤壁

折戟沈沙鐵未銷
自將磨洗認前朝
東風不與周郎便
銅雀春深鎖二喬

赤《せき》壁《へき》　杜《と》牧《ぼく》

折戟沙《せつげきすな》に沈《しず》みて鉄未《てついま》だ銷《しょう》せず
自《おのずか》ら磨洗《ません》を将《もっ》て前朝《ぜんちょう》を認《みと》む
東風周郎《とうふうしゅうろう》の与《ため》に便《べん》せずんば
銅雀春深《どうじゃくはるふか》くして二喬《にきょう》を鎖《とざ》さん

〔詩形〕七言絶句　〔押韻〕平声蕭韻（銷・朝・喬）

〔語　釈〕

○赤壁　三国時代、呉の周瑜《しゅうゆ》が水軍三万を以て魏の曹操《そうそう》八十万の水軍を撃破した古戦場。湖北省嘉魚県、長江の南岸にある。○折戟　折れたほこ。○鉄未銷　ほこの鉄がまださびていない。「銷」は「消えてなくなること」。○前朝　前代の王朝。ここでは三国時代。○東風　呉の武将周瑜が部下の黄蓋《こうがい》の策により東南の風に乗じて曹操の軍船を火攻めにした故事をさす。○周郎　周瑜のこと。○銅雀　銅雀台という高殿。曹操が鄴城に築いたもの。○銷　閉じこめること。○二喬　漢の大尉喬玄《きょうげん》の二女。姉を大喬、妹を小喬という。姉妹とも美女で、のちに姉は孫策《そんさく》、妹は周瑜の妻となった。曹操はこの姉妹の獲得を目的として南下の軍を起したとされている。

〔口語訳〕

古戦場赤壁にはあの時の折れたほこが水際の砂に埋もれたままだ。その鉄もさび切ってはいない。手にとって洗い流してみるとたしかに三国の世のものである。

あの時折よく東風が吹いて天が周瑜に手助けをしてくれなかったならば、呉は敗れ喬氏の二人の美人は曹操に連れ去られ、鄴城の銅雀台に入れられてしまったであろうものを。

〔鑑　賞〕

赤壁の戦は後漢末期建安十三年（二〇八）のことであった。華北の平定に成功した曹操は一挙に勝を決しようとして大軍をひきいて南下して来た。孫権の部下には降伏を説く者も少くなかったが、部将周瑜は劉備と同盟すると共に、火攻の計をたてて曹操の軍を迎え撃ち、東風に乗じて一気に曹操の軍艦に襲いかかる戦法に出た。天も味方しこの計略は大成功を収め、くさりをつないで船団をつくっていた曹操の艦船はおおむね失われ、陸に逃れた兵士たちも劉備の配置した関羽の軍勢の餌食となり、疫病の流行も加わって、曹操軍は惨憺たる有様で北に帰ってゆくこととなった。これによっていわゆる「天下三分の計」が成り、三国鼎立の新たな時代に入る。

杜牧四十歳。会昌二年（八四二）、黄州刺史だったころの作。

江南春　　杜《と》牧《ぼく》

千里鶯啼緑映紅
水村山郭酒旗風
南朝四百八十寺
多少樓臺烟雨中

江南《こうなん》の春《はる》
千里《せんり》　鶯《うぐいす》啼《な》いて緑《みどり》　紅《くれない》に映《えい》ず
水村《すいそん》山郭《さんかく》酒旗《しゅき》の風《かぜ》
南朝《なんちょう》四《し》百八十寺《ひゃくはっしんじ》
多少《たしょう》の楼台《ろうだい》烟雨《えんう》の中《うち》

〔詩形〕七言絶句　〔押韻〕平声東韻（紅・風・中）

〔語釈〕

○水村　水辺の村。○山郭　山ぎわの村。「郭」は村落。○酒旗　酒店の看板の旗。「酒帘《しゅれん》」とも「青帘」ともいう。○南朝　漢以後の南北時代に建業（いまの南京）に都を置いて興亡した六代の王朝すなわち呉・東晋・宋・斉・梁・陳を指す。○四百八十寺　仏寺の多かったことを言う。八十寺の「十」は入声で「シフ（ジュウ）」と読むと、下三文字とも仄字になりその上の二字と併せて五言一句すべて仄字となるので、平声にして「シン」と読むのが慣例。現代音では「針」と同じくzhēnとなる。○多少　「少」は添え字で、多くのの意。

〔口語訳〕

千里にわたりいたるところで鶯が鳴き、柳のみどりは桃の紅に映じている。
水べりの村。山ふところの家々。のどかな酒屋の旗があちこちにひらめいている。
ここはかつて南朝六代の都で数多くの寺々が残っている。
そこで多くの楼台がいまもなおけぶる雨の中に立っている。

〔鑑　賞〕

江南の春景描写を決定したような名詩。この詩は『三体詩』に収められて日本でも古くから知られることになったが、『唐詩選』『唐詩三百首』には入っていない。なお、『三体詩』では詩題は「江南春絶句」となっている。

清　明

杜　牧

清明時節雨紛紛
路上行人欲斷魂
借問酒家何處有

清《せい》明《めい》

清明《せいめい》の時節《じせつ》雨《あめ》紛紛《ふんぷん》
路上《ろじょう》の行人《こうじん》魂《こん》を断《た》たんと欲《ほっ》す
借問《しゃもん》す酒家《しゅか》何《いず》れの処《ところ》にか有《あ》る

杜《と》牧《ぼく》

牧童遥指杏花村

牧童《ぼくどう》遥《はる》かに指《ゆび》さす杏花《きょうか》の村《むら》

〔詩　形〕七言絶句　〔押　韻〕平声元韻（紛・魂・村）

〔語　釈〕

○清明　春分から十五日目の日。現在の四月の初めごろの日に当る。二十四節気の一つで「清明節」という。○紛紛　雨や雪などが乱れ降ること。○行人　道ゆく人。旅人。○借問　たずねる。

〔口語訳〕

清明節のころ、雨は紛紛と乱れ降り、
路上の旅人も気が滅入りそうになる。
どこかで休んで酒を飲もうと思うが、一体、酒家はどこにあるのだろうか。
たまたま出会った牧童に尋ねると、はるかな杏の花の咲く村を指さして教えてくれた。

〔鑑　賞〕

よく知られた詩であるが、杜牧の詩集にも『全唐詩』の杜牧の条にもない。収められているのは『三体詩』、他には『千家詩』で、古来、杜牧の作として愛唱されたものの一つ。いま山西省の汾陽県には「杏花村」があり、その地の古井戸と称する「神井」の水で汾酒と竹葉青酒を仕込んだ銘酒「杏花村」は名高い。また安徽省貴池県にも杏花村があり、ここも杜牧の詩の詠まれたところとされている。

山行

遠上寒山石徑斜
白雲生處有人家
停車坐愛楓林晩
霜葉紅於二月花

山《さん》行《こう》　　杜《と》牧《ぼく》

遠《とお》く寒山《かんざん》に上《のぼ》れば石径《せきけい》斜《なな》めなり
白雲《はくうん》生《しょう》ずる処《ところ》人《じん》家《か》有《あ》り
車《くるま》を停《とど》めて坐《そぞろ》に愛《あい》す楓林《ふうりん》の晩《くれ》
霜葉《そうよう》は二月《にげつ》の花《はな》よりも　紅《くれない》なり

〔詩　形〕七言絶句　〔押　韻〕平声麻韻（斜・家・花）

〔語　釈〕
○寒山　さびしい山。「寒い」ではない。「寒村」（田舎）の「寒」と同じ。○石径　石の小路。山道。○坐　「そぞろに」という訓が定着しているが、「ゆくりなくも」「ふと」の意。「坐って」ではない。○霜葉　霜を受けて生じた紅葉。○二月花　春の盛りの二月の花、すなわち桃花。

〔口語訳〕
晩秋のさびしい山に入り、石まじりの小道を登ってゆく。
彼方の白雲のわき立つあたりに遠く人家らしきものが見える。
ここで車を停めてゆくりなくも楓林の晩景を楽しむことができた。
霜を受けた楓葉は朱もあざやかで二月の盛りの桃の花に少しも劣ることがない。

〔鑑　賞〕

詩題の「山行」は「山の行《うた》」の意で「山に行く」ではないとする説もあるが、詩意から見ると「山あるき」の歌で、陸を行くのを「陸行」水を行くのを「水行」という類《たぐ》いと規を一にしている。作者が湖州刺史だったころの作とする説もある。『三体詩』に収める。

泊秦淮　　杜《と》牧《ぼく》

煙籠寒水月籠沙
夜泊秦淮近酒家
商女不知亡國恨
隔江猶唱後庭花

秦淮《しんわい》に泊《はく》す

煙《けむり》は寒水《かんすい》を籠《こ》め月《つき》は沙《すな》を籠《こ》む
夜《よる》秦淮《しんわい》に泊《はく》して酒家《しゅか》に近《ちか》し
商女《しょうじょ》は知《し》らず亡国《ぼうこく》の恨《うら》み
江《こう》を隔《へだ》てて猶《な》お唱《とな》う後庭花《こうていか》

〔詩　形〕七言絶句　〔押　韻〕平声麻韻（沙・家・花）

〔語　釈〕

○秦淮　南京市中を流れる運河。その両岸は唐代から歓楽街として知られていた。○煙　「もや」。○商女　歌姫、芸妓。○後庭花　南朝陳の最後の皇帝であった後主《こうしゅ》が作曲し、貴妃らと遊宴し新詩を賦して歌わせたもの。その曲にはこの「玉樹後庭花」のほか「臨春楽」などがある。「後庭」は宮中の「奥むき」、いわゆる「後宮」のこと。

〔口語訳〕

夜の霧は寒い水の上にただよい月は砂を照している。

夜、船に乗って秦淮に停泊するとあたりは酒家がひしめいている。

しきりに聞えてくるのは酒家で奏される歌であるが、歌姫たちはその歌にこめられた亡国の恨みなど何も知らない。

河を隔てて対岸の揚州では、かつて流行した陳の後主の「玉樹後庭花」をいまもあでやかに唱っている。

〔鑑　賞〕
結句に「江を隔てて」とあるのは、南京と長江を隔てて東北にある揚州を指す。ここは商業都市として栄えた歓楽の町で、多くの歌姫たちもここから秦淮に来ていたので、陳の後主の「後庭花」の曲もよく奏されていたのであろう。後主は遊楽の果てに晋王楊広（のちの隋の煬帝《ようだい》）に国を亡され、身は愛姫張麗華と共に捕えられた。

許《きょ》　渾《こん》（七九一～八五四?）

字は用晦。丹陽（江蘇省）の人。文宗の太和六年（八三二）に進士に及第。当塗（安徽省当塗県）、太平（山西省汾城県）の県令となった。のち監察御史となり、さらに郢州《えいしゅう》（湖北省鏡祥県）刺史となった。

なお、許渾の詩句は『和漢朗詠集』には十章採られている。これは白居易の一三五章、元稹の十一章に次ぐ多さである。それは表現が巧みで名句が少なくないからである。

秋思

許《きょ》渾《こん》

琪樹西風枕簟秋
楚雲湘水憶同遊
高歌一曲掩明鏡
昨日少年今白頭

秋《しゅう》思《し》

琪樹《きじゅ》西風《せいふう》枕簟《ちんてん》の秋《あき》
楚雲《そうん》湘水《しょうすい》同遊《どうゆう》を憶《おも》う
高歌《こうか》一曲《いっきょく》明鏡《めいきょう》を掩《おお》う
昨日《きのう》の少年《しょうねん》今《いま》は白頭《はくとう》

〔詩形〕七言絶句　〔押韻〕平声尤韻（秋・遊・頭）

〔語釈〕
○琪樹　樹木を玉のように美しいという形容で表現した詩語の一つ。○西風　秋風。○枕簟　枕と簟（竹を編んだむしろ）、どちらも夏の寝具。○楚雲　楚地の雲。○湘水　湘江の水。○同遊　ともに旅をした仲間。○高歌　声を挙げて高らかに歌う。○掩明鏡　明鏡（鏡）を手で掩《おお》う。これは自分の老顔をいとわしく思うから。

〔口語訳〕
美しい木々に秋風が訪れ、あの暑かった夏の枕や竹のたかむしろも無用となった。
この時に当ってかつて南の楚地に旅したこと、その旅を共にしたなつかしい友だちのことをふとしみじみと想い起した。
あのころの青春をよみがえらせて高々と歌をうたってみたが、いまの老いたかんばせの鏡に映るのを目にして、思わずそれを手で掩ってしまった。
ああ、昨日の少年は、いまはこんな白頭となってしまった。

〔鑑　賞〕

第二句の「楚雲湘水」は湖南省洞庭湖一帯の光景。『楚辞』の舞台でもあり、『楚辞』「遠遊」のイメージを持つ。なお湘水には湘妃の故事も重なる。湘妃は古代の帝王舜の二人の妃娥皇《がこう》と女英《じょえい》で、楚地で客死した舜を慕ってこの地に来て水に沈み湘水の女神＝湘君となったとされる。そこでここでも詩中の「同遊」は「作者がかつてなじんだこの地の美女」とする説もある。

結句の「昨日少年今白頭」は名句となっている。青春を惜しむ気持ちが深くこめられていて人の心に訴えてきたもの。なおこの詩には杜牧《とぼく》作説もある。

この詩は『唐詩選』『三体詩』に収められている。

咸陽城東樓　　許《きょ》　渾《こん》

一上高城萬里愁
蒹葭楊柳似汀洲
溪雲初起日沈閣
山雨欲來風滿樓
鳥下綠蕪秦苑夕

咸陽城東楼《かんようじょうとうろう》
一《ひと》たび高城《こうじょう》に上《のぼ》れば万里《ばんり》愁《うれ》う
蒹葭楊柳《けんかようりゅう》　汀洲《ていしゅう》に似《に》たり
渓雲《けいうん》初《はじ》めて起《お》こりて　日《ひ》　閣《かく》に沈《しず》み
山雨来《さんうき》たらんと欲《ほっ》して　風《かぜ》　楼《ろう》に満《み》つ
鳥《とり》は下《くだ》る緑蕪《りょくぶ》　秦苑《しんえん》の夕《ゆうべ》

蟬鳴黃葉漢宮秋
行人莫問當年事
故國東來渭水流

蟬《せみ》は鳴《な》く黄葉《こうよう》 漢宮《かんきゅう》の秋《あき》
行人《こうじん》問《と》う莫《な》かれ当年《とうねん》の事《こと》
故国《ここく》東来《とうらい》 渭水《いすい》流《なが》る

〔詩形〕七言律詩 〔押韻〕平声尤韻（愁・洲・楼・秋・流）

〔語釈〕

○咸陽城　秦の都であった町。いまの西安（かつての長安）の西北に接している。○東楼　咸陽故城の東の城楼。○蒹葭　川辺に好んで成育する「おぎ」「あし」の類。『詩経』秦風に「蒹葭」と題する詩篇があり、それへの連想がある。○汀洲　川岸や砂洲。○渓雲　谷間から湧き起る雲。○緑蕪　「蕪」は雑草。みどりの草。次句の「黄葉」の対語。○秦苑　秦の宮苑。次句の「漢宮」と対をなす。漢の宮殿は長安にあった。○行人　旅人、道ゆく人。時として兵士。○当年　むかし。その当時。「往年」と同じ。○故国　故郷。ここでは秦国の故地。いわゆる隴西《ろうせい》地方。○渭水　甘粛省西北より発し、関中平野を東に流れ、潼関附近で黄河に流入する。

〔口語訳〕

ふと高い城楼に上れば、愁いを誘うわびしい風景が万里にひろがっている。
よしやあしが生い茂るあたり楊柳のつづくところは川辺か汀の洲であろうか。
折しも谷間から夕雲が湧き、いつしか太陽は楼閣のかなたに沈んでゆき、
山から次第に雨が迫って来て、しきりに風がこの城楼にも吹きつけている。

鳥たちも草原に降り立ち、かつての秦苑も暮色に包まれ、
蟬は黄葉の中に鳴きつづけていて漢宮の秋の終りを告げている。
旅人よ、秦漢の故事を問うて下さるな。
古来変らず渭水の流れは秦の故地より流れ来って千古同じく東へ東へと流れ去っているのである。

〔鑑　賞〕

咸陽は戦国中期孝公の時に秦の都とされた。その後始皇帝は諸侯を亡ぼすごとにその宮室を拡大し、宮殿の数は二百七十にのぼった。しかし秦が亡びると宮殿はことごとくこわされ、贅《ぜい》を尽した阿房宮も項羽に焼き払われ三ヵ月燃え続けて灰燼となったと伝えられている。漢はこれを再び築いて渭城と名付けた。唐代には咸陽県が置かれていた。現代の咸陽は明代の市街で往古の歴史をとどめるものはほとんどない。

この詩は荒涼たる古都のありさまを眺望した懐古の詩であり、その感懐に人の心を打つものがある。第四句の「山雨欲来風満楼」（「欲来」の「欲」は「まさに～が始まろうとしている」という未来をあらわす語）は名句として知られる。「事件が起ろうとし、その形勢が切迫している様子がありありと感ぜられる」の意としてよく用いられている。

また頸聯（第五・六句）の対句は、『和漢朗詠集』「夏・蟬」の部に収められている。そのなかでのよみは次の通り。

鳥《とり》緑蕪《りょくぶ》に下《お》りて秦苑《しんえん》寂《しず》かなり　　蟬《せみ》黄葉《こうよう》に鳴《な》いて漢宮《かんきゅう》秋《あき》なり

第五句末の「夕」はここでは「寂」となっている。

塞下

許《きょ》渾《こん》

夜戰桑乾北
秦兵半不歸
朝來有鄉信
猶自寄征衣

塞《さい》下《か》
夜《よる》は戦《たたか》う桑乾《そうかん》の北《きた》
秦兵《しんぺい》半《なか》ば帰《かえ》らず
朝来《ちょうらい》郷信《きょうしん》有《あ》り
猶《な》お自《おのずか》ら征衣《せいい》を寄《よ》す

〔詩　形〕五言絶句　〔押　韻〕平声微韻（帰・衣）

〔語　釈〕
○塞下　辺境のとりでの下で、の意。○桑乾　桑乾河。今の永定河。北京の西郊を流れ、蘆溝橋の架っている川。俗名は「渾河《こんが》」。○秦兵　ここの「秦」は長安附近を指し、そこから辺地に送られている兵士のこと。○朝来「来」は添字。○郷信　郷里からのたより。「家信」ともいう。○征衣　兵士の着る服。「戎衣《じゅうい》」ともいう。旅ごろも。

〔口語訳〕
夜は桑乾河の北で戦い、

わが軍の兵士は多く帰らなかった。
朝がた兵士たちに郷里からのたよりが届いた。
何事もないかのように陣中の衣類を添えてあったのだが、哀れなことだ。

〔鑑　賞〕

兵士の身になり代って詠む辺塞詩。許渾が従軍して見たものではない。戦役に駆り出される無名の戦士たちへの同情をこめて詠まれている。晩唐期には各地で異民族の進入がつづき、唐室はその対応につかれ果てていた。

李商隠《りしょういん》（八一二〜八五八）

字は義山。懐州河内（河南省沁陽県）の人。若くして河陽の節度使だった令孤楚《れいこそ》に文才を認められ、幕僚に加えられた。令孤楚は才智あり、内外の要職を経て宰相となった政界の実力者であったが、李商隠は進士に及第した後、令孤楚と対立する王茂元のもとで任官したため、令孤楚との関係を悪化させることとなった。しかもうしろ盾となった王茂元がやがて世を去ったため、李商隠の官職はその後あまり進まず広西省の桂州（桂林）や広東省の循州に赴くなど苦労の多いものとなった。

晩唐の代表詩人として杜牧《とぼく》と共に「李杜」とよばれ、温庭筠《おんていいん》と共に「温李」とも併称される。その得意とする律詩は精巧な形式美で知られ、その唯美的傾向は次の時代の北宋初期に多くの模倣者が生れて文学史上「西崑体《せいこんたい》」と称される詩風を形成している。詩は象徴的で難解で恋愛詩を多く詠んでいるのも特筆されなければならない。

龍池

龍池賜酒敞雲屏
羯鼓聲高衆樂停
夜半宴歸宮漏永
薛王沈醉壽王醒

龍《りょう》池《ち》　李《り》商《しょう》隠《いん》

龍池《りょうち》酒《さけ》を賜《たま》いて雲屏《うんぺい》敞《たか》し
羯鼓《かっこ》声《こえ》高《たか》くして衆楽《しゅうがく》停《とど》まる
夜半《やはん》宴《えん》帰《き》宮漏《きゅうろう》永《なが》し
薛王《せつおう》は沈酔《ちんすい》し寿王《じゅおう》は醒《さ》む

〔詩形〕七言絶句　〔押韻〕平声青韻（屏・停・醒）

〔語釈〕
○龍池　唐の玄宗の宮殿であった興慶宮にあった池。皇太子時代ここに住み、即位したのち王宮とした。池は邸宅の北にあり、人々を集めて宴を開き、玄宗自ら龍池楽を作ってこれを奏させた。これにあわせて沈佺期《しんせんき》ら宮廷詩人の作った詩篇も伝わっている。○敞　高いこと。○雲屏　雲を画いた、あるいは雲母で作ったついたて。豪華なもの。○羯鼓　二本のバチで打つ鼓。西域伝来の楽器。○衆楽　他のもろもろの楽器。○宴帰　宴が果てる。○宮漏　宮中の水時計。○薛王　玄宗の弟の一人。○寿王　玄宗の子。その妃が召されて玄宗に侍り楊貴妃となった。

〔口語訳〕

玄宗は興慶宮の龍池で諸臣に宴を賜い、そこには雲母で貼られた美しいついたてが立ち並べられていた。玄宗好みの羯鼓の音が高くひびき、他の楽器の音は停止していた。夜半に宴が果てて宮殿の水時計の音も静かに流れている。こうしたなかで薛王はすっかり酔いつぶれておられ、寿王はさびしげに醒めた表情をして残っておられる。

〔鑑賞〕

楊貴妃が玄宗の王子寿王の妃であったのに、召されて玄宗に侍ることになったのはよく知られている。作者は気の毒な寿王に同情を寄せ暗に玄宗を非難している。唐末の王朝の混乱と衰退は、源を安禄山の乱に発しているので玄宗に対する批判は高まってゆく。この詩もその一つ。

寿王は懦弱で無能だともされているが、淡泊で名利にとらわれない性格の人だったようだ。玄宗の第十八王子で開元十五年（七二七）に益州大都督などを拝し、大暦十年（七七五）に世を去っている。

樂遊原　　李商隠《りしょういん》

向晩意不適
驅車登古原
夕陽無限好
只是近黄昏

楽遊原《らくゆうげん》

晩《ばん》に向《む》かって意適《いてき》せず
車《くるま》を駆《か》りて古原《こげん》に登《のぼ》る
夕陽無限《せきようむげん》に好《よ》し
只《た》だ是《こ》れ黄昏《こうこん》に近《ちか》し

〔詩　形〕五言絶句　〔押　韻〕平声元韻（原・昏）

〔語　釈〕

○楽遊原　長安の東南にあり、土地が高くて眺望がよい。もと楽遊苑という。漢の宣帝の建てた楽遊廟もここにあった。唐代には曲江とともに長安の人士の遊楽地であった。「原」は「原っぱ」でなく高く平らなところ。○意不適　気持がすっきりしない。心が楽しまない。○黄昏　たそがれ。夕暮時。

〔口語訳〕

日が暮れるにつれ気持ちが重くなるばかり。
車を走らせて古くから知られた高台に登った。
折しも夕日は限りなく美しかった。
ただたそがれが近くなり次第に暗くなるのが心残りであった。

〔鑑　賞〕

『唐詩三百首』にも収められているが、詩題は「登楽遊原」（楽遊原に登る）となっている。

この詩にあらわれた作者の沈鬱はどこから来ているのか、詩の中では少しも明かされていない。最後はただひたすら耽美の世界に身をゆだねているように見える。

唐の滅亡の予感か、みずからの衰老への不安か、いろいろな解釈がされている。

わが師目加田誠先生は最晩年に『夕陽限りなく好し』という本を出された。先生はその本の最後に次のように書いておられる。なお、先生はそのころ視力を失いほとんど全盲のようになってしまわれていた。

この数年来、私は夜、眠りに就く時、夢ともうつつともつかぬ一瞬に、ふしぎなことには、広い野原をひとりでどこへ行くともなく歩いている。周辺には遠く枯れた林があるようにも思い出すが、はっきりせぬ。行く手に山があるのか、無いのか、それも想い出してよくわからぬ。ただすたすたと歩きづづけているのである。(中略)

これはいったい何であろう。私には心当たりがない。何ともいえぬ蕭条たる思いである。

しかし、私は今やもう、そのような侘びしさから抜け出ねばならぬ。もう一度頭をあげて見るがいい。沈みゆく太陽のあの美しさ。空を紫金に染める夕映えの見事さはどうだ。

私は影を長く曳きながら沈む日を追って、どこまでゆくのか分からない。しかし、黄昏がひたすら迫っておればこそ、夕陽は限りなく美しい。

今や自分にとって、この世のわずらわしさは何もない。果てしない思いの野をただひとり歩いてゆくのだ。いつから歩いているのか分からぬ。長い長い八十年の路であった。その路では、実にさまざまな風景にも遭い、さまざまな人間にも会った。皆いい人だった。私は人を愛し、人に愛され、またその人々との別れを重ねてここまできた。

いまや夕映えがこんなに美しい。私の周囲には和やかな薄光が漂っている。

夕陽は無限に美しい。私はほれぼれした気持ちでこの静かな風景を眺める。黄昏がひたすら近づいて来ていることを知りながら。

この楽遊原には景雲二年（七一一）に青竜寺が建てられた。このあたりの標高は四五〇メートルある。わが空海上人がここで修行し、恵果大阿闍梨《けいかだいあじゃり》から真言密教を授けられて帰国している。私もここにさすらい、李商隠の心に想いを馳せたことが二度ある。

夜雨寄北

君問歸期未有期
巴山夜雨漲秋池
何當共剪西窗燭
却話巴山夜雨時

夜雨《やう》北《きた》に寄《よ》す　李商隠《りしょういん》

君《きみ》帰期《きき》を問《と》うも未《いま》だ期《き》有《あ》らず
巴山《はざん》の夜雨《やう》秋池《しゅうち》に漲《みなぎ》る
何《いつ》か当《まさ》に共《とも》に西窓《せいそう》の燭《しょく》を剪《き》って
却《かえ》って巴山《はざん》夜雨《やう》を話《かた》る時《とき》なるべし

〔詩形〕七言絶句　〔押韻〕平声支韻（期・池・時）

〔語釈〕
○寄北　作者は巴蜀（四川省）の地にいて北方の長安にいる人（妻か愛人か友人か）に寄せた（送った）とされる。なお「北」は「妻」（北堂に住むから）のことだと特定されることもある。あるテキストには「寄内」（内《だい》に寄す）となっているが、「内」は妻をさす。○帰期　帰郷の時期。○巴山　巴国（四川省西北部）の山々。○秋池　秋の池。「秋塘」ともいう。詩語の一つ。本来は「澄みわたった」というイメージがある。ここでは水量の多いこと。○何当　「何時可以～」（いずれの時か～べき）の意。口語は表現。○西窓　西側の窓。婦人の居室をいう。
○却話　「さあ話をしよう」。口語的表現。

〔口語訳〕

あなたはいつ帰るかと手紙で時期をたずねて来たが、まだはっきりとは答えられないのだ。
いま私のいる巴山では秋の雨がしきりに降りつづき池の水はみなぎっている。
いつかあなたのもとに帰り西の窓辺でともしびの芯を剪《き》りつつ夜通し共に坐り、
このわびしかった巴山の夜雨の日のことを聞いてもらえる日がくればと願うばかりだ。

〔鑑　賞〕

女人に送った情愛のこもった詩。異境で聞く夜の雨の限りないわびしさがよく吐露されている。
「異郷流離」の詩として歴代詩歌のなかでも出色の出来である。用語は単純明快、気持ちは率直。盛唐詩にはないリリシズムが流れている。政争に翻弄されて巴蜀の地にいて、帰る日もさだかでない身の不遇をかこつさまもよく伝わってくる。

錦　瑟

李商隠《りしょういん》

錦 瑟 無 端 五 十 絃
一 絃 一 柱 思 華 年

錦《きん》瑟《しつ》

錦瑟《きんしつ》　端無《はしな》くも　五十絃《ごじゅうげん》
一絃《いちげん》　一柱《いっちゅう》　華年《かねん》を思《おも》う

莊生曉夢迷蝴蝶
望帝春心託杜鵑
滄海月明珠有涙
藍田日暖玉生煙
此情可待成追憶
只是當時已惘然

莊生《そうせい》の暁夢《ぎょうむ》　蝴蝶《こちょう》に迷《まよ》い
望帝《ぼうてい》の春心《しゅんしん》　杜鵑《とけん》に託《たく》す
滄海《そうかい》　月明《つきあき》らかにして　珠《たま》に涙《なみだ》有り
藍田《らんでん》　日暖《ひあたた》かくして　玉《たま》に煙《けむり》を生《しょう》ず
此《こ》の情《じょう》　追憶《ついおく》を成《な》すを待《ま》つ可《べ》けんや
只《た》だ是《こ》れ当時《とうじ》　已《すで》に惘然《ぼうぜん》

〔詩　形〕七言律詩　〔押　韻〕平声先韻（絃・年・鵑・煙・然）

〔語　釈〕
○錦瑟　錦のような美しい模様のある大琴。○無端　はからずも。○一柱　柱は琴柱《ことじ》。胴の上に立てられた絃調節用の柱。○華年　はなやかな年月。○莊生　莊周すなわち莊子。○望帝　伝説上の蜀の望帝。名は杜宇。○杜鵑　ほととぎす。○滄海　青海原。○珠有涙　珠は真珠で涙が真珠のように円くきらめくこと。伝承では真珠は人魚の涙とされている。○藍田　陝西省にある藍田山。玉山ともよばれ美玉を産することで知られる。ここでは前句の「滄海」と色彩対。○玉生煙　美玉から煙が立ちこめる。呉王夫差の娘紫玉が侍童を愛して許されず怨みつつ死んだ後、庭に現われ、その母が抱きしめようとすると、彼女は煙を出して消え失せた（『捜神記《そうじんき》』）とあり、それを踏まえている。○惘然　茫然自失して心もうつろなこと。

〔口語訳〕

錦の大琴は思いがけなく世にもまれな五十絃である。

この琴の一絃一柱にはそれぞれ青春の思いがこもっている。

荘周は夢から覚めて夢の中の蝶と現実の自分のどちらが本物の自分なのか迷ったという。

蜀の望帝はその切ない恋心をほととぎすに託したと聞く。

青海原に月が明るく輝き真珠に人魚の涙があらわれ、
玉山に日が暖かで玉には煙が立ちこめている。

こんな気持ちは果して追憶によるものであろうか、
いやいやそれはそのころもはや私の心はすでにうつろであったのだ。

〔鑑　賞〕

亡き妻または愛人のかたみの美しい琴を前にして、亡き人を偲ぶ感傷にひたる男の歌。いわゆる悼亡詩の一つかとされる。故事を多用し表現もあいまいでわかりにくい。詩題は第一句の冒頭の二字を便宜的に採って作られている。

五十絃の琴は古帝王伏羲《ふっき》が作り、黄帝の時、素女が奏してあまりにも物悲しかったので、これを禁じて二十五弦にしたとされる。作者は亡き人の大事にしていた琴をことさらに美化して錦瑟と言い五十絃の琴としている。『荘子』の荘周が夢で胡蝶となり覚めてのち、夢の中の胡蝶が本当の自分なのか、いまの自分が本当の自分なのかという自覚に悩む寓話を引いて夢幻一体の境地にある自分のいまの気持ちを叙べ、蜀の神話に出てくる望帝の故事（二種あるが）にこめて、望帝がその恋心をほととぎすに託したとして亡妻への思いを絶ち切れない自分の心根を詠う。なお、この二句は故事による対句。「暁夢」「春心」も対語として並べられている。

「滄海」「藍田」の二句も故事による対であるが、ここでは消えてしまった亡き人への尽きせぬ想いをこれに託した表現。

全体に象徴的で意味のとりにくい詩とされる。

温庭筠《おんていいん》（八一二～八七二?）

幷州太原（山西省）の人。宰相として知られた温彦博《おんげんぱく》の裔孫《えいそん》。本名は岐、字は飛卿。晩唐を代表する詩人で李商隠と併せて「温李」の称がある。詩才は天分に恵まれ、三度腕ぐみすると八韻の詩が出来たので「温八叉《はっさ》」（「叉」は腕ぐみ）、試験の時に草稿を作らず、机によりかかり一韻ごとに一吟して八韻の詩を完成させたので「温八吟」とも呼ばれた。しかし試験場で他人の答案を代作したりしたので進士には合格しなかった。他人の代作をしないように隔離して受験した時でも八人の受験生に教えてしまったという逸話もある。『新唐書』の伝には「行《おこない》に薄《はく》にして検幅《けんふく》なし」と記されており軽薄と言われるほど自由奔放であった。琴曲もよくし詞にも巧みで才人の名をほしいままにしている。『旧唐書』は「庭筠著述すこぶる多く、詩賦は韻格清抜にして文士之を称《たた》う」と記している。最後は権臣の楊収《ようしゅう》に憎まれ随県（湖北省安陸の北）に流されて世を去っている。『温飛卿詩集』が残された。子の憲は進士に合格し郎中となった。鄭谷らと共に「芳林十哲」の一人に挙げられ、『三体詩』にも「杏花」（五律）一首が収められている。

楊柳枝

館娃宮外鄴城西
遠映征帆近拂堤
繫得王孫歸意切
不關春艸綠萋萋

温庭筠《おんていいん》

楊柳枝《ようりゅうし》
館娃宮外《かんあきゅうがい》　鄴城《ぎょうじょう》の西《にし》
遠《とお》く征帆《せいはん》に映《えい》じ　近《ちか》く堤《てい》を払《はら》う
王孫《おうそん》の帰意《きい》の切《せつ》なるを繫《つな》ぎ得《え》て
春艸《しゅんそう》の緑《りょく》萋萋《せいせい》たるに関《かん》せず

〔詩　形〕七言絶句　〔押　韻〕平声斉韻（西・堤・萋）

〔語　釈〕
○館娃宮　呉の蘇州城外の霊巌山にある呉王夫差《ふさ》が西施《せいし》を住まわせた宮殿。「娃」は「美人」で西施を指す。○鄴城　鄴は魏の曹操《そうそう》の都城のあったところ。いまの河南省臨漳県の西。両者は遠く離れているが、ともに亡国の都としてあえて取り合せて詠じている。○征帆　「征」は「行く」。進み行く船の帆。旅の舟。○王孫　本来は王子、貴公子。転じて旅人。○帰意　望郷の思い。「帰心矢の如し」の「帰心」と同じ。○萋萋　繁茂するさま。『楚辞』「招隠士」の「王孫遊兮不帰／春草生萋萋」（王孫遊んで帰らず／春草生じて萋萋たり）を踏まえている。

〔口語訳〕
呉王夫差の築いた館娃宮の跡。魏の曹操の都した鄴城の西には楊柳が茂り、
遠く過ぎゆく船の帆に映り、近くは水辺を払っている。
この柳のみどりは旅人の望郷の思いをもつなぎとめてしまうほどの力を持っている。

ふるさとには春草が生い茂り、待つ人があるにもかかわらず。

〔鑑　賞〕

最後の二句には二様の解釈がある。一つは右の訳のように楊柳のみどりが旅人の心をここにつなぎ止める。郷里の春草にはその力がないとするもの。

いま一つは「春草はともあれ楊柳のみどりがいやが上にも旅人の帰心をかき立てる」とするもので、「つなぎとめる」が「帰心を故郷につなぎとめる」の意に解するもの。

詩題の「楊柳枝」はもと古楽府の題（楽府題）であったが、白楽天《はくらくてん》・劉禹錫《りゅううしゃく》らの「新楽府」にとり入れられ、これに倣って新詞を作る人が多くなった。

皮日休《ひじつきゅう》（八三三？～八八三）

字は襲美、逸少。襄陽（湖北省）の人。同じ湖北の鹿門山に隠棲した。間気布衣《かんきほい》、酔吟先生、酔士と号した。咸通八年（八六七）に進士に及第すると、やがて朝廷に入って太常博士となった。しかし黄巣《こうそう》の乱の時、黄巣に捕らわれ、才能を惜しまれてその朝廷に仕え、翰林学士となった。しかし、黄巣に謀反を疑われて殺された。死に臨んで泰然自若としていたので人々を感動させたと伝えられる。はじめ進士となった後、蘇州刺史の幕僚となったが、そのころ陸亀蒙《りくきもう》と唱和した作品は名高く、両人を併せて「皮陸」という。『皮子文藪』『皮日休文集』がある。

館娃宮

艷骨已成蘭麝土
宮牆依舊壓層崖
弩臺雨壞逢金鏃
香徑泥銷露玉釵
硯沼祇留山鳥浴
屧廊空信野花埋
姑蘇麋鹿眞閑事
須爲當時一愴懷

館娃宮《かんあきゅう》　　皮日休《ひじつきゅう》

艶骨《えんこつ》　已《すで》に蘭麝《らんじゃ》の土《つち》と成《な》り
宮牆《きゅうしょう》　旧《きゅう》に依《よ》りて　層崖《そうがい》を圧《あっ》す
弩台《どだい》　雨《あめ》に壊《やぶ》れて　金鏃《きんぞく》に逢《あ》い
香径《こうけい》　泥銷《つちしょう》して　玉釵《ぎょくさ》を露《あら》わす
硯沼《けんしょう》　祇《た》だ山鳥《さんちょう》の浴《よく》するを留《とど》め
屧廊《しょうろう》　空《むな》しく野花《やか》の埋《うず》むるに信《まか》す
姑蘇《こそ》の麋鹿《びろく》　真《まこと》に閑事《かんじ》
須《すべか》らく当時《とうじ》の為《ため》に一《ひと》たび懐《こころ》を愴《いた》ましむべし

〔詩形〕七言律詩　〔押韻〕平声佳韻（崖・釵・埋・懐）

〔語釈〕

○館娃宮　娃は女官。女性を住まわせる宮殿。○艶骨　美人の死骨。○蘭麝土　「蘭」は香草。「麝」は麝香。美人の化した土を香わしく美しく形容したもの。○宮牆　宮殿の塀。○層崖　重なる崖。○弩台　大弓を引くための高台。○金鏃　弓の先につけられた金属のやじり。○玉釵　美人のつけていたかんざし。○硯沼　硯石山上にあった池。○屧廊　「屧」は靴の底。はきものの音がひびくように作られた板敷きの廊下。○姑蘇　姑蘇は姑蘇台で蘇州の西南の姑蘇山上にあった。○麋鹿　大鹿小鹿。○閑事　むだごと。

〔口語訳〕

美人西施《せいし》の骨はもはやすでに香わしい土と化したが、
あの宮殿のかきねは昔のままで崖上に見る人を圧するように残っている。
兵士たちが強弓をひいた高台の土からは雨のあとに金属のやじりが姿をあらわし、
宮女たちが香草を摘んだ小路からは土が洗い流されて玉のかんざしが出土する。
台上の硯池には水鳥が水を浴び、
あのうぐいすばりであった渡り廊下もいまは音もなく野の花に埋れている。
伍子胥が姑蘇は麋鹿の遊ぶところとなろうと恐れ、呉王を諫めたこともすべて今となってはあだごととなり、
この地に立てばただ往時を憶って悲しむだけである。

〔鑑　賞〕

館娃宮は春秋時代に呉王夫差《ふさ》が越王勾践《こうせん》から贈られた美姫西施を棲ませるために築いた宮殿。贅を尽し遊楽に耽って国を亡ぼす始まりとなったところ。現在の蘇州の霊巌寺がその跡だとされている。

霊巌寺は霊巌山頂にあり、現在は中国の浄土宗の著名な道場の一つ。この寺のある山はかって硯石山と言い、山頂に硯池という池があった。越に完勝して驕り、勾践の謀略として贈られた西施への愛に溺れ、ひたすら遊楽の世界にのめりこんで、館娃宮を造営した呉王夫差。老臣伍子胥《ごししょ》はここはやがて大鹿の遊ぶところと化するであろうと戒めたが、かえって伍子胥を殺す挙に出て一気に滅亡した。

陸亀蒙《りくきもう》（？〜八八一）

字は魯望。蘇州呉県（江蘇省）の人。父は侍御史にまで進んだ。号は江湖山人、天随子、甫里先生。六経に通じ、『春秋』にくわしかったとされるが進士に及第せず、湖州刺史張搏《ちょうはく》を訪ねてその幕僚となった。のち、松江の甫里に隠棲して世を終った。

同時代の皮日休と唱和した『松陵集』がある。

『新唐書』には「隠逸伝」に入れられていて、その世と交わりを断った後の生活が次のように記されている。

田あり数百畝。下《ひく》きを苦しむ。雨潦すれば江と通ず。故に常に飢に苦しむ。身《みずか》ら畚鍤《ほんそう》し休む時なし。あるひとその労をそしる。答えて曰く「尭舜も黴瘠《ばいせき》し、禹も胼胝《へんち》す。彼は聖人なり。吾は一褐衣《かつい》なり。敢えて勤めざらんや」と。

「畚鍤」は農具を握って農事にはげむこと。「黴瘠」は垢がついてやせること。「胼胝」は「あかぎれ」、手にできるのが「胼」、足にできるのが「胝」。

尭舜のような聖人でも身を以って労働した。一庶民である私ごときが百姓をやって苦労するのは当り前のことだということである。

彼はまた茶を嗜み、みずから茶園を営み、葉を摘み、品定めもした。人々もこれを知って遠くから銘茶を運んでくれたりした。はじめ酒好きだったが身体をこわしてからは断酒し、人の前には酒壺を備えてもてなしたが、自分は飲もうともしなかった。俗人とは交わらず、訪ねて来ても会おうとしなかった。「江湖山人」「天随子」という別号もこのようにして生まれた。

なお、大正期の日本漢詩壇の第一人者であった久保天随はこの人に私淑し、その号も陸亀蒙の号から採っている。この「天随」という語の出典は『荘子』「在宥篇《ざいゆう》」の「神《しん》動キテ天随フ」である。

作品集に『唐甫里先生文集』がある。

茶人

天賦識靈草
自然鍾野姿
閑來北山下
似與東風期
雨後探芳去
雲間幽路危
惟應報春鳥
得共斯人知

茶《さ》人《じん》　　陸亀蒙《りくきもう》

天賦《てんぷ》　霊草《れいそう》を識《し》り
自然《しぜん》　野姿《やし》を鍾《あつ》む
閑《のど》かに来《きた》る　北山《ほくざん》の下《もと》
東風《とうふう》と期《き》するが似《ごと》し
雨後《うご》　芳《ほう》を探《たず》ね去《さ》り
雲間《うんかん》　幽路《ゆうろ》危《あやう》し
惟《た》だ応《まさ》に報春鳥《ほうしゅんちょう》のみ
斯《こ》の人《ひと》と共《とも》に知《し》るを得《う》べし

〔詩　形〕五言律詩　〔押　韻〕平声支韻（姿・期・危・知）

〔語　釈〕

○霊草　ここでは茶を指す。○期　期会、約束。○報春鳥　茅山に住む鳥で「鸜鵒《くよく》」に似ており、正月と二月には「春起」、三月、四月には「春去」と鳴くという。もずに似た黒い鳥。和名は「ははちょう」（八八鳥）、八哥鳥《はっか》とも言い、人語を解するので飼い鳥ともされ、花鳥画にもよく描かれている。

〔口語訳〕

この茶人は生まれながら茶というこの霊草のすばらしさの識別ができ、
おのずからにして野人の様相をすべて備えている。
のどかにこの北の山のふもとに来て、
春風とまえから約束してあったように、
雨あがりの山に来て茶をたずね歩き、
雲の間を分けて奥深い道に足を踏み入れる。
これはまさにあの春告げ鳥だけが、
この人と共に霊草のありかを知ることができるであろう。

〔鑑　賞〕

陸亀蒙は生来茶を嗜み、顧渚山の下に茶園を持ち、毎年、茶を摘んでその品定めに耽ったとされる。この山はいまは浙江省安吉県に属し、太湖の西南にある。春秋時代に呉王夫差の弟の夫概が登って東方の渚を顧みたので「顧渚山」と呼ぶようになったという。唐の陸羽もここに茶園を開き、この地で産する「紫筍茶」は「天下第二」の称がある。

この詩は皮日休と唱和した「茶具十詠」の第二首。両人の唱和にはいま一つ「酒中十詠」があり、ともに『松陵集』に収められている。

呂《りょ》 巌《がん》（生没年不詳）

『宋史』には京兆の人。名は嵒《がん》、または巌（岩と同字）。字は洞賓《どうひん》、号は純陽。黄巣《こうそう》の乱に家を終南山に移して往く所を知らずという。呂祖とも言われ、『枕中記』に出てくる邯鄲の呂翁はこの人であるともいう。唐の貞元年間の礼部侍郎呂渭の孫ともされるので唐詩人のうちに入れられ『全唐詩』にもその作品と称するものが収められている。

生地とされる山西省永楽県には、元代に創建された道観永楽宮がある。終南山で天遁《てんとん》剣法（火竜の剣）と金丹の秘文を授かったとされ、その像はつねに「邪を斬る」剣を背負っている。

絶句

獨登高峯望八都
黑雲散後月還孤
茫茫宇宙人無數

絶《ぜっ》句《く》　　呂《りょ》 巌《がん》

独《ひと》り高峰《こうほう》に登《のぼ》って八都《はっと》を望《のぞ》む
黒雲散《こくうんさん》ずるの後月《のちつき》還《ま》た孤《こ》なり
茫茫《ぼうぼう》たる宇宙《うちゅう》人《ひと》無数《むすう》なれども

幾箇男兒是丈夫

幾箇《いくこ》の男児《だんじ》か是《こ》れ丈夫《じょうふ》

〔詩　形〕七言絶句　〔押　韻〕平声虞韻（都・孤・夫）

〔語　釈〕

○八都　ここでは「八方」。○還　「ふたたび」の意。口語風の用字。○幾箇　いくつ、何人。これも男児の下の「是」とともに口語の言いまわし。

〔口語訳〕

ひとり高い峰に登って八方の望めをほしいままにしている。

夜中で黒雲が去った後は中天にまたぽつんと月が空に光を放っている。

思うにこの果てしない宇宙に人は無数にいるけれども、

まことの男子たる「丈夫」は一体何人いることだろうか。

〔鑑　賞〕

「吾は仙人なるに安《いず》くんぞよく剣を用うるや。嗔愛《しんあい》煩悩を断つ所以《ゆえん》のみ」（「嗔」は怒）と言ったという。またかつてある寺の壁に「三千里外家なきの客　七百年前雲水の身」と書して立ち去ったとされる。神出鬼没、超常識の世界の存在になっている。

この詩も世間を小とし、超越の境地に立つことの偉大さを説こうとするものである。

絶　句

朝遊北越暮蒼梧
袖裏青蛇膽氣粗
三入岳陽人不識
朗吟飛過洞庭湖

絶《ぜっ》句《く》　呂《りょ》巌《がん》

朝《あした》には北越《ほくえつ》に遊《あそ》び暮《ゆうべ》には蒼梧《そうご》
袖裏《しゅうり》の青蛇胆気《せいだたんき》粗《そ》なり
三《み》たび岳陽《がくよう》に入《い》れども人《ひと》識《し》らず
朗吟《ろうぎん》して飛過《ひか》す洞庭湖《どうていこ》

〔詩　形〕七言絶句　〔押　韻〕平声虞韻（梧・粗・湖）

〔語　釈〕
○北越　いまの浙江省に当る。○蒼梧　九疑ともいう。湖南省南部一帯にひろがっていたという「蒼梧の野《や》」のこと。舜が南巡してここで崩じたという伝説がある。○袖裏　その中。○青蛇　ここでは剣をさす。剣の名。剣の形容としてもよく用いられる語。○粗　大胆なこと。○岳陽　湖南省湘陰県。この地に岳陽楼がある。○洞庭湖　湖南省北部にある一大湖。

〔口語訳〕
朝には北越に行き暮にはもう蒼梧に来ている。
袖には青蛇の剣が収められており、胆気も大きい。

私は三度岳陽にやって来ているが、誰も知らずにいる。悠々と朗吟しながら洞庭湖の上を飛び去ってゆくのだ。

〔鑑　賞〕

空中浮遊の壮快さを詠んでいる。「遊仙」という語があるが、仙人には空中を浮遊する能力があるとされている。

明の王陽明に次の詩がある。

険易原不滞胸中　険易原《けんいもと》より胸中に滞《とどこお》らず
何異浮雲過太空　何ぞ浮雲《ふうん》の太空《たいくう》を過《す》ぐるに異《こと》ならん
夜静海濤三萬里　夜《よる》は静かなり海濤《かいとう》三万里
月明飛錫下天風　月明らかに飛錫《ひしゃく》天風に下《くだ》る

雄大豪気な精神の誇示であり、王陽明の場合は、実際にそうした体験をしていると言っているのではない。

高《こう》駢《べん》（八二一～八八九）

字は千里。幽州（河北省涿《たく》県）の人。南平郡王高崇之の孫。剣南西川節度使となり、燕国公に封ぜられていたが、黄巣《こうそう》の乱を討って、淮南《わいなん》地方を占有し、のち渤海《ぼっかい》郡王に封ぜられた。しかし部将に殺されて世を去った。文武ともに備わる人であったが、激動の時代に生きて終りを全うすることができなかった。『新唐書』では「叛臣伝」に入れられている。

山亭夏日　　高駢《こうべん》

綠樹陰濃夏日長
樓臺倒影入池塘
水精簾動微風起
滿架薔薇一院香

山亭夏日《さんていかじつ》
緑樹陰濃《りょくじゅかげこま》やかにして夏日長《かじつなが》し
楼台影《ろうだいかげ》を倒《さか》しまにして池塘《ちとう》に入《い》る
水精《すいしょう》の簾動《れんうご》きて微風起《びふうおこ》り
満架《まんか》の薔薇《しょうび》一院香《いちいんかんば》し

〔詩形〕七言絶句　〔押韻〕平声陽韻（長・塘・香）

〔語釈〕
○山亭　山荘。山中のあずまや。○楼台　たかどの。○池塘　池。「塘」は池のつつみであるが、この場合は添え字。○水精　水晶。「水晶」となっているテキストもある。○満院　庭一杯。院は「院子（ユアンヅ）」で中庭のこと。

〔口語訳〕
夏の日盛りも緑の木の下は影も色濃く涼しげである。

高殿の影は丁度いますっかりと倒さまに池の面に映っている。
私のいる部屋の水晶の簾が小さな音をたてて動いたのは微風が寄せたからであろう。
それとともに中庭に花をいっぱいつけているバラから香しいかおりが吹き入ってくる。

〔鑑　賞〕

この詩は『唐詩選』『三体詩』『唐詩三百首』、いずれにも入っていないが、古くからよく知られている。それは『千家詩』に入っているためであろう。身辺のことを観察し、それに親しみを寄せて宋詩の前触れをなしている。薔薇を題材としているのも印象深いところ。但し、テキストによっては結句は「一架薔薇満院香」となっている。これも一つの見所でどちらがよいとも言えない。

羅《ら》　隠《いん》（八三三〜九〇九）

字は昭諫。浙江省余杭の人。僖宗の乾符年間に進士に挙げられたが及第しなかった。のち、呉越王の銭《せん》鏐《りゅう》に重用され、梁の太祖の開平三年（九〇九）に没した。歳七十七。詠史に長じていた。

呉越国は五代十国の一つ。臨安（浙江省）の銭鏐が杭州を中心に建国。唐の滅亡とともに自立したもの。五代目の銭俶《せんしゅく》まで七十二年間続いた。一族は詩文をよくし、仏教を信仰した。日本へも貿易船を送っている。上海の龍華寺の古塔、杭州銭塘江畔の六和塔は銭俶の創建と伝えられている。

羅隠の詩は『唐詩選』『唐詩三百首』には収められていないが、『全唐詩』には入れられ、『三体詩』には三首採られている。

西施　羅《ら》隠《いん》

家國興亡自有時
吳人何苦怨西施
西施若解傾吳國
越國亡來又是誰

西施《せいし》

家国《かこく》の興亡《こうぼう》自《おのずか》ら時《とき》有《あ》り
呉人《ごじん》何《なん》ぞ苦《くる》しんで西施《せいし》を怨《うら》まん
西施《せいし》若《も》し呉国《ごこく》を傾《かたむ》くるを解《かい》せば
越国《えつこく》の亡《ほろ》び来《きた》るは又《ま》た是《こ》れ誰《たれ》ぞや

〔詩　形〕七言絶句　〔押　韻〕平声支韻（時・施・誰）

〔語　釈〕
○家国　国家と同じ。○何苦　「何ときびしく、甚しく」の意。○亡来　「来」は添字。「来る」の意はないが、口調の関係もあり、「亡び来る」と訓じておくもの。

〔口語訳〕
国の興亡にはおのずから時期というものがある。これはいかんともしがたい命運のようなものであろう。
だから呉の国の人々が亡国の元凶として西施を怨んでいるが、何という思いすごしであろう。
あの西施が呉国を傾けたという解釈を押し進めるとしたら、
西施のいなかったのに亡びた越国のことは何と説明することになるのか。

〔鑑　賞〕

「会稽の恥を雪《すす》ぐため」、亡国の淵に立たされた越王勾践《こうせん》は「臥薪嘗胆」して国の再建に努力すると共に、謀臣范蠡《はんれい》の策を用いて美女西施を選んで呉王夫差《ふさ》に贈った。西施の美に魅せられた夫差は間もなく開始された越の攻撃を防ぐことが出来ず、呉国は滅亡した。呉の人々はこの原因をつくった西施を怨み、台上から西施を投じて殺したとされている。

しかし戦いに勝った越国も長く勢力を張ることができず、やがて大国楚に倒されて消えてしまった。西施はもと「洗濯女」で紹興近くの諸暨《しょき》県の人といい、この地の川の中に西施の洗濯場所であったという「西施石」なるものが伝わっている。しかし西施は呉人には殺されておらず、越王勾践の人間性に不信感を抱き、越国を出奔することに心を決めた范蠡に救われ、手に手を取って遠く逃れ、後には太湖のほとりに遊び江南の美景を楽しんで過したともいう。現在の江蘇省無錫市西南部の五里湖畔の名園蠡園《れいえん》はその故地だと伝えられる。

西施については『唐詩選』には盛唐の楼穎《ろうえい》の「西施石」（七絶）があるほか、李白にも西施石についての古詩一篇がある。

張《ちょう》　祜《こ》（七九二〜八五二？）

清河（山東省）の人とも南陽（河南省）の人ともいう。字は承吉。張祐ともされる。長慶年間に令孤楚の推薦を受けたが、元稹が「張祐は雕虫小巧（技巧に走りすぎ）、壮夫は為さず、もしこのような者を重用すれば、陛下の風教を変ずることになるだろう」と反対した。このため官職を得られなかったとされる。

山水を愛し名寺を訪ねて詩を賦した。広陵（楊州）に遊び「十里長街市井連／月明橋上看神仙／人生只合楊州死／禅智山光好墓田」（十里長街市井連《つら》なり／月明橋上神仙を看《み》る／人生只だ合《まさ》に楊州に死すべし／禅智山光墓田に好《よろ》し）と詠んだ。これが予言のようになって楊州に近い丹陽で亡くなった。ここに収めた「金山寺」は『三体詩』所収、『唐詩選』には「雨淋淋」ほか三首を載せている。

金山寺　　張《ちょう》祜《こ》

一宿金山寺
微茫水國分
僧歸夜船月
龍出曉堂雲
樹影中流見
鐘聲兩岸聞
因悲在城市
終日醉醺醺

金山寺《きんざんじ》

一宿《いっしゅく》す　金山寺《きんざんじ》
微茫《びぼう》として　水国分《すいこくわか》る
僧《そう》は帰《かえ》る　夜船《やせん》の月《つき》
龍《りゅう》は出《い》ず　暁堂《ぎょうどう》の雲《くも》
樹影《じゅえい》　中流《ちゅうりゅう》に見《み》え
鐘声《しょうせい》　両岸《りょうがん》に聞《きこ》ゆ
因《よ》って悲《かな》しむ　城市《じょうし》に在《あ》りて
終日《しゅうじつ》酔《よ》うて醺醺《くんくん》たるを

〔詩形〕五言律詩　〔押韻〕平声文韻（分・雲・聞・醺）

〔語釈〕

○金山寺　江蘇省鎮江市にある金山山中の寺。名勝地で、もとは長江の中の島であった。○微茫　ぼんやりかすんで。○水国分　「水国」は水郷、「分」は分明（はっきりしている）。「分《ふん》たり」ともよめるが、一般には「水国分《わか》る」の訓が当てられる。○暁堂　暁け方のお堂。○醺醺　酒に酔ったさま。

〔口語訳〕

一宿した金山寺、
ぼんやりとかすみながら、ここからは湖や川や陸地が一望の下に見渡せる。
僧は夜船に乗り月の光の下を帰ってゆく。
龍の形をした雲は暁のお堂の上に立ち昇る、
樹影は流れの中ほどに見えており、
鐘の声に両岸にひびきわたる、
この景勝の中にたたずんでいると市中で、
酒に酔って過していることが悔まれる。

〔鑑　賞〕

この寺は東晋時代の創建。唐代に金を採掘したので、金山寺という。堂宇は山肌沿いに建てられている。山の高さは六〇メートル。多くの建物が並び、かつては「寺のなかに山がある」と言われた。西のほうには泉水があり、その水は「天下第一泉」と言われた。

世にいう「金山寺みそ」はこの寺と関係はない。それは浙江省余杭県にある径山寺《きんざんじ》という禅寺で作られたもの。

韓《かん》偓《あく》（八四四〜九二三）

京兆万年（陝西省）の人。字は致尭《ちぎょう》または致光。号は玉山樵人。龍紀元年（八八九）の進士。翰林学士、中書舎人、兵部侍郎となったが、朱全忠《しゅぜんちゅう》（のちの後梁の太祖）にさからって左遷され濮州（河南省）司馬に左遷され、さらに貴州省桐梓県や河南省鄧州に司馬として左遷された。唐滅亡後、朱全忠に入朝するよう求められたが、これを拒み、福建の王審知に身を寄せてそこで世を去った。作品集に『香奩集《こうれんしゅう》』があり、その艶情詩は「香奩体」と呼ばれた。しかし、人物は忠憤の気に満ち義烈の士であった。

尤溪道中

水自潺湲日自斜
盡無雞犬有鳴鴉
千村萬落如寒食
不見人烟空見花

尤渓道中《ゆうけいどうちゅう》　韓《かん》偓《あく》

水《みず》は自《おのずか》ら潺湲《せんかん》　日《ひ》は自《おのずか》ら斜《なな》めなり
尽《ことごと》く雞犬《けいけん》無《な》くして　鳴鴉《めいあ》有《あ》り
千村万落《せんそんばんらく》　寒食《かんしょく》の如《ごと》し
人烟《じんえん》を見《み》ずして空《むな》しく花《はな》を見《み》る

〔詩　形〕 七言絶句　**〔押　韻〕** 平声麻韻（斜・鴉・花）

〔語　釈〕

○尤渓　福建省の徳江県より発し尤渓県の南を経て建江に入る川。○潺湲　水の流れる音の擬音語。○千村万落沢山の村々。○寒食　冬至から百五日目で、清明節の前三日。

〔口語訳〕

水はさらさらと流れ日も傾きはじめた。

どこからも雞犬の声はなくただカラスの鳴き声を聞くばかり。

あたりの村々はどこへ行っても寒食の時のように煮炊きをしている人を見ることがない。

人家の煙は一筋も立たず空しく花が咲いているだけだ。

〔鑑　賞〕

この詩には「庚午の年」という自注がある。唐はすでに哀帝の天祐四年（九〇七）に亡んでおり、庚午は九一〇年で後梁の開平四年に当る。韓偓は閩《びん》（福建省）の豪族王審知のもとに身を寄せていた。王朝交替の戦乱と社会不安で人々の生活が荒廃していた様子が伝わってくる。『新唐書』の伝によると韓偓は「その族を挈《たずさ》えて南のかた王審知に依りて卒す」とあり、福建の地で亡くなっていることが知られる。王は閩の人で唐が亡んだ後、梁の太祖によって閩王に封ぜられている。

野　塘

野《や》塘《とう》　韓《かん》偓《あく》

侵曉乘涼偶獨來
不因魚躍見萍開
捲荷忽被微風觸
瀉下清香露一杯

暁《あかつき》を侵《おか》し　涼《りょう》に乗《じょう》じて　偶《たまたま》独《ひと》り来《きた》る
魚《うお》の躍《おど》るに因《よ》らざれども　萍《ひょう》の開《ひら》くを見《み》る
捲荷《けんか》　忽《たちま》ち微風《びふう》に触《ふ》れられ
瀉下《しゃか》す　清香《せいこう》の露一杯《つゆいっぱい》

〔詩　形〕七言絶句　〔押　韻〕平声灰韻（来・開・杯）

〔語　釈〕
○野塘　野原の中の池。○萍　浮萍、浮草、水草のこと。○捲荷　蓮の巻いた葉。○瀉下　注ぎ落すこと。

〔口語訳〕
暁方早く涼しいうちにとぶらり一人でこの野中の池にやって来た。
魚が躍り跳ねてもいないのに風にゆられて水草が水面に広がって流れゆく。
まだ葉を捲いていた蓮も急に風に吹かれて、
ぱっと開いてその中にたまっていた水を勢よく吐き出した。

〔鑑　賞〕
早朝の池の景色をありのまま記した自然描写に撤した詩。感覚が新しい。

五更

韓《かん》偓《あく》

往年曾約鬱金牀
半夜潛身入洞房
懷裏不知金鈿落
暗中唯覺繡鞵香
此時欲別魂俱斷
自後相逢眼更狂
光景旋消惆悵在
一生贏得是淒涼

五《ご》更《こう》

往年《おうねん》　曾《かつ》て約《やく》す　鬱金《うっこん》の牀《しょう》
半夜《はんや》　身《み》を潜《ひそ》めて　洞房《どうぼう》に入《い》る
懐裏《かいり》　知《し》らず　金鈿《きんでん》の落《お》つるを
暗中《あんちゅう》　唯《た》だ覚《おぼ》ゆ　繡鞵《しゅうかい》の香《かん》ばしきを
此《こ》の時《とき》別《わか》れんと欲《ほっ》して　魂《たましい》は倶《とも》に断《た》え
自後《じご》相逢《あいあ》えば　眼《まなこ》は更《さら》に狂《くる》う
光景《こうけい》旋《たちま》ち消《き》えて　惆悵《ちゅうちょう》在《あ》り
一生《いっしょう》　贏《か》ち得《え》たるは　是《こ》れ淒涼《せいりょう》

〔詩　形〕七言律詩　〔押　韻〕平声陽韻（牀・房・香・狂・涼）

〔語　釈〕

○五更　午前四時に当る。往時、夜を初更から五分して五更まで数えた。○約　約束する。○牀　床と同じであるが、漢語ではベッド。寝台。○洞房　私室。奥の部屋の意。婦人の室。○懐裏　ふところ。胸の中《なか》。○金鈿　かんざし。○繡鞵　婦人のぬいとりをした布靴。「鞵」は「鞋」の本字。○光景　日光、日射し。時間。○旋　副詞で「たちまち」。○惆悵　悲しみ。○贏得　勝ちとる。手に入れる。口語的用法。現代語でもyíngdéとして使われる。○凄涼　ものさびしいこと。

〔口語訳〕

昔、あなたと鬱金をたきしめた寝台で会うことを約束し、
夜半に身をひそめてあなたの部屋に入ったことがあったが、
あのとき、あなたが私の胸の中にいて頭のかんざしを落したのにも気づかず、
闇にただようあなたの布靴の高い香りにひたすら酔った。
別れの時間が来て胸もつぶれ、
その後、会った時は眼も狂うばかりであった。
月日は忽ち流れ悲しみだけが残った。
一生で得たものは限りないわびしさだったのだ。

〔鑑　賞〕

「香奩体」の名をほしいままにした韓偓の創り出した艶体詩。その面目が躍如としており、婦女との媚態を赤裸々に描き、晩唐という世紀末のやるせなさがただよっている。

西鄙人《せいひのひと》（伝不詳）

西方辺境地帯の鄙人（田舎人）の意。

哥舒歌

西鄙人《せいひのひと》

北斗七星高
哥舒夜帯刀
至今窺牧馬
不敢過臨洮

哥舒歌《かじょか》

北斗七星《ほくとしちせい》高《たか》し
哥舒《かじょ》夜《よる》刀《とう》を帯《お》ぶ
今《いま》に至《いた》るまで馬《うま》を牧《ぼく》せんと窺《うかが》うも
敢《あえ》て臨洮《りんとう》を過《す》ぎず

〔詩形〕五言絶句　〔押韻〕平声豪韻（高・刀・洮）

〔語釈〕

○牧馬　西北方の異民族が騎馬に乗って侵入すること。○臨洮　秦代の万里の長城の最西端。漢族と西北方の異民族（唐代では吐蕃）との境に近い軍事上の要地。甘粛省蘭州府。

〔口語訳〕

北斗七星は夜空に高い。
この夜哥舒将軍は刀を身につけて起《た》っておられる。
ただそれだけで敵は今に至るまで侵入しようと思いつつも、
あえて臨洮を越えてくることができないのだ。

〔鑑　賞〕

『全唐詩』に収められたものの題下には「天宮中、哥舒翰《かじょかん》安西節度使となり、地を控《おさ》ふること数千里。甚だ威令を著《あらわ》す。故に西鄙の人此を歌ふ」とある。将軍哥舒翰を賛える民謡。はじめて世に出たのは盛唐のころであったろう。

哥舒翰の家は代々西突厥突騎施の首領。吐蕃の侵入軍を破って名を知られ、玄宗に信任されて天宝十二年（七五三）には安平郡王に封《ほう》ぜられた。軍略に巧みで施しを好み大いに民心を得ていた。安禄山《あんろくざん》の乱の時、嘱望されて潼関を守っていたが、都にいた楊国忠《ようこくちゅう》の妨害もあって思うような戦いを展開することができず、潼関は破られ、安禄山に降伏した後、殺されて世を去った。

ここでは北斗星下に刀をかざす名将の勇姿が描かれている。

コラム2　詩人の併称

人名の併称については拙著『書を学ぶ人のための漢詩漢文入門』（二玄社刊）の「コラム3」で取り上げ、本書でも本文中に必要に応じて記しておいたが、便宜上ここに頻度の高いものを五十音訓にして掲げておく。

○王孟《おうもう》―王維・孟浩然。ともに盛唐の詩人。自然詩人、田園詩人として共通性がある。

○王孟韋柳《おうもういりゅう》―王維・孟浩然・韋応物・柳宗元。韋応物・柳宗元は中唐の詩人。唐代を通じて一貫する田園詩人の系譜。六朝の晋の陶淵明の流れを承けつぐ。
○王楊盧駱《おうようろらく》―王勃・楊炯《ようけい》・盧照鱗《ろしょうりん》・駱賓王《らくひんのう》。初唐の四傑といわれる初唐の代表詩人。
○温李―温庭筠・李商隠。晩唐の詩人で軽やかで美しい律詩を作り、当時「新声」とよばれ一世を風靡した。宋初の「西崑体《せいこんたい》」の基。
○韓白《かんぱく》―韓愈・白居易。中唐詩人の双璧。韓愈は奇句を尊び、白居易は平易を旨とする。詩風は同じではないが、中唐詩風の形成に尽す。
○韓柳《かんりゅう》―韓愈・柳宗元。詩人であると共に、文章家として並び立ち、前者は「韓文」、後者は「柳文」と呼ばれ、両者を併せて編まれた『韓柳文』という文章読本も行われた。文章は前者は経にもとづき、後者は史にもとづき、前者は理を論じ、後者は事を述べるのを得意とした。ともに唐宋八大家のうちにあり、宋代の欧陽脩・蘇東坡と併せて「韓柳欧蘇」の併称もよく知られている。
○元白《げんぱく》―元稹・白居易。中唐の同時期の詩人で親交で知られる。ともに平易軽妙な詩を作ったので「元軽白俗」（元稹の詩は軽薄に傾き、白居易の詩は通俗に陥る）の評もある。二人の詩体は時代の名を取って「元和体」ともいう。両者の唱和の詩も多い。
○郊寒島瘦《こうかんとうそう》―韓愈門下の孟郊《もうこう》と賈島はともに苦吟し、字句を練りに練るので、「寒酸」（寒さが身にしみる）、賈島の詩は「瘦衰」（やせ衰えている）という評があった。苦吟型詩人の代表。
○高岑―高適・岑参。ともに玄宗時代に活躍。高適は雄渾、岑参は奇警で知られた。
○沈宋―沈佺期《しんせんき》・宋之問。ともに初唐の清麗な詩風を拓き、二人の詩風を称して「沈宋体」という。近体の律詩の先駆的作家。

○房杜―房玄齢《ぼうげんれい》・杜如晦《とじょかい》。玄宗時代に朝政を担い名宰相として並び称された。
○李杜韓白―李白・杜甫・韓愈・白居易。唐代を代表する四大詩人。
○劉白―劉禹錫・白居易。劉禹錫は晩年に白居易と詩友となり、『劉白唱和集』を残している。
○老杜小杜―盛唐の杜甫と晩唐の杜牧。「大杜小杜」ともいう。

なお、唐代には詩人たちが「唱和」して同題で詩を作ることは盛んとなったが、いわゆる「詩派」と称される集団は生まれていない。宋代以後は黄庭堅を祖とする「江西詩派」や明の鍾惺《しょうせい》などの竟陵《きょうりょう》派、清の王漁洋の神韻派、沈徳潜《しんとくせん》の「格調派」、袁枚の「性霊派」などがある。

第三章　唐詩の名訳

（1）漢詩の和訳史

平安から江戸期まで

漢詩の翻訳としては、わが国では平安前期に「句題和歌《くだいわか》」という試みがなされた。これは漢詩の一句または二句をとり出して、これらを和歌にして詠むという、いわゆる「題詠和歌《だいえいわか》」の一種であるが、「仕立て直す」という点では、比較文学的に言えば「翻案改作」に属する部分がある。

句題和歌は大江千里《おおえのちさと》の作例から始まり、伊勢の御《ご》の『伊勢集』、源　道済《みなもとのみちなり》の『源道済集』、釈慈円《じえん》・藤原　定家《ふじわらのていか》の『詠百首和歌』、土御門院《つちみかどいん》の『土御門院御集』、藤原家隆《ふじわらのいえたか》の『朗詠百首』、頓阿《とんあ》法師らの『句題百首』など所収のものに及ぶまで数多くの作品が残っている。

大江千里は宇多・醍醐両朝に仕えた歌人で中古三十六歌仙の一人であるが、『大江千里集』所収の句題和歌は一一五首である。

著名な一例に次のようなものがある。

木づたふに緑の糸はよわければ鶯とむるちからだになし

文集《もんじゅう》巻三十一　楊柳枝詞

依依嫋嫋復青青　勾引春風無限情

白雪花繁空撲地　緑絲條弱不勝鶯

右の漢詩一首は『白氏文集』所収の七絶であるが、圏点《けんてん》を施した結句の「緑糸の條《えだ》弱くして鶯に勝《た》えず」を句題として「木づたふに」の歌が作られている。

てりもせずくもりもはてぬ春の夜のおぼろ月夜にしくものぞなき

文集巻十四　嘉陵夜有懐（嘉陵の夜、懐うこと有り）

不明不闇朦朧月　不暖不寒慢慢風

独臥空牀好天気　平明間事到心中

これも同じく文集の七絶の起承の二句「明らかならず闇《くら》からず朦朧の月、暖かならず寒からず慢々の風」を歌に移し換えている。

これらの作品は必ずしも和歌として秀抜なものとは言えないが、原詩を伏せてしまえばそれが漢詩の句を題にして出来たものとはわからぬくらいに国風の歌として独立性を保っている。これは「句題和歌」がもともと全詩の翻案改作を目指したものではなく、あくまでも句題であり、題詠であったからである。

したがって、句題和歌における原詩の仕立て直しや翻案改作は、あくまでも限定つきのものであり、厳密な意味でのいわゆる「和訳」の範疇《はんちゅう》には入りにくい。

漢詩は近体詩だけに限っても絶句・律詩ともに起承転結の関係で拘束されており、さらに律詩の場合には中間の四句は二句づつ対句の支配を受けている。そこでこれらを原詩に則して不即不離のうちに和歌に移し換えることは多くの困難を伴い、満足すべき結果を期待できない。つまり単純な移し換えをするには原詩が和歌にくらべて複雑すぎるのである。いわゆる正式な「漢詩和訳」が行われず、おおむね「句題和歌」止まりで終ったのはそのためである。

もしほんとうに「和訳」をしようとすれば、和歌ではなくて他の型態の韻文が必要となろう。いまそうした例として挙げられるのは、江戸期の柳沢淇園《やなぎさわきえん》の作例である。

原詩は唐の詩人郭振《かくしん》の「子夜春歌」である。

陌頭楊柳枝
已被春風吹
妾心正断絶
君懐那得知

陌頭《はくとう》の楊柳《ようりゅう》の枝《えだ》
已《すで》に春風《しゅんぷう》に吹《ふ》かる
妾《しょう》が心正《こころまさ》に断絶《だんぜつ》するも
君《きみ》が懐《おもい》那《なん》ぞ知《し》るを得《え》んや

町のほとりの柳さへ
あれ春風がふくわいな

わしの心のやるせなさ
思ふ殿ごに知らせたい

淇園は大和郡山藩の重臣で文武両道に通じ、人の師たるに足るもの十六芸にあまるとも言われた人で、『雲萍雑志《うんぴょうざっし》』『ひとり寝《ね》』等の随筆でも知られるように、すぐれた文人でもあり、またけたはずれの粋人でもあった。

これは原詩が五言の四句であるのに対し、「今様《いまよう》」の形式を借りて七五調の軽妙な四句仕立てにしてある。原詩がもともと民謡とも言うべき楽府《がふ》題でもあり、内容もこうした俗歌調に移し変えるのにふさわしいものである。

熊本藩儒の秋山玉山《あきやまぎょくざん》にも同じような作例がある。

原詩は『唐詩選』所収無名氏の「伊州歌」(『全唐詩』では金昌緒《きんしょうしょ》の「春怨」としている)で、形式は五言詩である。

打起黄鶯児　　黄鶯児を打起《だき》して
莫教枝上啼　　枝上《しじょう》に啼《な》かしむること莫《な》かれ
啼時驚妾夢　　啼《な》く時妾《ときしょう》が夢《ゆめ》を驚《おどろ》かし
不得到遼西　　遼西《りょうせい》に到《いた》ることを得《え》ざらしむ

さぞやあの
花ふみ散らす鶯の
いなせてたもれ鳴かすなよ
恋しき人を夢にだに
　見せぬわいいな

これは五行の俗曲端歌《はうた》調の訳である。原詩は淇園の時と同じく楽府《がふ》の系列のものであり、用字用語もそうしたものによって出来ている。したがって玉山の場合も淇園の場合と同様、こうした自由訳を可能にするものを原詩がすでに備えていたと言えよう。

これらのものは原詩の全体を「翻案改作」しているものであり、「句題和歌」の系列のものが部分訳であるのに対し、大きなへだたりがある。この意味において、これらはたしかに「漢詩和訳」の先蹤をなすものと言うことができる。

しかしこれらは、こうした自由訳にふさわしい原詩として、主として楽府という民間歌謡系のもの、ことに短詩型の五言四句のものを選んでなされており、そうした限界のなかではじめて可能だった試みである。この類の作例には他に忍海《にんかい》和尚や大江玄圃《おおえげんぽ》のものなどがある。

これはいずれも学者や文人の「手すさび」としてなされた単発的なものであったが、新体詩という詩形がまだ成立していなかった時代においては、先駆的なものとして扱われる意味を持っているとすべきであろう。

明治以後の文壇で

明治期に新体詩が成立すると、漢詩ことに絶句を七五調の四行詩に仕立て直すことは当然考えられるようになる。

作例としてよく知られているものに佐藤春夫のものがある。彼は昭和三年（一九二八）、『改造』八月号に「支那名媛詩鈔《しなめいえんししょう》」と題し、中国の女流詩人の詩十篇の新体詩訳を発表した。昭和四年九月に武蔵野書院から刊行された『車塵集《しゃじんしゅう》』はこれらを含め六朝から明清に至る女流詩人の作品四十八篇についての訳詩集である。

いま一例をかかげる。

春のをとめ

風花日将老
佳期猶渺渺
不結同心人
空結同心草
薛濤《せっとう》

しづ心なく散る花に

なげきぞ長きわが袂《たもと》
情《なさけ》をつくす君をなみ
つむや愁のつくづくし

その後、佐藤春夫は引きつづき同じような試みをつづけ「唐詩黄絹幼婦抄《とうしこうけんようふしょう》」「不惜但傷抄《ふしゃくたんしょうしょう》」各一巻を作り、昭和二十三年にこれを合せて『玉笛譜《ぎょくてきふ》』と名付けて刊行した。発行所は東京出版である。「唐詩黄絹幼婦抄」所収のものは李白、杜甫、李賀、李商隠など唐詩人の作であり、「不惜但傷抄」中のものは陶淵明にはじまり陸游《りくゆう》、元好問《げんこうもん》、高啓《こうけい》から近人徐志摩《じょしま》の白話詩《はくわし》に及ぶ詩篇である。

『車塵集』所収のものはいずれも五言、七言四句の短詩形のものであり、訳詩は流麗な七五調四句の韻文訳であるが、『玉笛譜』中には律詩や古詩も含まれ、訳詩にも次の例のように七五調になっていないものもまじっている。

長安道

長安道　人無衣
馬無草　何不帰来
山中老

顧《こ》　況《きょう》

都大路《おほぢ》は
我に衣《きぬ》なく
馬に草なし
帰らざらめや
山に老いまし

白楽天に答ふ

洛城洛城何日帰
故人故人今転稀
莫嗟雪裡暫時別
終擬雲間相逐飛
劉禹錫《りゅううしゃく》

みやこか　みやこか　いつかへり得ん
わが友　わが友　今はすくなし
なげかじ　雪路《ぢ》にしばし別るる
飛ばまし　やがてはつばさ連《つら》ねて

佐藤家は医を業としたが、祖父以来、漢詩文を愛好し、祖父鏡村《きょうそん》には『鏡村遺稿』と題する漢詩集があるほどである。そうした環境に育った春夫は早くから漢詩になじんでおり、また成人後はしばしば中国への旅行をくり返して海彼《かいひ》（海外）への親しみを増していった。中国趣味の横溢していた芥川とも親交があり、将来共著で漢詩和訳集を出すことが語り合われていたという。

佐藤春夫の訳詩と並び称せられるのは土岐善麿《ときぜんまろ》の『鶯の卵』である。出版は佐藤春夫よりも早く大正十四年（一九二五）一月であり、原題は『UGUISU NO TAMAGO』（アルス社刊）となっている。その後、改造文庫にも収められ、多くの読者を得たが、昭和二十五年（一九五〇）に春秋社から新装版、三十一年にその修補版が出ている。

山中送別

山中相送罷
日暮掩柴扉
春草明年緑
王孫帰不帰

山のわかれ　王維

山辺《やまべ》のわかれ　日《ひ》は暮《く》れて
柴《しば》のとぼそを　とざせども
春《はる》　としどしに　草青《くさあお》し
君《きみ》は帰《かえ》るや　帰《かえ》らぬや

所収の詩は唐詩・宋詩を主とするが、明人では高啓、清人では趙翼《ちょうよく》などの詩も採られている。詩形も古詩あり律詩ありでさまざまである。

右の訳例は七五調の韻文訳であるが、秋山玉山訳にかかげた金昌緒《きんしょうしょ》の「春怨」（二六一頁）の詩には

「春のかごと」（怨みごと）と題して次の土岐訳がある。

枝《えだ》にゃ　鳴《な》かすな
　ねた　うぐいすを
啼《な》いちゃ　夢路《ゆめじ》で
　逢《あ》わりゃ　せぬ

ただし、これには新装版で「この一首は、その調の古なるものと評される。都々逸調にしたのは、もとよりゆき過ぎ。ただ気もちはこういうところ」という補注がついている。

土岐善麿の動機はやや屈折している。『UGUISU NO TAMAGO』がローマ字で出されたことからもわかるように当時彼はローマ字論者だった。そこで彼は「漢字の弊害」を痛感し、漢詩を「やはらげた日本語」に直し、それをローマ字綴りにして「趣味的方面から、特に漢字漢語に愛着を持つ人々に、日本語のいいところ、その生命を感じてもらって、国字改良の趣旨を理解してもらおうという計画」（「漢詩邦訳に就て〝支那文化を中心に〟」〈昭和六年九月　大阪屋刊〉所収）だったのである。

淇園や玉山の今様俗歌調訳を継承したのは井伏鱒二《いぶせますじ》である。訳詩はいま『厄除《やくよ》け詩集』（昭和五十二年七月　筑摩書房刊）に収められているが、もと「田園記」「中島健蔵に」の二文に載せられたものが中心になって出来ている。

「田園記」のなかで彼は六歳の時に亡くなった父の遺言書が漢文で書かれていたこと、また父の文庫に妹尾《せのお》吟一郎《ぎんいちろう》という人物や野口寧斎《のぐちねいさい》らの書信のあったこと、父が妹尾氏に和歌や漢詩を「デヂケイトした形跡がある」ことなどを言い、ついで次のように記している。

私は父の本箱から和綴のノートブックを取出して、かねて私の愛誦してゐたことのある漢詩が翻訳してあるのを発見した。それは誰が翻訳したのか訳者の名前は書いてなかったが、こまかい字で訳文だけが記されてゐた。きつと父が参考書から抜書きしたものだらう。漢籍に心得ある人には珍らしくない翻訳かも知れないが、ここにすこしばかりそれを抜萃して、その原文も書き写す。但、訳文には私が少し手を入れる。

この文章につづいて十首の五言絶句の訳出がある。その一つをかかげる。

聞　雁　　　　　　韋応物
故園眇何処　　ワシガ故郷ハハルカニ遠イ
帰思方悠哉　　帰リタイノハカギリモナイゾ
淮南秋雨夜　　アキノ夜スガラサビシイアメニ
高斎聞雁来　　ヤクシヨデ雁ノ声ヲキク

文末に次のようにある。

――この翻訳の調子には多量に卑俗な感じが含まれてゐて、まだまだ訂正したいところもある。人力車に乗つて口ずさむためのものかも知れない。ずいぶん昔の人が口ずさんだ唄の調子で口ずさむのだらう。

井伏鱒二は関東大震災の後、しばらく作家田中貢太郎の門下にあり、田中の指示で漢籍の勉学をつづけていた時期がある。この経歴も「田園記」に語られている父親の漢学趣味からの感化とともに、この作家が漢詩和訳を試みるに至る上で大きな要素となっているだろう。

會津八一の翻訳論

最後に「漢詩和訳史」の歴史で見逃してはならないのは秋草道人《しゅうそうどうじん》會津八一《あいづやいち》の訳業であろう。會津八一（一八八一～一九五六）は歌人、書家、東洋美術史家として早稲田大学文学部教授であった。号は秋草（秋艸）道人。南都奈良に材を取った『南京新唱《なんきょうしんしょう》』で歌人として知られ、のち『鹿鳴集』『渾斎随筆』等を著した。歌は万葉調で「かな」「わかち書き」に終始した。新潟の人。

會津八一の訳詩「印象」（大正十二年九月）は、歌集『鹿鳴集《ろくめいしゅう》』（創元社刊、昭和十五年五月）に収められている。

これは唐詩九首の短歌訳であるが、原詩はいずれも五言絶句である。

秋日　　耿湋《こうい》

返照入閭巷　憂来誰共語
古道少人行　秋風動禾黍

いりひ　さす　きび　の　うらは　を　ひるがへし
かぜ　こそ　わたれ　ゆく　ひと　も　なし

序のなかで、會津八一は「これを見て翻訳といふべからずとする人もあるべし。また創作といふべからずとする人もあるべし。これを思うてしばらく題して『印象』といふ。されど翻訳にあらず、創作にあらざるところ、果して何物ぞ、これ予が問はんと欲するところなり」と言っている。

會津八一には漢詩和訳の可能性の有無を論じた「訳詩小見」（『渾斎随筆』昭和十七年十月　創元社刊所収）がある。そのなかで次のように記す。

あちらの詩であるものをこちらの散文でなく、定形のある短歌に引き直してまとめるといふことになると、仕事が二重になるから殆ど出来ない相談と云つていいほどに、むづかしくなるのである。（中略）ことに絶句は所謂起承転結といふ風に、断続抑揚して歯切れのいい一つの詩体を構成してゐるから、それをば、糸で物を縫ふやうに、とにかく一本調子に流れがちな三十一文字では何とも手におへるものではない。（中略）

私は（「印象」の序文のなかで）、これは翻訳にも創作にもなつていないと逃げ口上のやうなことを述べておいた。けれども、これは一字のこさずパラフレイズがしてなければ決して翻訳とは云はせないことにしてゐる、ありふれた非難に応じるための、いはば捨て身の構へであつて、自分としては翻訳としていくらかの値打ちがありうるのではないかと、ひそかに信じてゐたのである。

「訳詩小見」はもっぱら漢詩の短歌訳について論じているが、會津八一は「字句の末よりも、もっと根本を摑むのだ」と言ってその可能性を説きつつも、実際問題としては、自分の訳歌も、先人にくらべて格別新味がないと言い、「不可能でない」と一方で主張していながらも、「私は決して容易な仕事とは思つてゐるのでないから、あの『印象』を限りとして、自分では再びこんなことに指を染めないつもりである」と結んでいる。

中国の学芸に関しては自他ともに第一人者を以って許し、一方、短歌の技巧についても決して人後に落ちる人でなかった自信家の八一も、こと漢詩の短歌訳についてはこのように発言は遠慮勝ちである。参考までに八一の訳詩をいま一つかかげておく。

山館　　皇甫冉《こうほぜん》

山館長寂寂　閑雲朝夕来

空庭復何有　落日照青苔

うらやま　に　くも　ゆき　かよふ　ひろには　の

こけ　の　おもて　に　いりひ　さしたり

（2）佐藤春夫の訳詩抄

『車塵集』から

「車塵」は「車の通ったあとに立ちのぼる塵」のこと。「美人香骨化作車塵」（美人の香骨、化して車の塵と作《な》る）の句に基づく。六朝から明清に至る女流詩人のみの訳詩四十八篇を収める。ここでは唐の詩人のもの。

次に唐の杜秋娘《としゅうじょう》と薛濤《せっとう》の詩の訳とを挙げておく。

ただ若き日を惜め

勧君莫惜金縷衣
勧君須惜少年時
花開堪折直須折
莫待無花空折枝
杜秋娘

綾にしき何をか惜しむ

惜しめただ君若き日を
いざや折れ花よかりせば
ためらはば折りて花なし

杜秋娘は金陵（南京）の娼家の女《むすめ》。十五歳の時、鎮海の節度使李錡《りき》の妾となったが、錡が乱を起して滅びたのち、宮中に入り憲宗の寵を受け、穆宗《ぼくそう》の時には皇子の傅姆《ふぼ》となり、皇子が廃せられたので故郷に帰って終った。詩人杜牧《とぼく》はその「杜秋娘詩」の序で「予、金陵を過ぎてその窮し且《か》つ老いたるに感じて之がために詩を賦す」と記している。また杜牧には別に「杜秋伝」がある。

この詩の題は「金縷衣《きんるのい》」、金糸で織ったぜいたくな衣服。

訓読は左の通り。

君に勧む惜しむ莫《な》かれ金縷の衣
君に勧む須《すべか》らく惜しむべし少年の時
花開きて折るに堪えなば、直に須らく折るべし
花無くして空しく枝を折るを待つこと莫《な》かれ

末句は「花無きまで待ちて、空しく枝を折ること莫《な》かれ」と訓じてもよい。唯美的心情を詠いあげたもの。「金縷衣」は訳詩では「綾にしき」（美しい衣裳の形容）としている。綾と錦。

音に啼く鳥

檻草結同心
将以遺知音
春愁正断絶
春鳥復哀吟

薛　濤

ま垣の草をゆひ結び
なさけ知る人にしるべせむ
春のうれひのきはまりて
春の鳥こそ音《ね》にも啼け

薛濤は長安の人で字《あざな》は洪度。良家の女《むすめ》であったが、父について蜀の成都に行き、そこで父が亡くなったので、母とともに成都に留まり芸者となり名妓として評判となった。蜀の長官韋皐《いこう》に召されて酒宴に侍り、詩を賦したので女校書《じょこうしょ》と称された。「校書」とはもと官名で、宮中の秘書の校訂をする役目を担う校書郎のことであるが、彼女が文才があってその任に堪えることからその名が生まれた。彼女は万里橋辺の浣花渓《かんかけい》におり、白居易・元稹・杜牧らと詩の唱和をし、とくに元稹に親しかったという。

彼女の作ったとされる深紅で小さな模様の施された「薛濤箋《せん》」は名高い詩箋である。

この詩は「春望」四首の一つ。訓読は次の通り。

檻草《かんそう》もて同心《どうしん》を結《むす》び
将《まさ》に以《もっ》て知音《ちいん》に遺《おく》らん
春愁《しゅんしゅう》正《まさ》に断絶《だんぜつ》せんとし
春鳥《しゅんちょう》も復《ま》た哀吟《あいぎん》す

「檻」は手すり。「檻草」を訳者は「ま垣の草」としている。一本に「攬《らん》草」とあり、これならば「草を攬《と》りて」となる。「同心」「同心結」で堅くて解けない結び方で、親愛の意を託すもの。「知音」はよき友。恋人。

この詩は春の愁いと乙女の恋心とをおりまぜている。せっかく愁いを忘れ、恋心を断ち切ろうとしているのに、なぜ春鳥は啼き声を聞かせて、また私をなやませるのか、と怨んでみせている。

『玉笛譜』から

「唐《とう》詩《し》黄絹《こうけん》幼《よう》婦《ふ》抄《しょう》」と「不《ふ》惜《しゃく》但《たん》傷《しょう》抄《しょう》」とから成るが、後者は唐詩以外の詩であるから、ここでは前者から三首を選んで解説する。「黄絹」は色糸で「絶」、「幼婦」は少女で「妙」。一種の謎語で、四字で「絶妙」の意となり「唐詩絶妙抄」となる。「玉笛」は詩語で笛をいう。李白の「黄鶴楼中吹玉笛／江上五月落梅花」（黄鶴楼中　玉笛を吹く／江上五月　落梅花）などの句がある。

都の春を

——洛中春感——

莫悲金谷園中月
莫歎天津橋上春
若学多情尋往事
人間何処不傷神

白居易

月をな泣きそ不忍《しのばず》に
春な歎《なげ》きそ言問《ことひ》に
あはれを知らば思ひ出の
何処《いづこ》とわかつ涙かは

晩年の白楽天は長安を避けて洛陽に住んだ。洛陽の風物を愛していた。香山に居を定めて香山居士と号した。「金谷園」は洛陽の西北にあり晋の石崇《せきすう》の別荘で、ここに客を会し詩を賦し酒宴を開いて歓を尽したことで知られる。「天津橋」は市中の洛水に架かる大橋。「神」はこころ。訓読は次の通り。

悲しむ莫《な》かれ金谷園中の月
歎く莫かれ天津橋上の春
若《も》し多情を学んで往時《おうじ》を尋ぬれば
人間《じんかん》　何《いず》れの処か神《しん》を傷《きず》つけざらんや

訳詩の第一句「な泣きそ」は「な…そ」で中を打消す。決して泣くな、の意。「不忍」「言問」は江戸仕立にして「不忍池」を金谷園に、「言問橋」を天津橋に見立てたもの。七五調の流麗な四行詩にしている。

木な植ゑそ

――莫種樹――

李　賀

園中莫種樹
種樹四時愁
独睡南牀月
今秋似去秋

木な植ゑそ園にな植ゑそ

植ゑし木は四季の愁《うれひ》ぞ
ひとり寝に月さす窓の
この秋の去年《こぞ》にぞ似たる

李賀は字は長吉《ちょうきつ》。河南省福昌の人。二十七歳で死んだ鬼才の詩人。「木を植えるのは愁いのもと」と説く。訓読は次の通り。

園中に樹《き》を種《う》うる莫《な》かれ
樹を種うれば四時《しいじ》の愁《うれい》あり
独り睡《ねむ》る南牀《なんしょう》の月
今秋《こんしゅう》は去秋に似たり

（3）土岐善麿の『鶯の卵』

『鶯の卵』は、唐・宋・元・明・清五代の王朝の詩を春・夏・秋・冬に分けて、基本的には七言調の文語調に仕立てた訳詩を添えて出版したものである。ここでは昭和三十一年（一九五六）六月に春秋社から刊行された本を使用して紹介することにする。土岐善麿は社会派の歌人としても歌歴が長い。『田安宗武研究』で学位取得。朝日新聞記者を経て昭和二十年後半には早稲田大学文学部で「上代文学」の講義を担

当した。筆者もこれに出席して「記紀歌謡」を教えて頂いた。そのころの先生の歌に、

上代文学の講座に学生の集らぬをうべなひながらゆうべを帰る

わが講義を信じがたしとおもうものは信ずべき資料を調べて来れ

とある。

善麿は中国文学にも傾倒し、『新訳杜甫詩選』などの著作もある。それだけに自信を持って和歌訳をしている。唐詩でも『全唐詩』などから、あまり知られていない詩をとり出して訳してもいる。和歌はおおむね七五調の文語訳であるが、かねてローマ字表記に熱心で、この書も大正十四年（一九二五）にはじめて世に出した時は『UGUISU NO TAMAGO』と題し、訳詩もすべて「日本式ローマ字」で綴っていたくらいであるから、あまり難しい漢語は使っていない。いまその中から唐詩だけを取り出し、そのいくつかを紹介しておく。訳詩にはもともと「自注」があり、書中には長い「補注」もある。

やよいつごもり　　賈島

三月晦日贈劉評事

やよいも　きょうは　つごもりの
なごりのながめ　歌《うた》もなし
こよいは　君《きみ》と　あかしなん
鐘《かね》なるまでは　春《はる》なれば

三月正当三十日
風光別我苦吟身
共君今夜不須睡
未到暁鐘猶是春

色も香もうしろ姿や弥生尽　　蕪村

おこたりし返事かく日や弥生尽　　几董

第二句は「風光別る我が苦吟の身」と読み下されるから、「歌もあれ」の意とも解されるが、「歌もなし」でも通じよう。

「晦日」は、みそか。「三月三十日」は「三月尽《さんがつじん》」という。三句・四句の訓読は「君《きみ》と共《とも》に今夜《こんや》睡《ねむ》るを須《もち》いず（或は須《すべか》らく睡《ねむ》らざるべし）／未《いま》だ暁《ぎょうしょう》鐘に到《いた》らざれば猶《な》お是《こ》れ春《はる》ならん」。

やよいつごもり　　白居易

慈恩《じおん》の春《はる》も　けさばかり
ひねもす　よるや　寺《てら》の戸《と》に
春《はる》をとどめんすべも　なし
藤《ふじ》の花《はな》かげ　たそがれて

三月晦日題慈恩寺
慈恩春色今朝盡
終日徘徊倚寺門
惆悵春帰留不得
紫藤花下漸黄昏

くたびれて宿かるころや藤の花　　芭蕉
広庭の松のこずゑにさく藤の花もろ向けて夕風ふくも　　子規

この詩の解説は本文三二〇頁参照。

やよい　杜牧

春《はる》はやよいの　しとど雨《あめ》
旅《たび》のおもいの　くるしきに
酒屋《さかや》はいずこ　道《みち》とえば
あんずの村《むら》を　さすわらべ
清明

清明時節雨紛紛
路上行人欲断魂
借問酒家何處有
牧童遙指杏花村
樊川集には見えないが、この作者のものとされている。
「清明」は旧三月の節句の名で、新暦では四月の五日か六日ごろに当る。

解釈については本文二一三頁参照。

秋思

自古逢秋悲寂寥
我言秋日勝春朝
晴空一鶴排雲上
便引詩情到碧霄

秋の思い　劉禹錫

秋《あき》はさびしと　言《い》いなせど
春《はる》のあしたに　まさるべし
青空高《あおぞらたか》く　鶴一羽《つるいちわ》
わがおもいさえ　天翔《あまが》くる

「盧なにがしが、ある日澄みきった青空をながめていると、仙人が鶴に乗って飛んで行く。別に数羽の鶴が前後を飛んでいて、ふとみると仙人が別の鶴の背にヒラリと乗りかえること、馬を乗りかえるかのようであった」という話が唐の尚書故実という本に見える。

劉禹錫、字は夢得、中唐の詩人。白楽天が常に推して詩豪といった。この詩などには、盛唐の調とはことなる「細み」が、よかれあしかれあるといえよう。

原詩の訓読は、「古《いにしえ》より秋《あき》に逢《あ》えば寂寥《せきりょう》を悲《かな》しむ／我《われ》は言《い》う秋日《しゅうじつ》は春朝《しゅんちょう》に勝《まさ》ると／晴空《せいくう》に一鶴《いっかく》の雲《くも》を排《はい》して上《のぼ》れば／便《すなわ》ち詩情《しじょう》を引《ひ》きて碧霄《へきしょう》に到《いた》る」。この七絶は『唐詩選』『三体詩』『唐詩三百首』にも入っていない。伝統的な「悲秋」の観念を打破しているところに面白さがある詩。

村の夜　　白居易

青白《あおじら》む霜《しも》の小草《おぐさ》や　虫《むし》のねに
ゆく人絶《ひとた》えし　村《むら》の路《みち》
ひとり門辺《かどべ》に　たたずめば
蕎麦《そば》の花《はな》　雪《ゆき》さながらや月《つき》あかり

村夜

霜草蒼蒼虫切切
村南村北行人絶
独出門前望野田
月明蕎麥花如雪

なだらかな白詩の風味が出ている。ひなびた味はわが俳諧にかよう。

黒谷の隣は白し蕎麦の花　　蕪村

訳注は本文一九六頁参照。

山の夏　高駢

青葉《あおば》かげ　夏《なつ》の日長《ひなが》さ
池水《いけみず》に　かげさすうてな
そよかぜに　みすはゆらぎて
香《か》ぞあふるる　ひと枝《え》花《はな》ばら

山亭夏日

緑樹陰濃夏日長
楼臺倒影入池塘
水晶簾動微風起
一架薔薇満院香

真夏の山荘、ひるねからさめて、冷えたメロンでも切ろうかというひととき。架はたなである。起承の静けさに対して転結の微妙な動的描写もさわやか。静中動あり。
晩唐の詩人で、字は千里、出世して渤海郡王に封ぜられたが、のちには不幸な最期を遂げた。

訳注については本文二四三頁参照。

すずしさ　呉融

松《まつ》かげのてすりにつづく　さざなみや
けむり涼《すず》しき　薄月夜《うすづきよ》
水鳥《みずとり》は　小夜《さよ》のねぐらに　さざめきて

涼思

松間小檻接波平
月澹煙沈暑気清
半夜水禽棲不定

蓮《はす》のそよかぜ　露《つゆ》ぞかたむく　　　緑荷風動露珠傾

晩唐の詩人、字は子華、翰林学士になった。

唐才子伝はかれの詩を「靡麗余りあれども雅重足らず」と評する。

涼しさや縁より足をぶらさげる　　支考

晩涼に池のうきくさ皆動く　　虚子

原詩の訓読は、「松間《しょうかん》の小檻《しょうかん》波《なみ》に接《せっ》して平《たい》らかに／月澹《つきあわ》く煙《けむり》沈《しず》みて暑気清《しょききよ》し／半夜《はんや》に水禽棲《すいきんす》みて定《さだ》まらず／緑荷風《りょくかかぜ》動《うご》きて露珠《ろしゅ》傾《かたむ》く」。呉融《ごゆう》の詩は『三体詩』に四首収めてあるがこの詩はない。

おおつごもり　　高適　　除夜作

はたごの灯《ともし》　いねがてに　　旅館寒燈独不眠

ものさびしさは　旅《たび》ごころ　　客心何事転凄然

こよい　千里《ちさと》の　ふるさとや　　故郷今夜思千里

あす　白髪《しらかみ》の　年《とし》ひとつ　　霜鬢明朝又一年

除夜の詩の傑作。

このころも大みそかには一家うちつどい、椒酒（トソ）を汲みかわし、にぎやかに年越しをするならわしがあり、唐の詩によくうたわれている。それにひきかえ、これはひとりしょんぼり年を送る作者の影法師が見えるような詩である。唐詩別裁は「故郷の親戚朋友が千里外の人（作者）を思うことだろうと詠じたから、いよいよ味がある」と評する。結句の「又」の字にも深いなげきがこもっている。

訳注については本文四七頁参照。

都への道中、雪に逢いて　　孟浩然

みやこへの路《みち》は　はるけく
年《とし》ゆくや　空《そら》さえ暮《く》れぬ
このひと日《ひ》　このひと夜《よ》なり
山《やま》かわは　雪《ゆき》ふりつみぬ
雁《かり》落《お》ちて　なぎさに迷《まよ》い
鴉《からす》饑《う》えて　田面《たのも》にすだく
旅《たび》ごころ　ただたたずめば
人里《ひとざと》の　煙《けむり》もみえず

赴京途中遇雪

迢遰秦京道
蒼茫歳暮天
窮陰連晦朔
積雪満山川
落雁迷沙渚
饑烏噪野田
客愁空佇立
不見有人煙

原詩の訓読は、「迢遰《ちょうてい》たる秦京《しんけい》の道《みち》／蒼茫《そうぼう》たり歳暮《さいぼ》の天《てん》／窮陰《きゅういん》　晦朔《かいさく》に連《つら》なり／積雪《せきせつ》　山川《さんせん》に満《み》つ／

落雁《らくがん》　沙渚《さしょ》に迷《まよ》い／饑烏《きう》　野田《やでん》に噪《さわ》がし／客愁《かくしゅう》空《むな》しく佇立《ちょりつ》すれば／人煙《じんえん》あるを見《み》ず」。「秦京」は長安のこと。「窮陰」は冬の末、歳末の寒さ。この詩は『三体詩』に収める。五言律詩。『鶯の卵』には律詩と古詩が計四十首ほど加えられている。

（4）井伏鱒二の『厄除け詩集』

『厄除《やくよ》け詩集』中の「訳詩」は漢詩の和訳であり、「題袁氏別業」（賀知章）、「照鏡見白髪」（張九齢）、「送朱大入秦」（孟浩然）、「春暁」（同上）、「洛陽道献呂四郎中」（儲光羲《ちょこうぎ》）、「長安道」（同上）、「復愁」（杜甫）、「逢俠者」（銭起《せんき》）、「答李澣」（韋応物）、「聞雁」（同上）の十首は、昭和八年十月『文学界』所載「田園記」に収められ、「静夜思」（李白）、「田家春望」（高適）、「秋夜寄丘二十二員外」（韋応物）、「別盧秦卿」（司空曙《しくうしょ》）、「勧酒」（于武陵《うぶりょう》）、「古別離」（孟郊）、「登柳州蛾山」（柳宗元）の七首は、昭和十年二月『作品』所収「中島健蔵に」に初出する。どれも『唐詩選』中の五言絶句である。

照鏡見白髪　　張九齢

宿昔青雲志
蹉跎白髪年
誰知明鏡裏
形影自相憐

シユツセシヨウト思ウテヰタニ
ドウカウスル間ニトシバカリヨル
ヒトリカガミニウチヨリミレバ
皺ノヨツタヲアハレムバカリ

原詩の訓読と訳については本文（三四頁）参照。今様調で俗歌に模し、飄逸な気分で訳している。結句「形影自相憐」は中央政府の高位を極めた貴族の感懐を、巷の一介の老爺のものに変えているところが面白い。

逢俠者　　　　銭　起

燕趙悲歌士
相逢劇孟家
寸心言不尽
前路日将斜

イヅレナダイノ顔ヤクタチガ
トモニカタラフ文七ガイヘ

ダテナハナシノマダ最中ニ
マヘノチマタハ日ガクレル

原詩の訓読は、「燕趙《えんちょう》悲歌《ひいか》の士《し》／相逢《あいお》う劇孟《げきもう》の家《いえ》／寸心《すんしん》言《い》い尽《つ》くさず／前路《ぜんろ》日《ひ》将《まさ》に斜《なな》めならんとす」。題は「俠者《きょうしゃ》に逢《あ》う」。

劇孟は『史記』「遊俠列伝」に登場する洛陽の俠客。銭起が古の劇孟のような人物と逢って心を傾けて日の暮れるまで語り合ったという詩。訳詩では劇孟を大阪の俠客で芝居でも名高い雁金《かりかね》文七にしている。

「ダテノハナシ」は「伊達の話」。

銭起は中唐の詩人で「大暦十才の子」の一人。本来はしっとりした叙情詩人として人気がある。

答李澣　　韋応物

林中観易罷
渓上対鷗閒
楚俗饒詞客
何人最往還

ヤマニカクレテ易ミルヒトハ
タニノカモメト静カニクラス

ココノ国ニハ詩人ガ多イ
タレガトリワケ来テアソブ

原詩の訓読は、「林中易《りんちゅうえき》を観《み》ること罷《や》んで／渓上鷗《けいじょうかもめ》に対《たい》して間《かん》なり／楚俗詞客饒《そぞくしかくおお》し／何人《なんぴと》か最《もっと》も往《おう》還《かん》するや」。題は「李澣《りかん》に答《こた》う」。当時、韋応物の友人李澣は楚の地に隠遁していた。林中で易を読み閑《しず》かに渓のほとりのかもめと向き合っているだろう、という思い入れの詩。井伏の好みの世界でもあったろう。

静夜思　　李　白

牀前看月光
疑是地上霜
挙頭望山月
低頭思故郷

ネマノウチカラフト気ガツケバ
霜カトオモフイイ月アカリ
ノキバノ月ヲミルニツケ
ザイシヨノコトガ気ニカカル

もともと楽府題で民謡調の詩。望郷歌。「ザイショ」は「在所」で田舎、国元。

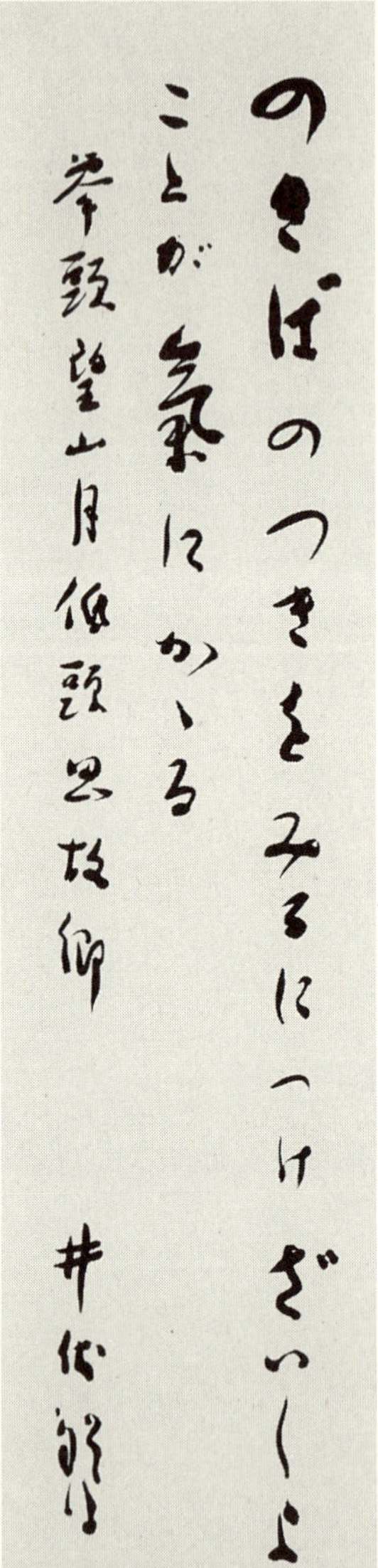
のきばのつきをみるにつけざいしよの
ことが氣にかゝる
挙頭望山月低頭思故郷
井伏鱒二

ふくやま文学館蔵

勧　酒　　　　于武陵

勧君金屈巵
満酌不須辞
花発多風雨
人生足別離

コノサカヅキヲ受ケテクレ
ドウゾナミナミツガシテオクレ
ハナニアラシノタトヘモアルゾ

「サヨナラ」ダケガ人生ダ

原詩の訓読は、「君《きみ》に勧《すす》む金屈《きんくつ》の巵《し》／満酌《まんしゃく》辞《じ》するを須《もち》いざれ／花発《はなひら》いて風雨《ふうう》多《おお》し／人生別離《じんせいべつり》足《た》る」。「金屈巵」は黄金の把手《とって》のついた盃。「別離足る」の「足」は十分である、沢山あるの意。「満足」の足。作者于武陵《うぶりょう》は中唐の人。進士に合格したが、役職を捨てて書と琴とをたずさえて諸国を放浪し、やがて嵩山《すうざん》の南に隠棲した。訳詩の第四句は名句としてもてはやされている。

登柳州蛾山　　柳宗元

荒山秋日午
独上意悠悠
如何望郷処
西北是融州

アキノオンタケココノツドキニ
ヒトリノボレバハテナキオモヒ
ワシノ在所ハドコダカミエヌ
イヌヰノカタハヒダノヤマ

原詩の訓読は、「荒山《こうざん》秋日午《しゅうじつご》なり／独《ひと》り上《のぼ》れば意悠悠《いゆうゆう》たり／如何《いかん》ぞ郷《きょう》を望《のぞ》むの処《ところ》／西北《せいほく》は是《こ》れ融州《ゆうしゅう》」。融州は柳州の北三十里、いまの広西省融州。この方南に故郷と定めた長安があるとしたもの。柳州に流された柳宗元の望郷の歌の一つ。「蛾山」は「鵞山」とも言い、頂きに「鵞鳥」の形をした岩がある。いまは麓は公園になっている。

訳詩では蛾山を木曾の「御嶽山」になぞらえ、融州の山々を飛騨の山に変えている。

（5）會津八一の「印象」

訳詩「印象」は大正四年に世に問われた。その序文に次のように記す（句読点は筆者による）。

かつて唐人の絶句を誦《じゅ》しその意を以《もっ》て和歌二十余首を作りしことあり。ちか頃古き抽斗《ひきだし》の中よりその旧稿を見出《いだ》し、聊《いささ》か手入などするうちに鶏肋《けいろく》の思ひさへ起りて、ここにその九首を録して世に問ふこととなせり。或《あるい》はこれを見て翻訳といふべからずとする人あるべし。また創作といふべからずとする人もあるべし。これを思うてしばらく題して「印象」といふ。されど翻訳にあらず、創作にもあらざるところ、果して何物ぞ。これ予が問はんと欲するところなり。

乙卯十月

収められたのは唐詩で、五絶・七絶あわせて九首。のちに自註『鹿鳴集』を刊行し、みずから、作者紹介を行っている。ここには三篇のみを載せ解説を施しておく。

送霊澈上人　　劉長卿《りゅうちょうけい》

蒼蒼竹林寺　杳杳鐘声晩
荷笠帯斜陽　青山独帰遠

霊澈《れいてつ》上人ヲ送ル
蒼々《そうそう》タル竹林ノ寺。
杳々《ようよう》トシテ鐘声晩《く》ル。
笠《かさ》ヲ荷《にな》ウテ斜陽ヲ帯ブ。
青山独《ひと》リ帰ルコト遠シ。

たかむら　に　かね　うつ　てら　に　かへり　ゆく
きみ　が　かさ　みゆ　ゆふかげ　の　みち

〔解　説〕

劉長卿は河北省河間の人で、若いころは嵩山に入って読書して暮していた。玄宗の開元年間に進士に合格したが剛直で権門にさからい蘇州の獄に入れられていたこともあった。五言詩にすぐれ「五言の長城」

（五言の達人）と称された。八一も「詩調雅暢」と記している。この詩は『唐詩三百首』所収。霊澈は詩僧。寺は江蘇省鎮江市にあり、いまの鶴林寺であるとも、四州省淮県にある竹林寺であるともされる。歌の漢字を宛てておく。

篁《たかむら》に鐘撞《う》つ寺に返りゆく君が笠見ゆ夕影の道

「夕影」は夕日の光。「笠」は原詩の「荷笠」（背中に荷った雨笠）の訳。夕日を背に山中の寺に歩み去る詩僧の姿が一幅の絵の世界となっているが、訳詩は唐詩の世界から、むしろ『南京新唱』の奈良の古寺の風景を想わせるものとなっている。

秋夜寄丘員外　　韋応物
懐君属秋夜　散歩詠涼天
山空松子落　幽人応未眠

あきやま　の　つち　に　こぼるる　まつ　の　み　の
おと　なき　よひ　を　きみ　いぬ　べし　や

秋夜丘員外ニ寄ス

君ヲ懐《おも》ウテ秋夜ニ属シ、
散歩シテ涼天ニ詠ズ。
山空シクシテ松子落ツ。
幽人ハ応《まさ》ニ未《いま》ダ眠ラザルベシ。

〔解説〕

秋草道人は韋応物の詩が好きで、よく書にもしたためている。その「除州西澗《じょしゅうせいかん》」七絶の条幅はことに名高い。韋応物は恵政多く、性高潔の士であった。歌は漢字を宛てると次のようである。

秋山の土に零《こぼ》るる松の実の音なき宵を君寝《い》ぬべしや

第三句の「山空シクシテ松子落ツ」に焦点を合せ、夜の秋の静けさをきわだたせ、結句の「幽人ハ応ニ未ダ眠ラザルベシ」を「君寝ぬべしや」（果して寝てしまっているかどうか）と軽い反語の形にしている。この「まつのみ」を「松かさ」にするのか、その松かさの中に入っている羽根のついた胞子状の実にするのかでは議論がある。

『渾斎随筆』の「推敲」の一文で、八一もそのことに触れ、「おとなき」について、「松子」が落ちるのだから「音ある」とすべきだと言って来た人があると言った上で、自分も初めはそう思って訳したが「考えて直してみると、枝についているマツカサの鱗片の間から、風のまにまにひらひらと舞い落ちる、あの小さい羽根のある、我々の郷里などでマツタネというものらしい」と述べている。

訪隠者不遇　賈島《かとう》

松下問童子　言師採薬去

只在此山中　雲深不知処

やま　ふかく　くすり　ほる　とふ　さすたけ　の

きみ　が　たもと　に　くも　みつ　らん　か

隠者ヲ訪《おとな》ウテ遇《あ》ハズ

松下ニ童子ニ問ヘバ、

言《いは》ク、師ハ薬ヲ採リテ去レリ。

只《た》ダ此ノ山中ニ在《あ》ラン、

雲深クシテ処《ところ》ヲ知ラズト。

〔解　説〕

『千家詩《せんかし》』にも収められていて、よく知られた詩。賈島は韓愈の門人。はじめ出家して、のちに還俗したが生涯恵まれなかった。詩題のように人を訪ねて会えなかったいわゆる「不遇」（遇わず）の詩作は当時の流行であった。詩人たちは好んで人を訪ねたが、電話もなかった時代であるから、俗に言う「アポなし」で、しばしば、「遇わず」ということになってしまった。しかしそれはそれで訪ねて行く途中の気持ちや風景などが十分詩情に訴えることができたので詩材として成り立つのである。

歌の漢字宛てをすると、

山深く薬掘る言《と》ふさすたけの君が袂に雲満《み》つらんか

「さすたけの」は「刺す竹の」で「君」にかかる枕詞。『和漢草』の訳は「雲深く入りにし人は影絶えてたきものの香ぞ庵《いお》に残れる」となっている。こちらは主なき庵の様子に中心を置き、『印象』の訳では山中の隠者の様子に想いをはせている。なお、詩中の童子は隠者にかしづく（使役されている）侍童。隠者は山中に仙薬を求めて入っている。侍童の「言」が第二句で終るのか、結句までつづくのかは両説あり。この詩にも八一の書作が残っている。

コラム3　楽府と楽府題

漢の武帝は音楽好きであり、国家の祭祀用の楽曲の創作のための材料集めも兼ねて、国立の音楽研究機構のようなものを設立し「楽府《がふ》」と名付けた。研究員を全国に派遣して民間の歌謡を採集したが、これらの歌謡は楽府の集めた、あるいは集める対象となった詩として、それらは「楽府詩《がふし》」とよばれ、やがて略称してただ「楽府」とだけ言うようになった。

楽府は一言の字数が長短不揃いなものが多く、形式としては「雑言体《ざつげんたい》」とか「長短句」とよばれる。その題名には「短歌行《たんかこう》」「孤児行《こじこう》」など「行」（歌の意）の付くものや、「歌」の付くものが多いので「歌行《かこう》」ともよばれ、楽府体の詩を「歌行体」ということもある。題名には他に「吟」「引」「曲」などがある。

唐詩のなかにも楽府題のものが少なくない。「公子行」（劉廷之）、「江上吟」（李白）、「貧交行」（杜甫）、「涼州詞」（王翰）、「塞下曲」（常建）、「秋風引」（劉禹錫）、「婕妤怨《しょうじょえん》」（皇甫冉《こうほぜん》）などがその例の一部である。

楽府では本歌《もとうた》を「古辞」とも「本辞」とも言い、本来は楽曲があって歌われていたので、歌はむしろ「曲の辞」であった。しかし間もなく楽曲は失われて曲辞だけが残り、或はその曲辞も亡んで題だけ伝わったものもある。後世の楽府題の詩はいわば「替え歌」であるが、内容も本辞にかかわりがなく、題名と一致しなくてもよい。楽府の古詩としての情調や自由な表現をよしとする。詩形は古体詩のままのものもあり近体詩となっているものもある。

楽府は漢代に始まり六朝にも流行したが、こうしたもと歌に近いものを「古楽府《こがふ》」という。中唐になるとこの古楽府に対し、李紳や元稹によって「新題楽府」が作られ、白楽天には「新楽府」という題の作品五十首がある。

第四章　唐詩条幅の読法

（1）章碣《しょうけつ》「焚書坑《ふんしょこう》」（七言絶句）宮島詠士《みやじまえいし》書

久喜市公文書館所蔵

対処法

1　三行になっているが、全体が二十八字なので七言×四句の七言詩であることを知る。

2　第一・二・四句の末に「虚・居・書」と韻字が置かれているから、それらを一句ずつ、読むようにする。第三句は押韻しない「乱」が句末の字。ちなみに韻目は上平五魚。

3　各句は2＋2＋3、または4＋3で処理する。従って第一句は「竹帛」「煙銷」「帝業虚」で切れ、「竹帛　煙銷《き》えて　帝業《ていぎょう》虚《むな》し」と読む。第二句は「関河」「空鎖」「祖龍居」で、「関河　空しく鎖《とざ》す　祖龍の居」と読む。末三字は「祖龍居《お》る」とも読める。意味が同じであればどちらで読んでもよい。第三句は「坑灰」「未冷」「山東乱」となり、「坑灰《こうかい》　未だ冷《ひ》えず　山東乱《みだ》る」。「未だ冷えず」は「未だ冷えざるに」でもよい。「山東乱」は「山東に乱あり」「山東の乱」でもよい。第四句は「劉項」「元来」「不読書」となり「劉項《りゅうこう》　元来《がんらい》　書《しょ》を読《よ》まず」となる。「不読書」は「読書せず」でも通じるが、口調がよくない。なお、ここは「元来、書を読まざりき」と訓じてもよい。

4　原詩と訓読文を対応させてみる。

竹帛煙銷帝業虚　　竹帛《ちくはく》　煙《けむり》銷《き》えて　帝業《ていぎょう》虚《むな》し
関河空鎖祖龍居　　関河《かんが》　空《むな》しく鎖《とざ》す　祖龍《そりゅう》の居《きょ》
坑灰未冷山東乱　　坑灰《こうかい》　未《いま》だ冷《ひ》えざるに　山東乱《さんとうみだ》る
劉項元来不讀書　　劉項《りゅうこう》　元来《がんらい》　書《しょ》を読《よ》まず

5　詩意を理解するための手がかりとなるのは「帝業虚し」の句。帝国が亡びたことを示しているから、史上にそれにあてはまる事件をさがす。

次に「祖龍の居」は故事を含むと考えて、それを調べる。「祖」は「始」、「龍」は「人君の象」で、「祖龍」は秦の始皇帝の異称。出典は『史記』「秦始皇本紀」。そこでここは秦滅亡の故事を詠んでいると想像する手がかりとなる。すると第三句の「坑灰未だ冷えず」が始皇帝の行った暴挙とされる「焚書坑儒」にかかわりがあり、第一句の「竹帛」も始皇帝によって焼かれた書物（当時は竹簡や帛書《はくしょ》）であり、「煙銷」や「未冷」がそれらが「焼かれて間もない」ことを指しているとわかり、「山東乱る」があの陳勝《ちんしょう》と呉広《ごこう》が山東ではじめて反秦の行動を起したことを指すと知る。

こうなれば「劉項」が劉邦《りゅうほう》と項羽《こうう》の併称ということになるが、中国の古典では、こういう人物の併称が多くあるので、これに注意。

漢の高祖となった劉邦も民間の出で、もともと書物とは縁のなかったことはよく知られているし、項羽も「書は以て名姓を記せば足る」と言って学問を棄てたという逸話は名高い。
6　次に詩の後に付された一行を見る。まず、六字目の「談」で切り、「中島子の談を聴き」と読む。次の二字は「感あり」となる。「中島子（子は敬称）のお話しを聞いて感ずるところがありました」の意。多分、始皇帝の「焚書坑儒」を話題にしたのであろう。次は「古人の詩を録す」とあり、先人の詩を「録す」すなわち「書いた」ということであるから、この詩は自作の詩ではないと知る。
下の二字は「詠士」とあるから、著名な宮島大八、号は詠士の名筆であるとわかる。

ちなみにこの詩は晩唐の章碣の詩で「焚書坑」と題し、『三体詩』巻一所収。

7　「銷」（別本では「消」）「空」「未」「東」「元」の字に墨のにじみが多く、一寸読みにくいが、こういう筆づかいが詠士の特色の一つ。中国で教えを受けた張廉卿《ちょうれんけい》の書風。

8　詩の「口語訳」。
竹や帛《きぬ》で作られた書物を焼いた煙が消えると共に始皇帝の天下も潰《つい》え去った。祖龍とよばれた始皇帝の君臨した都は函谷関や黄河に空しく閉ざされている。坑《あな》の中で焚《た》かれた書物の灰の冷めぬうちに、早くも山東（函谷関より東の地方。いわゆる山東省のことではない）で、叛乱が起きた。最後に秦を滅ぼしたのは劉邦と項羽であるが、この二人とも皮肉なことで学問と縁がなく書物を焼かれて痛痒を感じるやからではなかったのではないか。一体何のための焚書であったのか。

余説1
始皇帝の行ったという焚書坑儒の「焚書坑」は西安郊外の驪山《りざん》山中にあり、坑儒谷も同じ郊外の畑の中にある。実話かどうか明らかでないが、「思想弾圧」の象徴として伝えられている。近年の中国の文化大革命による学者への弾圧や焚書は明らかな史実である。多くの学者文化人は理由もなく迫害されて惨死し、図書館の本もいたるところで焼かれている。紅衛兵が執拗なので、気の利いた図書館員がたいして重要でもない本をわざとしぶしぶ出して、図書館の庭で大量に燃やして見せたという話がある。

余説2

宮島詠士については、小著『漢学者はいかに生きたか——近代日本と漢学』「宮島大八——大陸とのかけはし」（大修館書店刊）参照。なお、詠士が「中島子」と記している人物は中島竦《なかじましょう》（号は玉振）。漢学者中《なか》島《じま》撫《ぶ》山《ざん》の三男。竦の伝については、小著『評伝・中島敦——家学からの視点』（中央公論新社刊）参照。

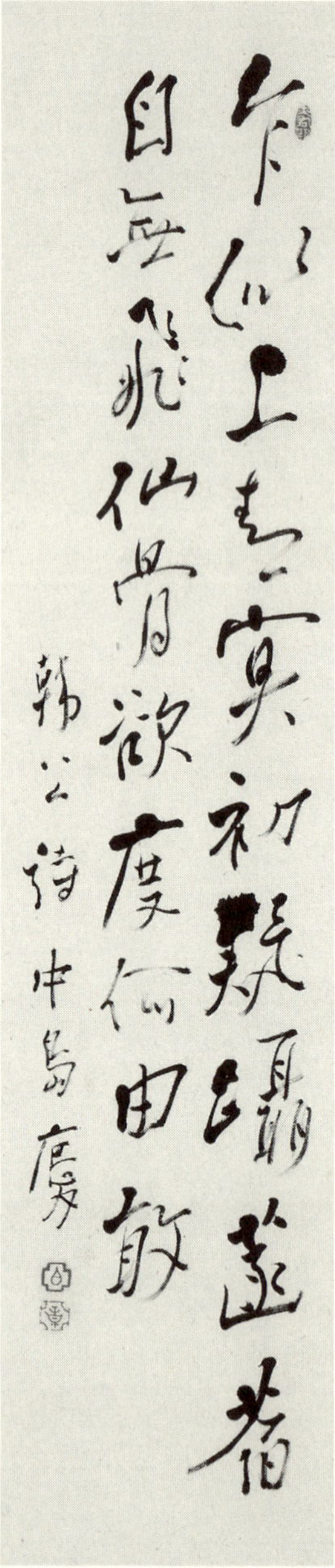

（2）韓愈《かんゆ》「梯橋《ていきょう》」（五言絶句）　中島撫山《なかじまぶざん》書　筆者蔵

対処法

1　二十字なので五言詩と考える。「冥・萏・骨・敢」が句末の文字。このうち「萏・敢」が韻字。上声二七感で仄韻。平仄も合っていないところあり「古絶句」とすべきであろう。「菡萏《かんたん》」とは蓮のこと。「青冥」は青空、天空、「仙骨」は仙人になれる骨相。杜甫に「自是君身有仙骨」（自ら是れ君が身には仙骨あり）の句がある。ここでは下三文字が熟語で「飛仙骨」（飛仙の骨）、天上を飛行する仙人の特性の意となっている。

第四句の「欲度」は度《わた》らんと欲して。「度」はしばしば「渡」の意で用いられる。下三字は「何に由りてか敢えてせんや」と訓ずる。「由」は手段・方法・経由の意で、用いて、基づいて。ここでは「渡る手段が見付からない」というなげきを言っている。反語で「渡れようか、渡れない」となる。

2　原詩と訓読文を上下に対応させてみる。

乍似上青冥　　乍《たちま》ち青冥《せいめい》に上《のぼ》るに似《に》たり
初疑躡菡萏　　初《はじ》めは疑《うたが》ふ菡萏《かんたん》を躡《ふ》むかと
自無飛仙骨　　自《おのずか》ら飛仙《ひせん》の骨《こつ》無《な》ければ
欲度何由敢　　度《わた》らんと欲《ほっ》すれども何《なに》に由《よ》りてか敢《あ》えてせんや

第一句上二字は「乍ち似たり」（乍ち似たり青冥に上るに）、第三句上二字も「自ら無し」（自ら無し飛仙の骨）と訓じてもよい。「乍」（音はサ）は「たちまち」と訓ずるならわしがあるが、「最初のうち暫《しばら》くは」の意。手紙などで「乍末筆」（末筆乍《まっぴつなが》ら）とする時の「ながら」は和訓（日本だけで便宜的に用いられているもの。原意と関係がうすい）。

3 「韓公詩中島慶」とあり、「韓公」すなわち「韓愈」の詩であると知られる。自作の詩でない場合はこのようにするのがふつうであるが、全く何も記さず「××書」としている場合も少なくないから、その人の自作の詩と誤認しない注意が肝心。この詩は韓愈の「三堂新題二十一詠」（三二九頁参照）の一つで、題は「梯橋」（吊り橋）。吊り橋が高く架り、下に雪があってまるで蓮の花を踏んでいるようだ。このまま天上に飛んで仙人になれそうな錯覚さえする、と述べているもの。

4 書者の「中島慶」は幕末明治の漢学者。名は「慶太郎」であるが、ここでは三文字にするため「慶」と一字だけ記す。号は撫山。作家中島敦《なかじまあつし》の祖父に当る。亀田鶯谷《かめだおうこく》の高弟。撫山の伝記は拙著『評伝・中島敦——家学からの視点』（中央公論新社刊）参照。

印の文字は「白章」。伯章は撫山の字《あざな》で、ここでは伯を「白」にしている。

詩幅は筆者所蔵。

（3）張説《ちょうえつ》「送梁六」（七言絶句）伊藤蘭嵎《いとうらんぐう》書　財団法人斯文会蔵

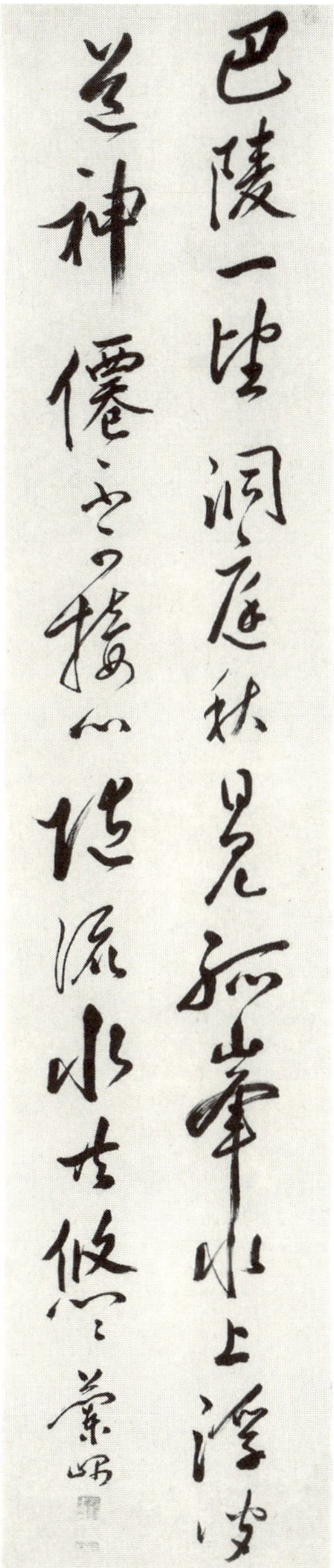

対処法

1　二行書きで文字のくずしは少なく読みやすい。二十八字なので七言絶句。七字目の切れ目を見付けるためには韻字を利用する。七言であるから起句の末の字の「秋」と、承句末の「浮」と、結句末の「悠」で、韻目は下平十一尤。転句は入声で「接」。なお句末の「悠〻」は「悠悠」。

2　七言詩の一句は2＋2＋3の構成。起句は「巴陵」「一望」「洞庭秋」で切れる。あるいは上を四字一体で「巴陵一望」ととらえてもよい。承句以下も同じ扱い。

文字は筆の流れで書いてゆくので条幅では句末が行末に来るわけではない。むしろ意識してそうしないようにしている場合が多い。この詩でも転句の冒頭にある「聞道」の「聞」を一字だけ一行目の末に置いてある。

3　原詩と訓読文を上下に対応させてみる。

巴陵一望洞庭秋　　巴陵《はりょう》一望《いちぼう》　洞庭《どうてい》の秋《あき》
日見孤峯水上浮　　日《ひび》に見《み》る孤峰《こほう》水上《すいじょう》に浮《うか》ぶを
聞道神僊不可接　　聞道《きくなら》く神仙《しんせん》接《せっ》すべからず
心隨流水共悠ゝ　　心《こころ》は流水《りゅうすい》に随《したが》い共《とも》に悠悠《ゆうゆう》たり

読みはこのようになる。句末は意味上文法上からは「浮水上」なのであるが、「浮」を韻字にするため語順を入れ換えている一例。第三句はじめの「聞道」は、聞くところによれば、〜だそうだ、の意の慣用語で口語系の用字。二字併せて「きくならく」という読みが定着している。「神僊」は「神仙」と同じ。

4　「巴陵」は湖南省岳陽の町の西南にある丘。下は洞庭湖に臨む。「孤峰」は洞庭湖中の名山「君山」。湘君を祠った祠があるので「湘山」ともいう。もう一つの別名は「洞庭山」。玉女がいるという伝説がある。ここで「神仙」といっているのはそれを指す。作者張説が岳州刺史に左遷されていたころ、梁六なる者が洞庭山に向かうのを送った時の詩。

5　筆者は伊藤蘭嵎《いとうらんぐう》。署名は「蘭嵎」。印は「長堅之印」「字才蔵」、関防印は「父子兄弟儒業」。蘭嵎（一六九四～一七七八）は、京都の人、名は長堅、字は才蔵。父は仁斎、兄の東涯はじめ兄弟五人とも儒者として名高い。関防印に「父子兄弟儒業」とあるのはそのこと。紀州藩儒。紹明先生と謚《おくりな》される。

詩の作者張説は玄宗の時、中書令となったが李林甫《りりんぽ》に斥けられて岳州に左遷されていた。のち召されて左丞相となり開元十八年（七三〇）に没した。盛唐の詩風を開いた一人。

（4）杜甫《とほ》「蜀相」（七言律詩）田代秋鶴《たしろしゅうかく》書

『田代秋鶴遺墨集』所収

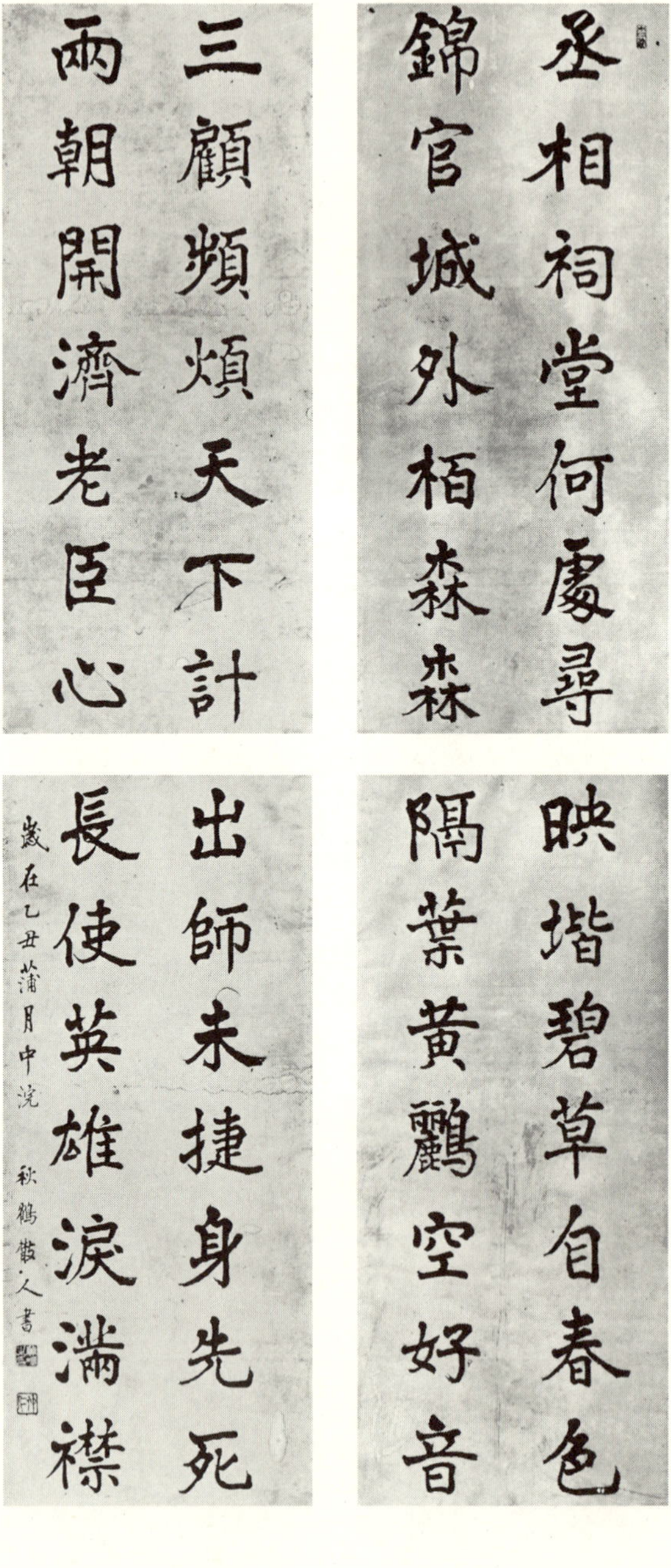

対処法

1 楷書でしっかりと書かれており、判読は容易。七言律詩であるから七言の八句の詩。二句ずつを聯とよぶから、四聯から成る。中間の二つの聯は対句仕立て。そこの読みは左右の対語を確かめながら進めてゆく。題の「蜀相」は三国時代の蜀の宰相の意で、諸葛亮《しょかつりょう》、字《あざな》は孔明《こうめい》、謚《おくりな》は諸葛武侯。「詠史詩」。

2　以下に対句を見てみよう。第三句「映堦」（堦に映ずる）は、第四句「隔葉」（葉を隔つる）に対応。動詞+目的語の構造が共通。「碧草」と「黄鸝」は「碧」と「黄」で顔色対（色彩対）、「自春色」「空好音」は、「自」「空」ともに副詞、「春色」と「好音」は色彩と音声との対比から成る。

第五句の「三顧」、第六句の「両朝」は数の対比で「数目対《すうもくつい》」。「頻煩」と「開済」はともに用言。「天下計」「老臣心」は三字句で「計」と「心」とを対比させている。末句は「使」を用いた「して…しむ」の句形。まず「英雄をして」とここに「して」を入れ「涙襟を満《み》たさしむ」と送る。

韻字は、尋・森・音・心・襟（下平十二侵）。

3　原詩と訓読文を上下に対応させてみる。

丞相祠堂何處尋　丞相《じょうしょう》の祠堂《しどう》何《いず》れの処《ところ》にか尋《たず》ねん
錦官城外栢森森　錦官城外《きんかんじょうがい》栢森森《はくしんしん》
映堦碧草自春色　堦《かい》に映《えい》ずる碧草《へきそう》は自《おのずか》ら春色《しゅんしょく》
隔葉黄鸝空好音　葉《は》を隔《へだ》つる黄鸝《こうり》は空《むな》しく好音《こういん》
三顧頻煩天下計　三顧《さんこ》頻煩《ひんぱん》なり天下《てんか》の計《けい》
兩朝開濟老臣心　両朝《りょうちょう》開《ひら》き済《な》す老臣《ろうしん》の心《こころ》

出師未捷身先死
長使英雄涙満襟

師《し》を出《いだ》して未《いま》だ捷《か》たざるに身《み》先《ま》ず死《し》し
長《なが》く英雄《えいゆう》をして涙襟《なみだえり》を満《み》たさしむ

4　語釈は以下のとおり。「祠」は、やしろ、廟。「錦官城」は、蜀の都・成都の異称。古代に上貢する錦の織物を管理する「錦官」が置かれたので。「栢」は「柏」の別体、柏は、「かしわ」でなく、「このてがしわ」。「森森」は、こんもりとしていること。「堦」は、「階」と同じ。祠堂の階段。「黄鸝」は、うぐいす。「三顧」は、蜀の劉備が諸葛孔明の出廬（仕官）を催して、三度その庵を訪ねた故事による。いわゆる「三顧之礼」。「頻煩」は、「頻繁」とするテキストもある。くり返すこと。「両朝」は、二代。孔明が劉備とその子劉禅（後主）の二代に宰相として仕えたこと。開済は、困難を切り開く。他に「心が広い」の意でも可。「老臣」は、孔明を指す。「出師」は、軍を動員すると。ここでは後主劉禅に「出師表《すいしのひょう》」を奉ったことを指す。「身先死」は、孔明が五丈原《ごじょうげん》で魏の将軍司馬懿《しばい》と対陣中、病没したこと。「英雄」は、ここでは「後世の英雄たち」の意。

5　口語訳を記す。往年の蜀の宰相諸葛孔明の祠《ほこら》はどこに尋ねたらよいのか。錦官城外の柏の木々が茂っている暗いあたりこそ、その場所であった。堂のきざはしに映えるみどりの草にはそこはかとなく春色がただよい、樹々の葉陰に鳴くうぐいすはしきりに美しい音をひびかせている。先主劉備は孔明のいおりを三度訪ねて天下平定のはかりごとを聞き、老臣となった孔明は二代の主に仕えて力を傾けて恩に報いた。しかし天運つたなく志なかばで軍陣に没してしまった。しかしその忠義な事蹟は後世長く世の英雄たちの心を動かしてやまない。

6 杜甫の成都流寓時代の代表作。武侯祠はいま成都第一の観光スポットとして脚光を浴び立派に修復されているが、そのためかえって往年の面影を失っている。杜甫のころはおそらく荒廃していたものであろう。「何れの処にか尋ねん」と、遠い野道を辿ってゆく様子が窺われる。祠堂に着いて、孔明の忠誠への共感、悲運への同情、過ぎ去った歴史へのおもいが、杜甫の心中にさまざまにめぐった。それらを詩語に託して力強く印象的な作品が生れた。古来、愛唱する人の多い傑作である。

7 最後に「歳在乙丑蒲月中浣　秋鶴散人書」とある。よみは「歳《とし》は乙丑《きのとうし》に在《あ》るの蒲月中浣《ほげつちゅうかん》　秋鶴散人《さんじん》書《しょ》す」。「乙丑」は大正十四年（一九二五）。「蒲月」は陰暦で五月。「中浣」は中旬。「散人」は雅号の下へ附ける語の一つ。散士と同。「無用の人」の意。秋鶴は書家田代秋鶴（一八八三〜一九四六）。名は其次。長野県の人。日下部鳴鶴《くさかべめいかく》、丹羽海鶴《にわかいかく》に師事。もっぱら顔真卿《がんしんけい》の書風を研究して書作に努めた。結社「無心会」は、その門流の人々に維持されて今日に至っている。『田代秋鶴遺墨集』（平成三年刊）があり、この書もそこに収める。掲載に当っては北原滄秋氏の御紹介により無心会会長大倉谷山氏の了解を頂いている。

（5）韓愈《かんゆ》「出門」（五言古詩）　浜口容所《はまぐちようしょ》書　『容所遺韻』（筆者架蔵）所収

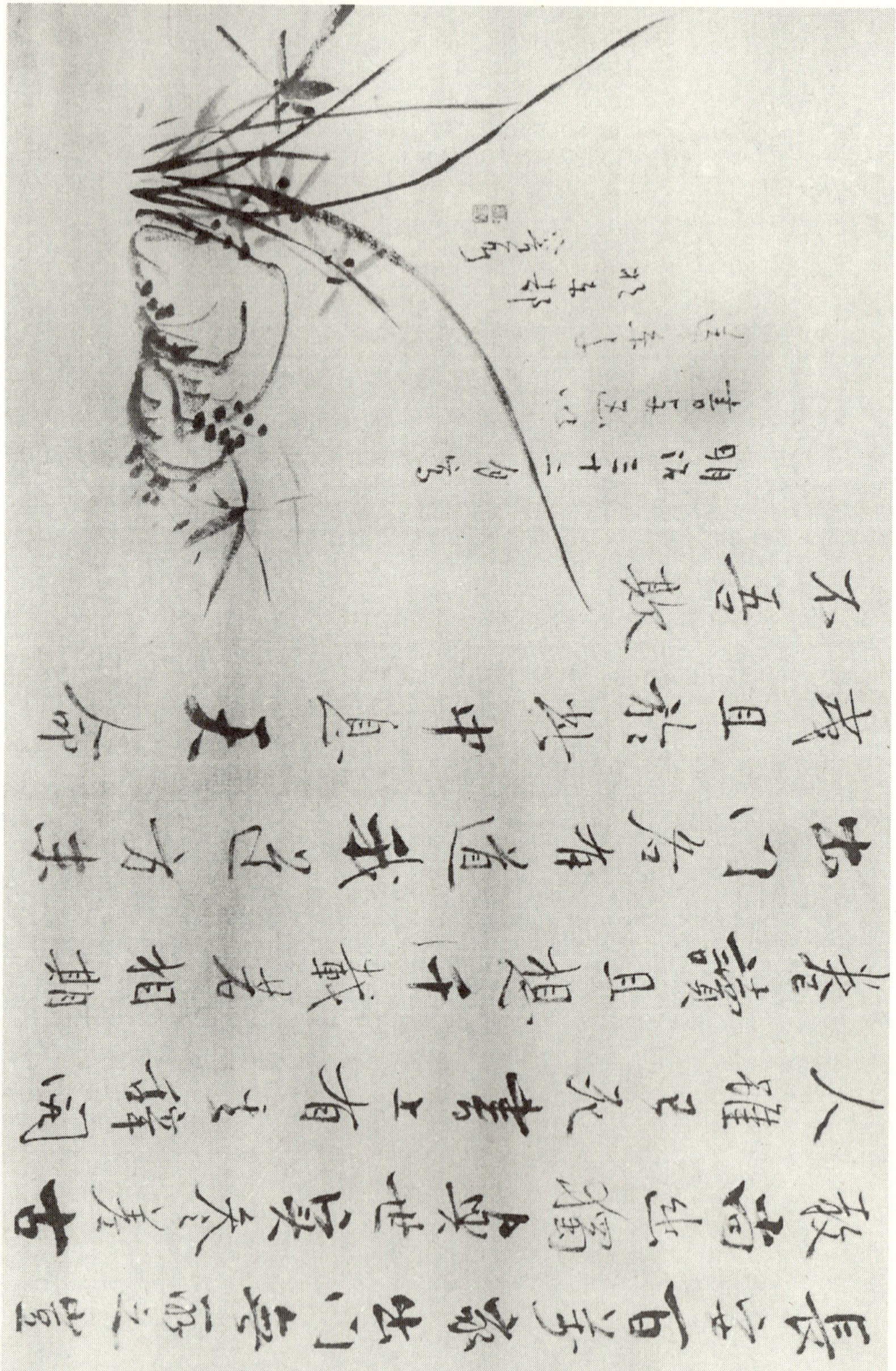

対処法

1　「長安百萬家」（長安百万《ちょうあんひゃくまん》の家《いえ》）の五言で始まる。第二句は「出門無所之」（門《もん》を出《い》でて之《ゆ》く所《ところ》無《な》し）と読める。これを並べてゆくと次のようになる。

長安百萬家　長安百万《ちょうあんひゃくまん》の家《いえ》
出門無所之　門《もん》を出《い》でて之《ゆ》く所《ところ》無《な》し
豈敢尚幽獨　豈《あ》に敢《あ》えて幽独《ゆうどく》を尚《とう》とばんや
與世実參差　世《よ》と実《じつ》に参差《しんし》たり
古人雖已死　古人《こじん》已《すで》に死《し》すと雖《いえど》も
書上有其辭　書上《しょじょう》其《そ》の辞《じ》有《あ》り
開巻讀且想　巻《かん》を開《ひら》きて読《よ》み且《か》つ想《おも》う
千載若相期　千載《せんざい》相期《あいき》するが若《ごと》し
出門各有道　門《もん》を出《い》でて 各《おのおの》道《みち》有《あ》り
我道方未夷　我《わ》が道《みち》方《まさ》に未《いま》だ夷《たい》らかならず
且於此中息　且《か》つ此《こ》の中《うち》に息《いこ》う
天命不吾欺　天命《てんめい》吾《われ》を欺《あざむ》かず

全十二句であり、偶数句末に「之・差・辞・期・夷・欺」で上平四支で一韻到底である。しかし、この詩は対句が完全でなく、「豈敢」「且於」のように虚辞も使われており、五言古詩として作られたものと言ってよい。

2　詩は「出門」と題し、韓愈の作。『韓昌黎集』巻二の「古詩」に収めている。書は大きなくずしはないので、句切りをまちがえず、五字は2＋3でまとまっていると考えて読む。韓愈の詩としては用語はとくに難解ではない。「載道」（道義の実践）を旨とした韓愈の心境が示された詩。

3　「明治三十二月寫書与画以送糸子」（明治三十、二月、書と画とを写し、以て糸子に送る）とある。左下の画とこの書とをともに写す（書す・画く）とあり、「自画自賛」（但し詩は自作のものではない）である。糸子というのは夫人の名。「於東都」（東都に於いて）とあるから東京で書いて糸子に送ったもの。

4　署名は「容所」。浜口吉右衛門の号である。旧和歌山県有田郡広村出身。吉右衛門は九歳にして江戸に出て濱村蔵六《はまむらぞうろく》、ついで亀田鶯谷《かめだおうこく》に就いて漢学を修めた。のち慶応義塾に入り洋学を修め家業に従事した。浜口家は東・西両浜口があり富豪であったが、東浜口家当主として容所は東京日本橋小網町に店舗を有し醤油等を販売していた。鐘淵紡績会社、東洋拓殖銀行の経営や設立にかかわり、のち衆議院議員、貴族院議員としても名を知られた。

詩文書画をよくし、文人としても多くの交友があり、遺作の書画と漢詩を集めて『容所遺韻』（大正四年十二月刊）を世に出している。亀田鶯谷門下であり、師と同じく韓詩を愛好していた。

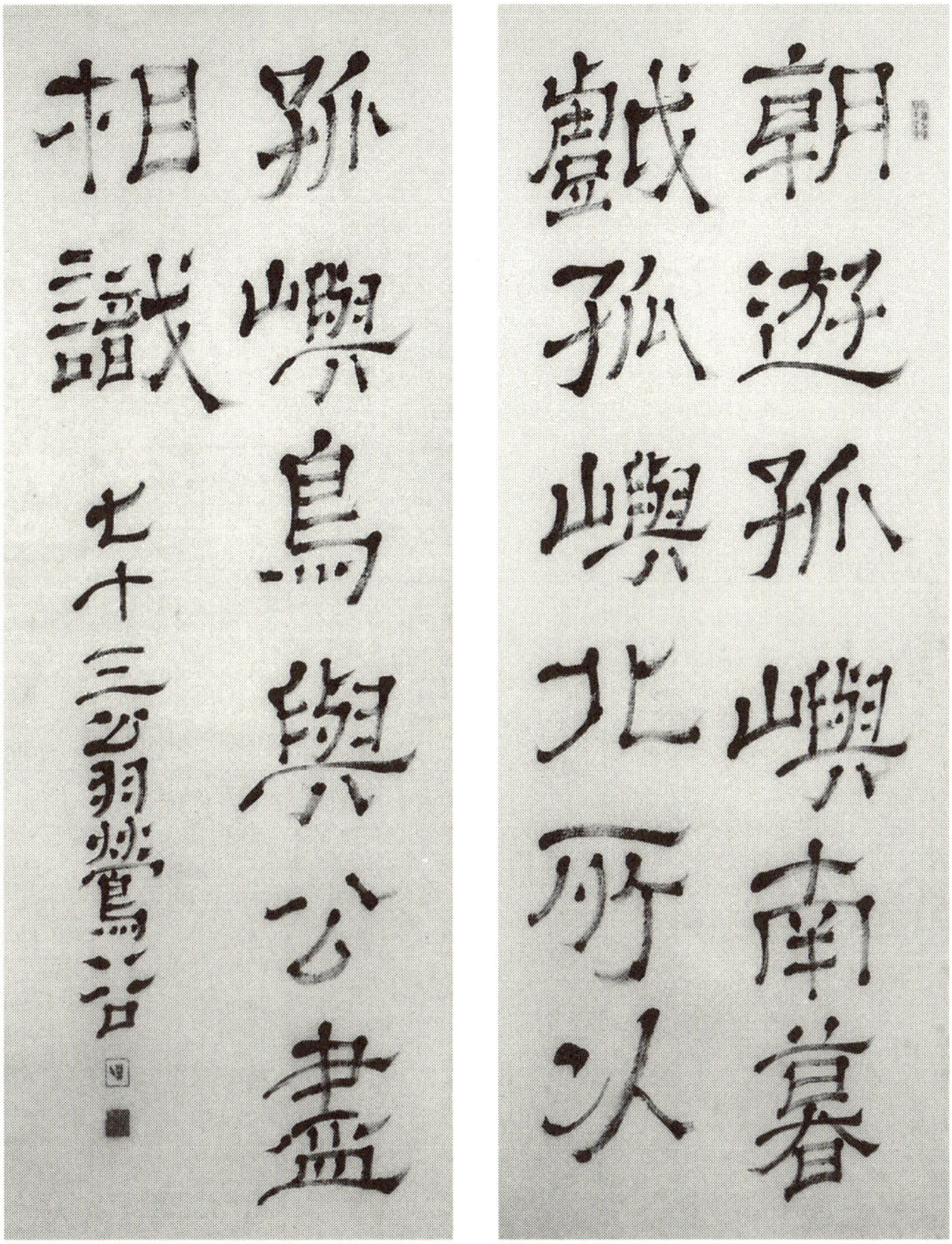

（6）韓愈《かんゆ》「孤嶼《こしょ》」（五言絶句）亀田《かめだ》鶯谷《おうこく》書
茨城県八千代町鈴木要氏所蔵（写真提供：八千代町歴史民俗資料館）

対処法

1　二幅に分けられているが一つづきの詩。所有者が都合でこのように仕立てたもの。文字は隷書でわかり易い。二十字なので五言絶句と考えて読んでゆく。

2　十字目と二十字目に韻字があり、「北・識」で入声職韻。

3　はじめの二句は対句。「朝遊」に「暮戯」、「孤嶼南」に「孤嶼北」が対。「孤嶼」というのは離れ小島。「嶼」は「島嶼」の「嶼」で小島の意。第三句の「所以」は「ゆえん」と訓ずると第三句から第四句にまたがって訓ずる。こういう形態もあることを知らねばならない。現代中国語では「所以」は、だから、故にの意で訳される語。そこで「所以《ゆえ》に」という訓を当ててもよい。

4　原詩と訓読文を上下に対応させてみる。

朝遊孤嶼南　　朝《あした》に孤嶼《こしょ》の南《みなみ》に遊《あそ》び
暮戯孤嶼北　　暮《ゆうべ》に孤嶼《こしょ》の北《きた》に戯《たわむ》る
所以孤嶼鳥　　孤嶼《こしょ》の鳥《とり》と
與公盡相識　　公《こう》と尽《ことごと》く相識《あいし》る所以《ゆえん》なり

第一句は「朝に遊ぶ孤嶼の南」と訓じてもよい。なお、「朝」「暮」は対にして古語で「あした」「ゆうべ」と訓じた方が口調がととのう。

5　この詩は唐の韓愈の「三堂新題二十一詠」(三〇六頁)の一首。詩題は「孤嶼」。虢《かく》州の刺史劉伯芻《りゅうはくすう》が任地の河南省盧氏県に庭園を営み三堂と名付け、みずから庭園内の各所を題にして五言の連作を詠じた。韓愈がこれに唱和した。丁度盛唐の王維が輞川荘《もうせんそう》を営んで詩を作り、裴迪《はいてき》が唱和したのに倣ったもの。

6　最後に「七十三翁鶯谷」とある。鶯谷は亀田鶯谷(一八〇七〜一八八一)。下総国東蕗田村《ひがしふきた》(現・茨城県八千代町)に生れ、亀田鵬斎《かめだほうさい》の子綾瀬《りょうらい》の養嗣子となる。皇漢学を主張。高弟に中島撫山がいる。書は隷書に独自の工夫をこらしている。鶯谷については、拙稿「亀田鶯谷の生涯と学問」(『亀田鶯谷と八千代地方の漢学』図録所収、二〇〇九年十一月刊)参照。

（7）白居易《はくきょい》「三月三十日題慈恩寺」（七言絶句）　小菅秩嶺《こすげちつれい》書

財団法人斯文会蔵

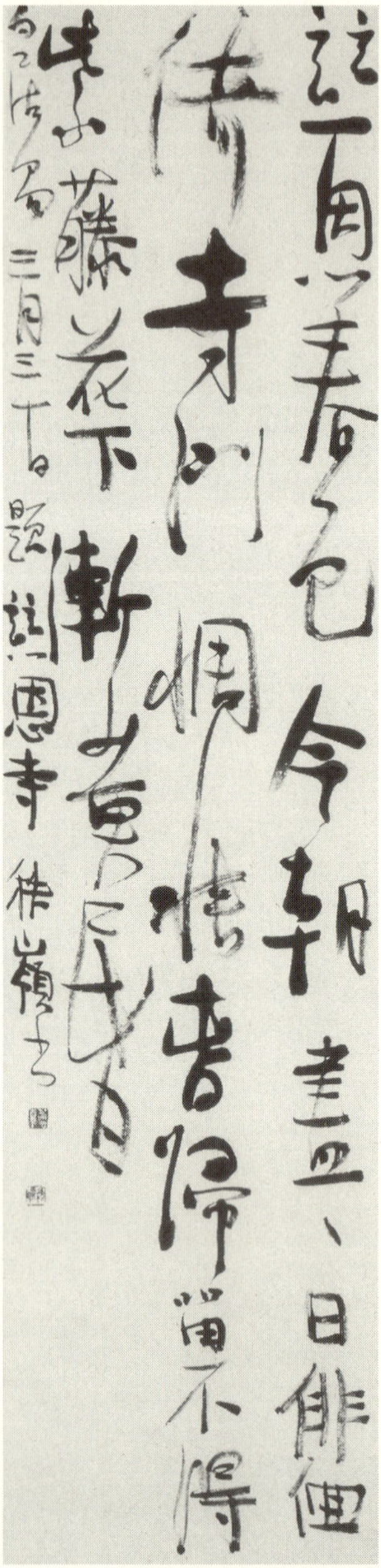

対処法

1　七言絶句で第一句七字目「尽」で切れる。その下の「〻」は「尽」を重ねたもので、第二句は「尽日」から始まる。次の「徘徊」はふつうは「徘徊」。第二句は「門」で終り、第三句は入声の「得」で切れる。第四句末は「昏」で、第一、二句の末字と押韻。韻目は上平十三元。

2　「今朝尽」（今朝尽く）、「尽日徘徊」「倚寺門」「留不得」「漸黄昏」など常套的表現に注目。

3　「白居易三月三十日題慈恩寺」とある。転句と結句が『和漢朗詠集』に引かれ、『源氏物語』「藤裏葉」の「わが宿の藤の色こきたそがれにたづねやは来ぬ春のなごりと」の歌はこの趣きを取ったとされる。

原詩と訓読文を上下に対応させてみる。

慈恩春色今朝盡　　慈恩《じおん》の春色《しゅんしょく》今朝《こんちょう》尽《つ》き
盡日徘徊倚寺門　　尽日徘徊《じんじつはいかい》して寺門《じもん》に倚《よ》る
惆悵春帰留不得　　惆悵《ちゅうちょう》して春帰《はるかえ》りて留《とど》まるを得《え》ず
紫藤花下漸黄昏　　紫藤花下《しとうかか》漸《ようや》く黄昏《こうこん》

いかにも白居易らしい優美な詩で平安朝の人々の愛好のほども思われる。

4　「秩嶺書」とあり、白文印は「荷雲庵《こううんあん》」。秩嶺は姓は小菅。埼玉県秩父郡小鹿野町の人。旧埼玉師範学校を出て津金鶴仙《つがねかくせん》に師事。埼玉県教育書道連盟会長。昭和四十一年（一九六六）没。

（8）杜甫《とほ》「客至」（七言律詩）孔徳成《こうとくせい》書　財団法人斯文会蔵

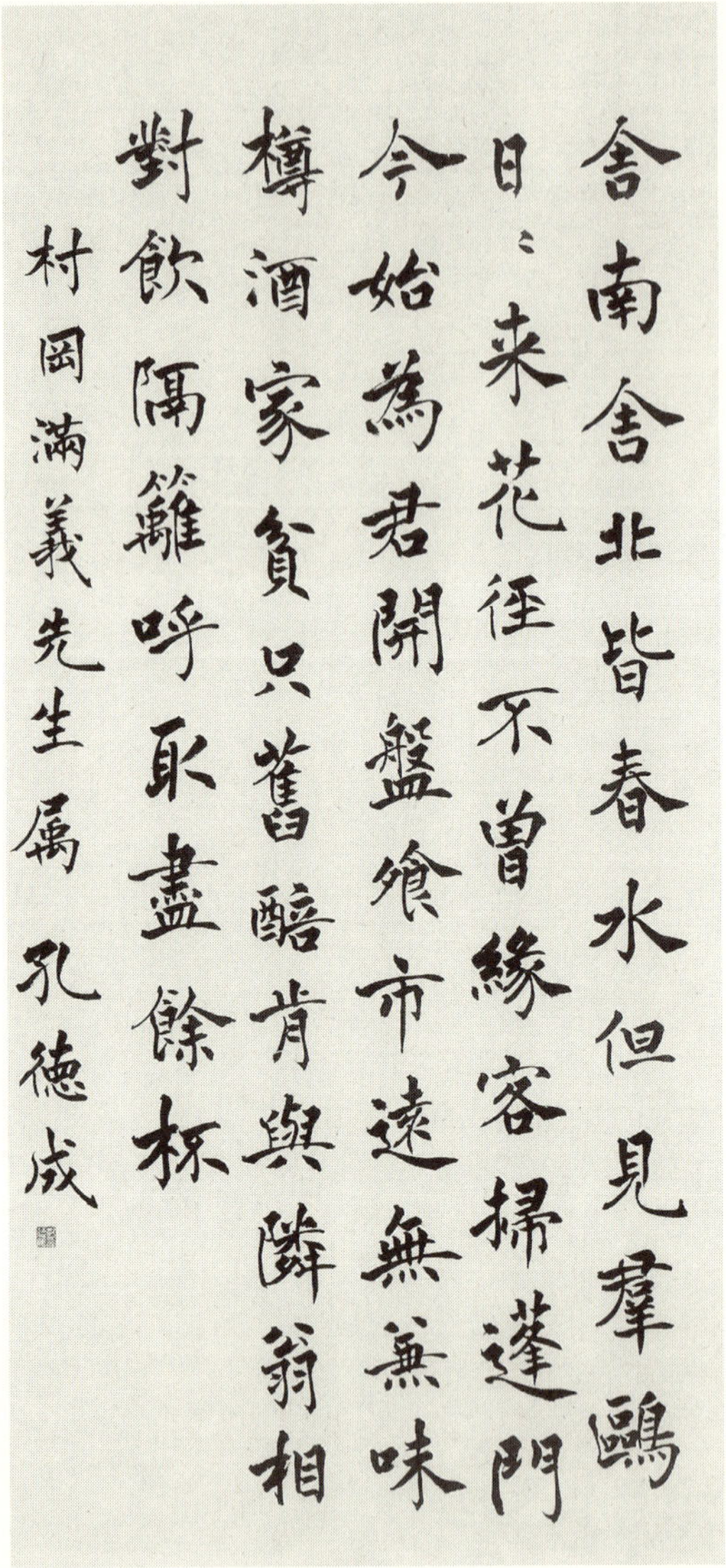

対処法

1　文字はわかり易い。五十六字なので、七言八句。句末と思われるところに「来・開・醅・杯」と同韻の字（上平十灰）を踏んでいるので七言律詩。第三句の「花径」と第四句の「蓬門」で始まる第二聯（頷《がん》聯《れん》）と、「盤飧《ばんそん》」（御馳走）と「樽酒」で始まる第三聯（頸聯《けいれん》）は対句。

詩は杜甫の「客至」（客至る）。

2　一句ごとに並べてみる。

舍南舍北皆春水
但見羣鷗日ゝ来
花徑不曾縁客掃
蓬門今始為君開
盤飧市遠無兼味
樽酒家貧只舊醅
肯與隣翁相對飲
隔籬呼取盡餘杯

舎南舎北皆《しゃなんしゃほくみ》な春水《しゅんすい》
但《た》だ見《み》る群鷗《ぐんおう》日ゝ《ひび》に来《きた》るを
花径《かけい》曾《か》つて客《かく》に縁《よ》りて掃《はら》わず
蓬門《ほうもん》今《いま》始《はじ》めて君《きみ》の為《た》めに開《ひら》く
盤飧《ばんそん》市《いち》遠《とお》くして兼味《けんみ》なし
樽酒《そんしゅ》家《いえ》貧《まず》しくして只《た》だ旧醅《きゅうばい》のみ
肯《あ》えて隣翁《りんおう》と相対飲《あいたいいん》し
籬《かき》を隔《へだ》てて呼《よ》び取《と》りて余杯《よはい》を尽《つ》くさん

並べて見ると対句の関係が見事にわかる。前聯はわが家の何もつくろわぬ様子を、後聯はもてなしの粗末なさまを詠じる。第二句の「羣鷗」の「羣」は「群」の本字。第一句は「踏み落とし」（七言詩の場合に第一句に押韻しないこと）。

隣翁と酒を酌みかわすよろこびがあらわされている。

「蓬門」はよもぎの門で、貧しい家の粗末な門のこと、「盤飧」は食卓、御馳走。「旧醅」は古い濁り酒、どぶろくの類。

3 「村岡満義先生属」という「為《た》め書《が》き」が付いている。「為書」とも書くが、書画の落款に「贈与のため」「寿賀のため」「依頼のあったため」などの理由を書き加えたもの。ふつう「為××氏」（××氏の為めに）という形をとるが、この条幅では「為」が略され「属《しょく》」の字が氏名の下にある。「属」は「嘱託」の「嘱」と同じ。依頼、たのみの意。従って「たのみに依り」「たのみがあった為めに」となる。「為め書き」の形式には「奉××氏命」（××氏の命を奉じて）、「献××公」（××公に献ず）、「似××兄」（××兄に似《しめ》す。「似」は「贈る」の意）、「贈××君」（××君に贈る）ほか、「与」（与う）、「遺」（送る）、「呈」（呈す）、「寄」（寄す）などがある。こうした場合の尊称の例としては「先生」のほかに、「詞兄・詞伯・雅契・仁兄・大雅・老台」などがある。さらにその下に「博粲《はくさん》」（不出来な出来栄えをお笑い下さい）、「粲正《さんせい》」、「雅正」、「一笑」、「清鑒」（御覧下さい）、「斧正」（直して下さい）などがある。

4 筆者の孔徳成は山東省曲阜の人。孔子七十七代、直系の子孫。曲阜の孔家の当主で、民国二十三年（一九三四）に孔子奉祀官になったが、民国三十七年（一九四八）に台湾に移り、中華民国政府の考試院長などを歴任した。孔子像を祀る東京湯島の聖堂には戦前と戦後に一回ずつ訪問している。この書は戦前の訪問時のもの。

（9）杜牧《とぼく》「送人遊湖南」（五言絶句）李長春《りちょうしゅん》書　『唐詩画譜』（上海古籍出版社）所収

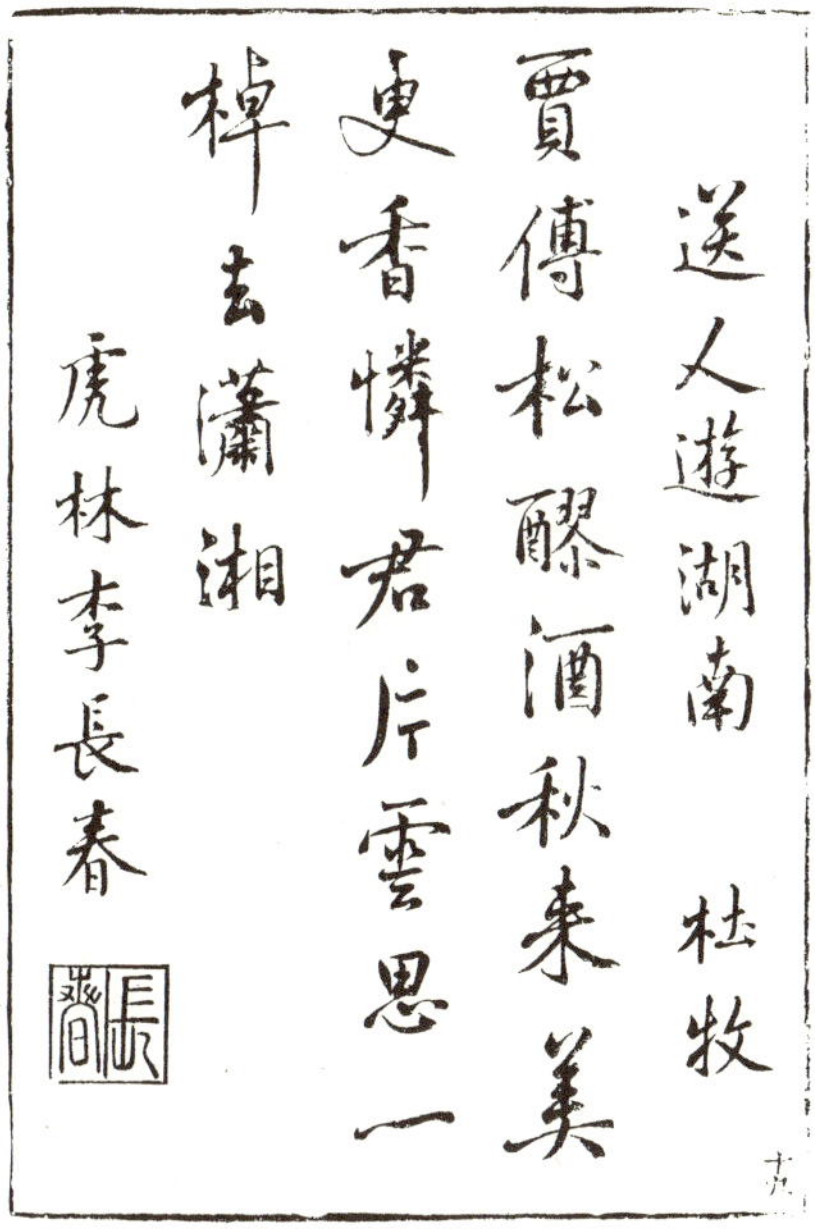
送人遊湖南　杜牧
賈傅松醪酒秋来美
更香憐君片雲思一
棹去瀟湘
虎林李長春

対処法

1　「詩題」に「送人遊湖南」（人の湖南に遊ぶを送る）とある。第一句に賈傅《かふ》とあるから、漢の文帝の時に、革新的な政治意見を提出して反対にあい、長沙王の大傅《たいふ》に左遷された賈《か》誼《ぎ》（賈大傅ともいう）の故事を踏まえていると見る。「松醪酒《しょうろうしゅ》」は松ヤニを入れて造った長沙の名酒。末句に「瀟湘」とあり「洞庭秋色」が背景をなした詩であると知られる。

2　二十字であるから五言絶句。「酒・香・思・湘」の四字が句の切れ目。うち「香・湘」（下平七陽）で押韻。第二句の「秋来」は「秋」と同じ。「来」は「来《きた》りて」と訓じるが、本来は添え字で「来る」「来ない」は関係がない。「春来」「夏来」「晩来」「朝来」「将来」「未来」の「来」と同じ。

第一句冒頭の「賈傅」の「傅」は音は「フ」、

助けるの意で、守り育てることを「傅育《ふいく》」という。文字は音符が「甫」であり、「傅」（伝）が「専」であるのと異なる。くずした場合は「傅」には「甫」の右肩の「丶」が残るのが極《き》め手《て》。

3　原詩と訓読文を対応させてみる。

賈傅松醪酒　　賈傅《かふ》　松醪《しょうろう》の酒《さけ》
秋来美更香　　秋来《しゅうらい》　美《び》にして更《さら》に香《かんば》し
憐君片雲思　　憐《あわ》れむ君《きみ》の片雲《へんうん》の思《おもい》
一棹去瀟湘　　一《ひと》たび棹《さお》さして瀟湘《しょうしょう》に去《さ》る

第二句の「美」は美味の意。第三句「片雲」はひとかたまりの雲、ちぎれ雲、漂泊の身にたとえる。芭蕉の『奥の細道』の冒頭にも「予もいづれの年よりか、片雲の風にさそはれて漂泊の思ひやまず」とある。末句の「瀟湘」は洞庭湖に注ぐ「瀟江」と「湘水」。美しい水郷風景をなし、「瀟湘八景」として知られる。

4　書は「虎林《こりん》の李長春」とある。「虎林」は「武林」と同じで浙江省杭州の異名。杭州には武林山、武林門がある。唐代に「武」の字を僻《さ》けて「虎」としたので「虎林」ともいう。印は「長春」。李長春は、明代の文人。附載の画は明代画家の手になり版刻も明代のもの。

(10) 祖詠《そえい》「終南望餘雪」（五言絶句）

『唐詩選画本』所収
（小林氏嵩山房須原屋新兵衛　明治中重印本）

対処法

1　これは『唐詩選画本』初編五言絶句五巻のうちの一枚である。文化二年（一八〇五）版・小林嵩山房・須原屋新兵衛刊。画は橘石峰《たちばなせきほう》。唐詩の次に和文で訓読と釈義とが附され、画が添えられている。

2　詩は「終南に余雪を望む」。祖詠の詩。

終南陰嶺秀
積雪浮雲端
林表明霽色
城中増暮寒

終南《しゅうなん》　陰嶺秀《いんれいひい》で
積雪《せきせつ》　雲端《うんたん》に浮《う》かぶ
林表《りんぴょう》　霽色明《せいしょくあき》らかに
城中《じょうちゅう》　暮寒《ぼかん》を増《ま》す

「終南」は長安の南方に東西にのびる山脈で詩

によく詠まれる。その中の高峰が「終南山」。「余雪」は残雪。「陰嶺」は北側の山。「林表」も詩によく出る言葉で、林の外側。「暮寒」も詩語で、日暮れ時の寒さ。

3 五字ずつで切れる。五字は2＋3ではっきりと切れて意味もわかり易い。「端・寒」（上平十四寒）で押韻。

4 祖詠は盛唐の詩人で、進士に合格したが、官に就かず、汝水のほとりに隠れて農耕して世を終った。『唐詩選』にはこの詩のほか四首を収める。

祖詠は科挙の課題詩で律詩を作ることが求められたが、この四句で提出。理由を問われ「すでに言い尽しているから」と答えたという。試験には合格しているから、この詩に説得力があったのであろう。

（11）武玄衡《ぶげんこう》「嘉陵驛」（七言絶句）『唐詩選画本』所収（同）

対処法

1 これは『唐詩選画本』第二編七言絶句五巻のうちのもので、本は文化十一年（一八一四）版・小林嵩山房・須原屋新兵衛刊。画は鈴木芙蓉《すずきふよう》。

2 詩は中唐の武玄衡の作。武氏は字は伯蒼。進士に合格し、早くから徳宗によって宰相の器と目され、

憲宗の元和二年（八〇七）に宰相となったが、同十年、政敵によって暗殺されて世を去った。

3　原詩と訓読文を対応させてみる。

悠悠風旆遶山川　　悠悠《ゆうゆう》たる風旆《ふうはい》　山川《さんせん》を遶《めぐ》る

山驛空濛雨作烟　　山駅《さんえき》　空濛《くうもう》として　雨《あめ》烟《けむり》と作《な》る

路半嘉陵頭已白　　路《みち》　嘉陵《かりょう》に半《なか》ばして頭已《とうすで》に白《しろ》く

蜀門西更上青天　　蜀門《しょくもん》　西《にし》のかた更《さら》に青天《せいてん》に上《のぼ》らん

原本には訓点とふりがなが付いている。

「風旆」は風にひるがえる旗印。「空濛」もよく使われる詩語、ぼうっと煙っていること。

4　武元衡は元和三年、剣南節度使を兼ねて蜀に向かった。嘉陵は蜀の地で長安と成都の中間にある。すでに山駅であり剣閣を越えて西行する蜀道の難所が次に控えている。「頭已に白し」と言い、「更に青天に上らん」と詠んでいるのはそのためである。

5　画家鈴木芙蓉は信州飯田の人。天明七年（一七八七）、三十六歳で『費氏山水画式』三巻を刊行して世に知られた。山水人物に長じ、詩文を能くし、同時代の亀田鵬斎《かめだほうさい》らと交わった。酔って筆を揮い、世に「酔芙蓉」とよばれた。阿波の蜂須賀《はちすか》候に画師として召し抱えられた。文化十三年（一八一六）没。

(12)　白居易《はくきょい》「西湖晩帰迴望孤山寺贈諸客」（七言律詩頷聯）　朱東潤《しゅとうじゅん》書

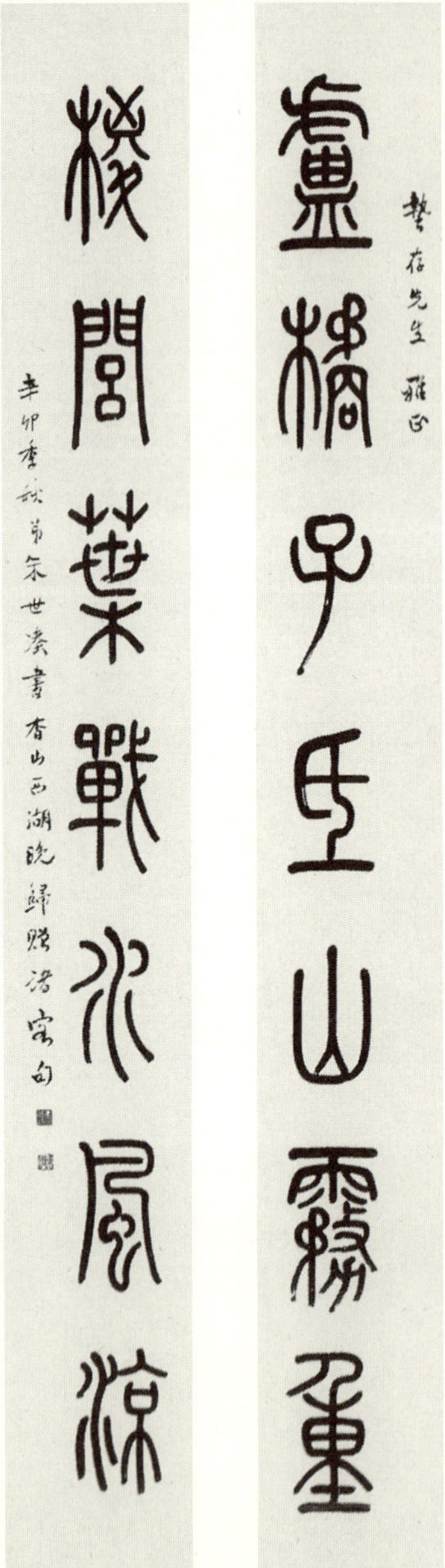

対処法

1　条幅には全詩を書くとは限らない。気に入った一句を書く一行書の例も少なくない。名詩には名句も多いので、その句が人々に愛好されるからである。また律詩の対句は技巧をこらして出来ているので、対のおもしろさもあり、二行書にされたり、対聯として利用されたりすることが多い。

ここに挙げた対句は左側に示されているように、（白）香山（白居易）の「西湖晩帰」中の対句第二聯（頷聯）である。書は篆書。厳密に言うと「篆籀《てんちゅう》」で「籀文」がまじったもの。

2　対応する部分によって解読の手がかりがあるので、2＋2＋3で、二つの行を考えてゆく。初めの二字は「盧橘」と「椶櫚」（棕櫚）、どちらも温暖な地方の植物。次は「子氐」（子低）と「葉戦」。「子」は「子実」で、果物の実《み》。実が重さで低《た》れていることなので「子《み》は低れて」と訓ずる。従って「葉戦」も「S＋V」で「葉戦《そよ》ぎて」となる。下三字は、「山霧」（山雨）に対し「水風」、「重し」に対し「涼し」で対応。

3　原題と原詩を以下に示す。

西湖晩歸迴望孤山寺贈諸客
柳湖松島蓮花寺
晩動歸橈出道場
盧橘子低山雨重

西湖晩帰《せいこばんき》　孤山寺《こざんじ》を迴望《かいぼう》して諸客《しょかく》に贈《おく》る
柳湖《りゅうこ》　松島《しょうとう》　蓮花《れんげ》の寺《てら》
晩《ばん》に帰橈《きとう》を動《うごか》して道場《どうじょう》を出《い》ず
盧橘《ろきつ》　子《み》は低《た》れて山雨《さんう》重《おも》く

棕櫚葉戰水風涼
煙波澹蕩搖空碧
樓殿參差倚夕陽
到岸請君迴首望
蓬萊宮在海中央

棕櫚《しゅろ》　葉《は》は戦《そよ》ぎて水風《すいふう》涼《すず》し
煙波《えんぱ》　澹蕩《たんとう》として空碧《くうへき》を揺《うごか》し
楼殿《ろうでん》　参差《しんし》として夕陽《せきよう》に倚《よ》る
岸《きし》に到《いた》りて請《こ》う　君《きみ》　首《こうべ》を迴《めぐ》らして望《のぞ》め
蓬萊宮《ほうらいきゅう》は海《うみ》の中央《ちゅうおう》に在《あ》り

4　「辛卯季秋弟朱世湊書香山西湖晩歸贈諸客句」とある。「辛卯《しんぼう》季《き》秋《しゅう》、弟《てい》朱世湊《せいそう》、香山《こうざん》の〈西湖晩帰諸客《せいこばんきしょかく》に贈《おく》る〉の句《く》を書す」とよむ。「辛卯」は一九五一年。日本では昭和二十六年。「弟」と小さくしているのは卑称。「世湊」は朱東潤の名。こういう時は名を書くのが礼であり、号を書いたりはしない。「香山」は香山居士で中唐の白居易（楽天）。白居易は時に杭州刺史であった。西湖を周遊しての帰りに「諸客」（同行の人々）に贈った詩。

5　書者の朱氏（一八九六〜一九八八）は名は世溱（世湊）、字は東潤。江蘇省泰興の人。伝記文学家、文学史家、教育者、書家。復旦大学教授。著に『朱東潤伝記作品全集』三巻（上海・東方出版中心刊、一九九九年一月）ほかがある。伝記には拙稿「朱東潤の生涯と学績」（『日本中国学会創立五十年記念論文集』汲古書院刊、一九九八年十月）がある。

6　右肩に「蟄存《ちつそん》先生雅正」とある。「雅正」は「何卒直して下さい」という贈呈の時の謙辞。

「蟄存」は施《し》蟄存。作家、評論家。浙江省杭州の人。上海の華東師範大学教授。

(13) 李群玉 「書院二小松」(七言絶句三・四句) 関雪江書 重野宏一氏蔵

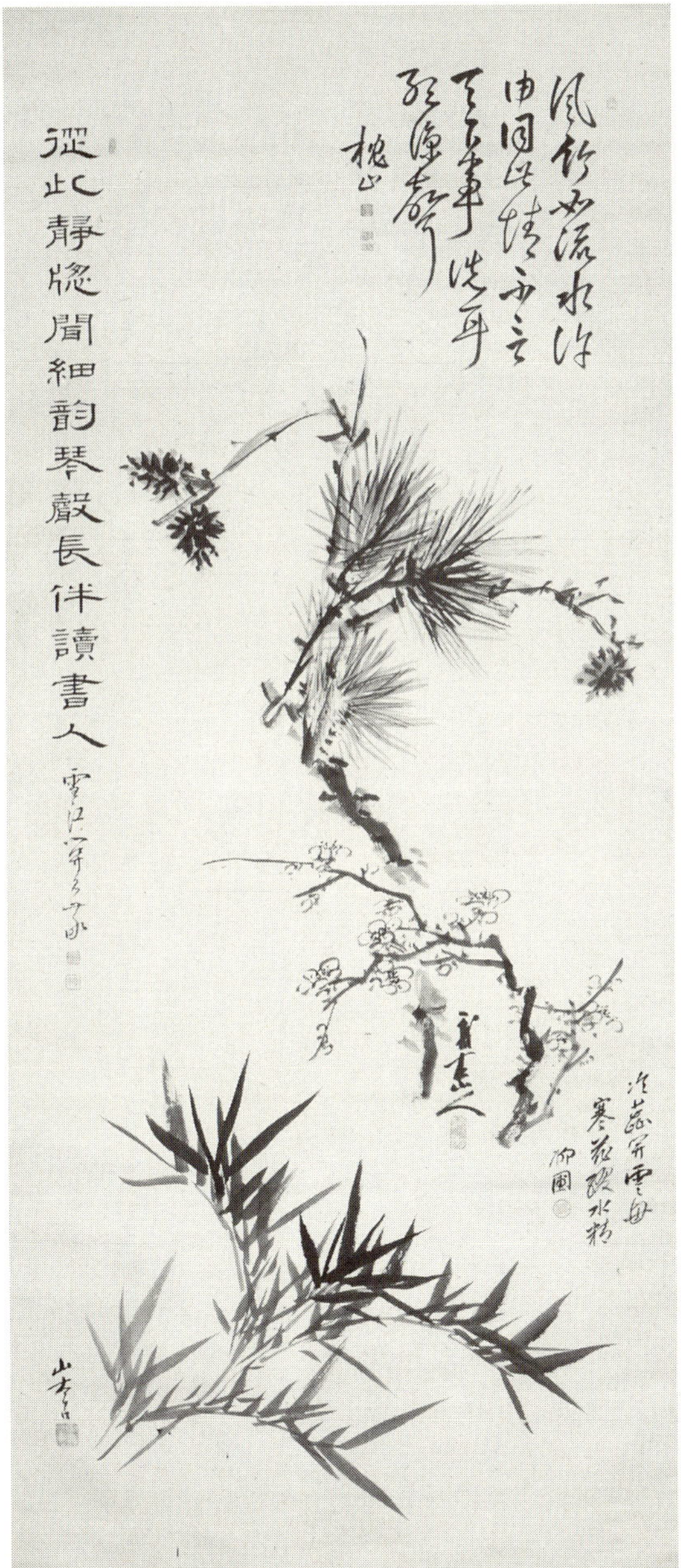

対処法

1 この軸物は松竹梅を描き、それぞれに画賛を添えて仕立てたもの。古来この三者を併せて「歳寒三友」とよぶ。すなわち「歳寒三友図」である。三種の植物はみな霜雪に耐えて色いよいよみどりに、その中で梅が美しい花を咲かせることをめでて併び称される。古来、作例が多い。

この軸は中心に松竹梅が描かれ、松には関雪江《せきせっこう》が、竹には大沼枕山《おおぬまちんざん》が、梅には福島柳圃《ふくしまりゅうほ》が、それぞれに詩を寄せている。関雪江の記した詩は晩唐の詩人李群玉《りぐんぎょく》の「書院二小松」の転結の二句である。文字は隷書。三字目の「牎」は「牕」「窻」と同じ。「窓」「窗」の異体字。

2 原詩の全体は次の通り。

書院二小松
一雙幽色出凡塵
數粒秋煙二尺鱗
從此静牎聞細韵
琴聲長伴讀書人

書院《しょいん》の二《に》小松《しょうしょう》
一双《いっそう》の幽色《ゆうしょく》凡塵《ぼんじん》を出《い》で
数粒《すうりゅう》の秋煙《しゅうえん》二尺《にせき》の鱗《うろこ》
此《こ》れ従《よ》り静窓《せいそう》細韵《さいいん》を聞《き》く
琴声《きんせい》長《なが》く伴《とも》う読書《どくしょ》の人《ひと》

3 語釈は以下のとおり。「書院」は、学舎。「一雙」は、一双に同じ。二つの、二本の。「凡塵」は、凡俗の風塵、俗塵。「数粒」は、いくつぶかの。「粒」は松の葉の尖った先。「秋煙」は、秋霧。「二尺鱗」は、小さな松の幹。「細韵」は、「細韻」に同じ。小さなひびき。

4 口語訳を記す。二本の小さな松のみどりが美しくそのさまは俗塵を離れたすがすがしさである。尖った松の葉の上に秋霧がただよい、その下から小さなうろこを並べた松の幹がかいま見える。折りしも静かな窓べから松風の音が聞え、琴のしらべのように長く読書をする人に寄り添うのである。

5　作者李群玉《りぐんぎょく》は字は文山。湖北省澧州県の人。ほぼ李商隠《りしょういん》と同時の晩唐の詩人。『三体詩』にはいくつかの詩が採られている。仕えることを好まず、もっぱら吟詠を楽しんで自適の生涯を終った。笙を吹き書をよくした。『唐才子伝』の記すところでは、洞庭湖中の君山に赴き二妃の墓に詣で、夢に二妃に会い、夢さめて間もなく没したとされる。

この詩は書院に育った小松のかもす風韻が、読書人に与えるよろこびを詠む。

韻字は、塵・鱗・人（上平十一真）。

6　関雪江《せきせっこう》（一八二七〜一八七七）。幕末明治初期の書家。名は思敬。土浦侯に仕えた。関家は江戸中期の書家関思恭（号は鳳岡《ほうこう》）以来、五代にわたり名筆家のほまれがある。雪江は作詩も巧みであった。

(14) 李白「遊洞庭」（七言絶句）龍草盧《りゅうそうろ》書　世田谷区立郷土資料館蔵

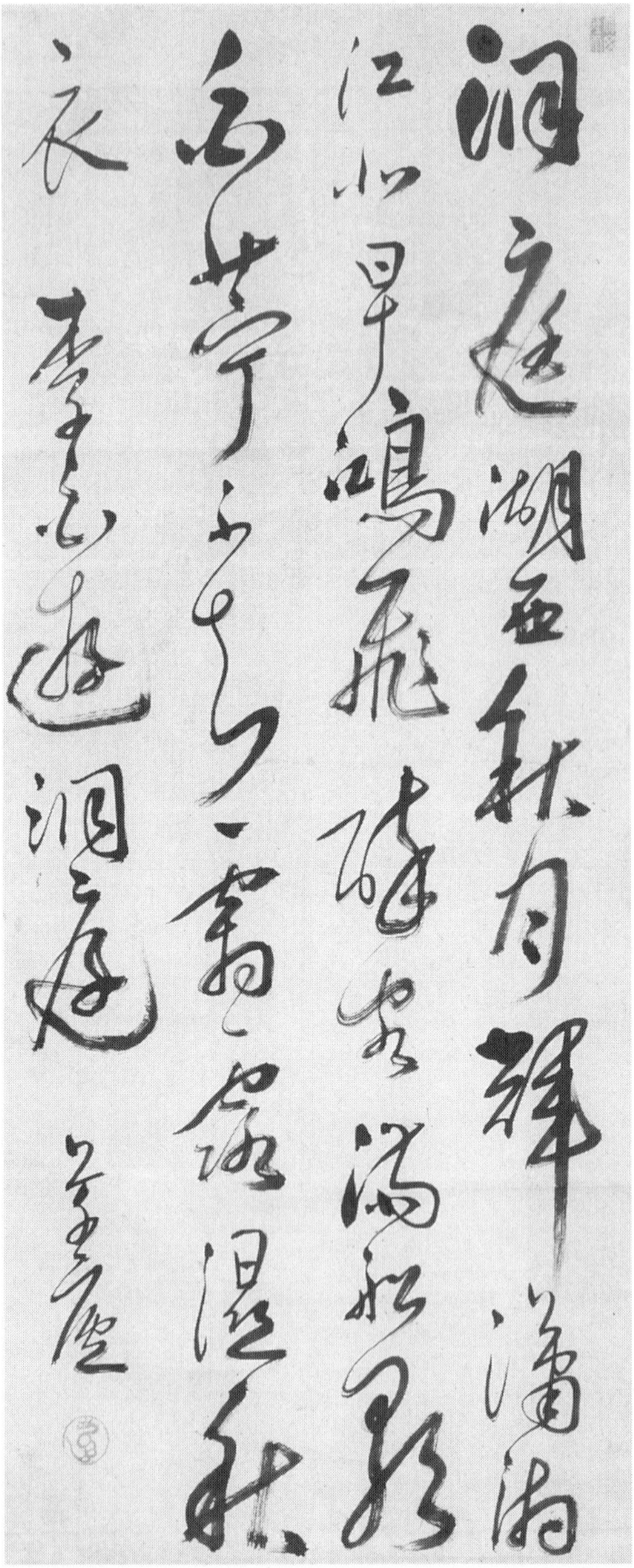

対処法

1　四行にわたり、四行目は一字「衣」があるだけ。その下は「李白　遊洞庭」と作者名と詩題を示し、そのあとに「草盧」と署名している。詩題はもとは「陪族叔刑部侍郎曄及中書賈舎人至、遊洞庭」（族叔刑部侍郎曄及び中書賈舎人の至るに陪して、洞庭に遊ぶ）という長いものであるが、これを節略して最後の三文字だけにしている。

七字目「輝」、十四字目「飛」、二十八字目「衣」で押韻。上平五微。第三句末は仄字で「苧」。

各句は「洞庭／湖西／秋月輝」（洞庭の湖西、秋月輝く）のように二字／二字／三字で句を切って処理してゆく。第四句は「不知／霜露／湿秋衣」と切るが、はじめの「不知」（知らず）が「秋衣に湿らす」までかかるので、「秋衣に湿らすを」と最後に「を」を添えてよむ。「霜露の秋衣に湿らすを知らず」と読んでも問題はないが、詩であるから気分をこめて倒置法で読んだほうがよい。なお、通行本では「入秋衣」となっているが、その場合は「秋衣を入るを」という読みになる。

行書で、とりたてて読みにくいものはない。「江北」「早鴻」「酔客」「満船」「歌」「白」「不知」などは、くずしに慣れていれば迷うことはない。

2　原詩と訓読文との対応

洞庭湖西秋月輝　　洞庭《どうてい》の湖西《こせい》に秋月輝《しゅうげつかがや》き
瀟湘江北早鴻飛　　瀟湘《しょうしょう》の江北《こうほく》に早鴻《そうこう》飛《と》ぶ
酔客満船歌白苧　　酔客《すいかく》船《ふね》に満《み》ちて白苧《はくちょ》を歌《うた》い
不知霜露湿秋衣　　知《し》らず霜露《そうろ》の秋衣《しゅうい》を湿《しめ》らすを

3　遊賞（名勝の地に遊び山川を観賞する）の詩で、むずかしい内容ではない。洞庭湖の晩景が巧みに表現されている。「瀟湘八景」の一つ「洞庭秋月」はこのあたり、岳州府県の眺め。

この詩はくわしい詩題によると、族叔すなわち一族の一人李曄《りよう》と友人の賈至《かし》とを伴っての夕べであるが、李曄の官名は前職であり、この時は嶺南に流される途上であったし、賈至の官名も前職で賈至も岳州（長沙）の司馬におとされていた時であった。李白は五十九歳、この年三月に罪せられて夜郎に送られる途中、蜀の地で赦免の報せを受け、長江下りの旅を重ねてようやくこの地に行きついた身であった。三人それぞれに憂愁の果てに船を出して一時の清遊を試みた。

なお、この時作られた李白の同題の詩には五首あり、これは其の四である。

4　語釈は以下のとおり。「瀟湘」は、瀟水と湘水。どちらも江ともいう。南方から北流して洞庭湖に注ぐ。「早鴻」は、秋早く到来する雁。「早雁」と同じ。但し「鴻」は平字。「雁」は仄字。「白苧」は、歌曲の名。呉の地方の歌謡。「白苧」の字義は、白い麻布。贈物に使われた織物の一つ。

5　口語訳を記す。洞庭湖に船出すれば西の方には折しも秋月が輝き、湘水の北には早くも渡って来た雁が飛ぶ。船上の酔客は船に満ち賑やかにこの地の白苧の歌を歌い、興たけなわで、人々は霜露が衣をしめらせるのも忘れて楽しげに時を過している。

6　龍草廬（一七一四～一七九二）。儒者、名は公美。字は君玉。号は草廬または竹隠。京都伏見の人。彦根侯に招かれて学を講じた。のち京都に戻り幽蘭社を開き門下に多くの人を集めていた。寛政四年没。七十九歳。著に『唐詩材』などがある。

コラム4　新唐書と旧唐書

「しんとうじょ」「くとうじょ」とよむ。古くからの読みならわしで、そうなっている。どちらも唐代の歴史を記した「正史」（国家で編纂した史書）。同じ唐代史に「正史」が二つあるのも、変と言えば変であるが、これには事情がある。

出来たのはもちろん『旧唐書』が先で、五代後晋の劉昫らが勅を奉じて撰した。二百巻ある。これに対して宋代になると、これを見直し補正しようという気運が起り、新しい国家思想も加わって欧陽脩がやはり勅を奉じて『新唐書』を撰した。二二五巻ある。史料が変れば歴史が変り、時代が移れば史観が異なるのは当然である。

宋代には五代にはなかった新史料が出現したりして史料は豊富となったが、その選択が恣意的であったり、文章や文体に力を入れるあまり、史料の扱い方が二の次にされたりするような欠点もある。そこで同じ宋代でも司馬光は『新唐書』を斥けて『旧唐書』に基づいて『資治通鑑《しじつがん》』を書いており、清代の学者たちにも『旧唐書』見直し論が優勢である。

しかしその優劣論は未だ定まったわけではなく、実際には両書を勘案しなければならないことが多い。

詩人たちの伝記は『新唐書』では、列伝一二六から一二八までの「文芸伝」上・中・下三巻に収められている。李白、杜甫、王維などの伝もここにある。しかし官僚として名を成した魏徴（列伝二二）、陳子昂（同一〇七）、張説（同五〇）、張九齢（同五一）、高適（同六八）、白居易（同四四）、劉禹錫（同一九三）、などは一般の列伝中に散在する。

　『旧唐書』では「文苑伝」上・中・下に詩人たちの伝を収める。この「上・中・下」は『新唐書』同様、時代順を示す。なお、『新唐書』で一般の列伝に入れられていた陳子昂や、隠逸列伝（同一二一）に入れられていた賀知章は、『旧唐書』では「文苑伝」に収められているなど、取扱いは一定したものではない。

　なお、唐代詩人の伝記集として知られるものに『唐才子伝《とうさいしでん》』がある。元の辛文房《しんぶんぼう》の撰で、専伝二七八人、附伝一二〇人があるが、いずれも簡略なもので、本も小冊子である。伝記は材料を新旧唐書から採ったほか、各種逸話を集めた上、辛文房の「詩評」も添えられている。

あとがき

執筆を引受けてから完成まで約三年かかった。怠けていたわけではなく、研究テーマごとの仕事の交通整理をしながら、ようやくここに辿りついたことになる。この間、二度ほど中国に旅し、安徽省当途県の李白の墓と、湖南省平江県の杜甫の祠廟に詣でた。

李白展墓
ここに来て命終ると伝え聞く詩仙の墓の春のしづもり

平江道中
いたつきの重くなりせば舟寄せて汨羅の岸に死せしと聞けば

私は昔ながらの手書きの原稿なので、編集担当の仲本純介氏には一方ならぬ労を煩わせた。字句や事項の確認なども繁をいとわず一々原典に当って行って頂き、功のなかばは氏の厚情に負うている。図版の使用に関しては各所・各方面の方々の御快諾を感謝している。校正には筑波大学大学院在学の重野宏一君の協力を受けている。

平成二十二年八月尽

於面壁山房 新涼払座処　村山吉廣

村山吉廣（むらやま よしひろ）

1929年、埼玉県春日部市生れ。早稲田大学文学部卒業。同大学文学部教授。現在、名誉教授。日本詩経学会会長・日本中国学会顧問・斯文会参与。専門は中国古典学(特に詩経学)、江戸・明治漢学。
著書『楊貴妃』（中公新書）
『名言の内側』（日本経済新聞社）
『中国の名詩鑑賞 清詩』（明治書院）
『漢学者はいかに生きたか』（大修館書店）
『論語のことば』
『忍藩儒 芳川波山の生涯と詩業』（以上、明徳出版社）
『評伝・中島敦』（中央公論新社）
『書を学ぶ人のための漢詩漢文入門』
『詩経の鑑賞』（以上、二玄社）
『亀田鵬斎碑文並びに序跋訳注集成』（筑波大学日本美術史研究室）など多数。

書《しょ》を学《まな》ぶ人《ひと》のための唐詩入門《とうしにゅうもん》

2010年8月20日初版印刷
2010年8月30日初版発行

著　者　村山吉廣《むらやまよしひろ》
発行者　黒須雪子
発行所　株式会社二玄社
東京都文京区本駒込6-2-1　〒113-0021
電　話　03（5395）0511
装　丁　及川真咲デザイン事務所
印　刷　株式会社光邦
製　本　株式会社積信堂

ISBN978-4-544-01163-0

●関連書籍のご案内

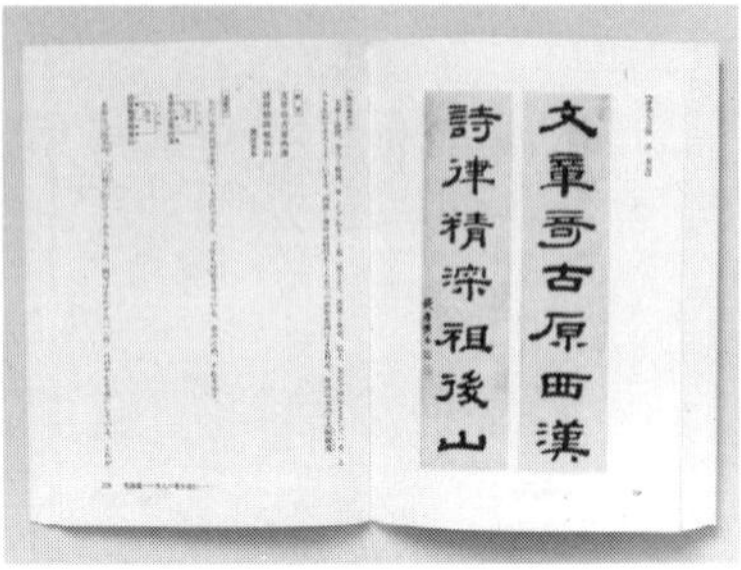

●漢詩・漢文、読解の「コツ」を伝授！

書を学ぶ人のための 漢詩漢文入門

村山吉廣 著

床の間の掛軸や、名所の碑文がスラスラ読めたら……。書を学ぶ者が一度はいだく、そんな思いに応える一冊。基本的なルールを説明した後、さまざまな書作品を題材にして読解のための「コツ」を分かりやすく解説する。コラムも充実してためになる知識を満載。

A5判・208頁●1600円

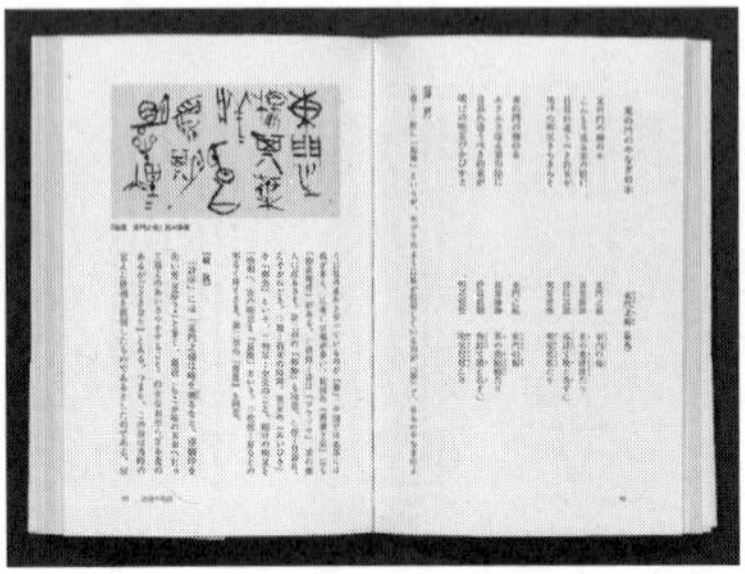

●名言の宝庫『詩経』。その格好の入門書！

詩経の鑑賞

村山吉廣 著

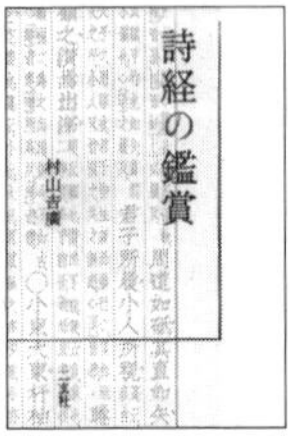

中国最古の詩集である『詩経』の入門書。同書を読む際に必要な基礎知識を紹介した後、選りすぐりの名詩を鑑賞、さらに『詩経』を典拠とする数々の名言を解説する。「切磋琢磨」「琴瑟相和す」など人口に膾炙した名言・名句に富むため、墨場必携としても有用。

B6判変型・256頁●1300円